D1994950

Luca Ventura

L'incidente di via Grotta Azzurra

Traduzione di
Sara Congregati

GIUNTI

Titolo originale:
Bittersüße Zitronen - Der Capri-Krimi
Copyright © 2021 by Diogenes Verlag AG Zürich
Published by arrangement with Berla & Griffini Rights Agency
All rights reserved

Giunti Editore si impegna per uno sviluppo sostenibile
con l'utilizzo di carta certificata FSC® proveniente
da fonti gestite in maniera responsabile.

Questa è un'opera di fantasia. Ogni riferimento a fatti accaduti
e a persone esistenti o realmente esistite è puramente casuale.

www.giunti.it

© 2025 Giunti Editore S.p.A.
Via Bolognese 165 - 50139 Firenze - Italia
Via G. B. Pirelli 30 - 20124 Milano - Italia

Prima edizione: giugno 2025

1

Di solito a quell'ora c'era silenzio al piano di sotto: capitava a volte di sentire l'acqua scorrere, lo sciacquone o il televisore acceso. Mai, però, quell'andirivieni convulso. Ante degli armadi che si aprivano e si richiudevano sbattendo.

Enrico Rizzi riaccese la luce dopo averla appena spenta, spinse via la coperta, si infilò i pantaloni della tuta, e a piedi nudi scese giù per le scale esterne fermandosi davanti alla porta al primo piano. In cucina la luce era accesa.

«Mamma?»

Nell'ingresso c'era una zucca fresca. Si sentiva odore di aglio e pancetta arrostita. E di pioggia. Erano giorni ormai che pioveva a dirotto. Sul tavolo della cucina erano già pronti il cestino del pranzo e il thermos, e sulla sedia la borsa portadocumenti. Marta aveva anche tirato fuori la grande cartellina rossa, chiaro segno che era l'inizio del mese e che stava raccogliendo le bollette della luce e del telefono. Doveva averle detto almeno un centinaio di volte gli addebiti diretti semplificavano la vita, ma niente, non c'era nulla da fare. Marta preferiva fare la fila alle Poste.

«Ehilà?» gridò.

Sua madre era in bagno, aveva tolto i medicinali dall'armadietto e stava leggendo con gli occhiali in punta di naso cosa c'era scritto sulle confezioni.

«Ma sai che ore sono?» esclamò Rizzi. «Qualcuno sta male?»

Lei gli porse una scatola di antidolorifici.

«Sono ancora buoni?» chiese.

Rizzi controllò la data di scadenza. «Sono scaduti due anni fa» disse gettando la confezione nel cestino. «Che cosa è successo?»

Venne fuori che a tarda sera Vito aveva voluto spostare accanto all'olivo il susino piantato in primavera. Allora, avevano sottovaluto quanto sarebbe germogliato l'olivo dopo la potatura. Durante l'estate l'albero era cresciuto in altezza e in larghezza a tal punto che a breve il susino, senza luce, avrebbe rischiato di seccare.

«Ad ogni modo, quando ha smesso di piovere e la terra si è fatta bella morbida, ecco che tuo padre inizia a scavare una buca» disse Marta. «Io accanto con la lampada in mano gli dico: attento. Ma andando indietro mette un piede in fallo, perde l'equilibrio, io cerco di afferrarlo, e *boom*, ci ritroviamo tutti e due stesi a terra.»

«Quante storie» commentò Vito con un fil di voce dalla camera. «Magari è semplicemente il colpo della strega.»

Marta si chinò a riprendere le pillole dal cestino dei rifiuti. «Lo aiuteranno a passare la notte, poi si vedrà.»

Rizzi le tolse di mano la confezione scaduta e se la mise in tasca. «Adesso chiamiamo il medico.»

«Non dire fesserie!» gridò Vito. «Non butteremo Bruno giù dal letto per una simile sciocchezza, figuriamoci.»

«Staremo a vedere se si tratta di una semplice sciocchezza oppure no» ribatté Rizzi.

«Basta, non parliamone più» sentirono dalla camera da letto.

Marta guardò il figlio con la classica espressione del tipo "visto?" e disse: «Allora intanto preparo la borsa dell'acqua calda».

«Che cosa ti fa male?» domandò Rizzi quando entrò in camera di Vito. «Le anche?»

«Non mi fare più malato di quello che sono» brontolò Vito. «Le mie anche sono a postissimo.»

«Allora il bacino?»

«Te l'ho detto: è il colpo della strega. Con un po' di caldo passerà tutto.»

«Se c'è una frattura, no.»

«Ma non c'è nessuna frattura.» Vito provò a tirarsi su e fece una smorfia di dolore. «Figliolo,» gemette «chi avrebbe mai pensato che quella bestia mettesse radici così profonde d'estate?»

Rizzi si avvicinò. «Eravamo d'accordo che me ne sarei occupato io.»

«E allora? Lo hai fatto?» Vito allungò il braccio verso il soffitto, lasciandolo ricadere inerte. «So che sei molto impegnato» proseguì «ma io non posso starmene tutto il tempo con le mani in mano in attesa che tu prima o poi riesca a trovare un'oretta. Non funziona così.»

Rizzi tacque. Non era un problema nuovo. Lui amava l'orto, ma amava anche il suo lavoro, e questo aveva la precedenza. Vito lo sapeva, e lo trovava anche sacrosanto, o almeno così diceva. Ma da quando al padre erano venute meno le forze e la presenza di Rizzi agli orti era sempre più richiesta per i lavori che prima Vito faceva da solo, e addirittura con la mano sinistra, la situazione si era fatta davvero complicata. Ad ogni modo, non era più possibile andare avanti così. Prima o poi avrebbero dovuto trovare una soluzione.

Marta accese la luce e adagiò la borsa dell'acqua calda sotto la schiena di Vito. «Meglio?» domandò, e rivolta al figlio disse: «Hai mangiato qualcosa?».

«Sì.»

«Cosa?»

«Mamma, è tardi.»

«Gina e Francesca non sono su da te?»

Lui scosse la testa. «Oggi è il giorno madre-figlia.»

«Quelle due prima o poi ti strapperanno anche gli ultimi capelli che hai in testa.»

«Finiscila» sbottò Vito. «Ne ha a sufficienza di capelli in testa.»

Senza dire una parola Marta rimboccò la coperta intorno ai piedi di Vito, prese dalla sedia i pantaloni da lavoro e i calzini sporchi. Rizzi capì che era giunto il momento di mettere in chiaro con suo padre che dalla primavera successiva avrebbero dovuto assumere un aiutante in grado di svolgere i lavori ormai troppo pesanti per Vito.

«Come va fra te e Gina?» domandò Vito dopo che Marta uscì dalla stanza.

«A gonfie vele.» Rizzi si avvicinò una sedia.

«Siamo quasi alla fine dell'anno e ancora non c'è una data di matrimonio.»

«Non ora, papà.»

«Quando vi sposate? Quando avrò un nipotino?»

«Non è tutto così semplice.» Versò al padre un bicchiere d'acqua. «Gina ne ha passate tante con il suo ex, e ha ancora bisogno di un po' di tempo, tutto qui. Non posso farle pressioni di continuo.»

«Hai già trentadue anni. Ne sono passati undici da quando tuo figlio ci ha lasciati. So che lo piangi ancora, lo facciamo tutti, e quella ferita non potrà mai guarire. Dovrai, *dovremo* conviverci finché avremo fiato in corpo. Ma la vita va avanti. Guarda Matilda: quanto ci ha messo a risposarsi dopo il vostro divorzio? Un battibaleno. Il suo capitano non ha indugiato a lungo. E ora quanti figli ha?»

«Due.»

«Quel che voglio dire, Enrico, è che non devi perdere più tempo. Se credi che Gina sia quella giusta, vai fino in fondo, sposala.»

«Non c'è bisogno che sia tu a dirmelo, papà. Lo so da me.»

Gli squillò il telefono. Si illuminò il display con il numero della stazione di polizia. Era il turno di notte e Rizzi era reperibile. Prese la chiamata. Un'emergenza, riferì il collega, in via Grotta Azzurra.

«La signora De Lulla?» domandò Rizzi.

«Bingo. Dice che c'è qualcuno in casa.»

«Ladri o fantasmi?» Rizzi guardò l'orologio. «Va bene, me ne occupo io» disse e subito dopo riagganciò.

«Cos'è successo?» chiese Vito.

«Niente d'importante.» Rizzi si alzò. «Le solite cose.»

* * *

Trenta minuti dopo Rizzi si fermò davanti al grande cancello di via Grotta Azzurra, ripose il casco e la mantella impermeabile sotto la sella e prese dal cassetto portaoggetti il berretto della polizia. Era buio pesto. L'illuminazione del giardino non funzionava, e la luce del lampione in strada arrivava a malapena al cancello. Rizzi accese la torcia del cellulare e l'avvicinò al campanello.

Dai cespugli e dagli alberi lì intorno gocciolava acqua. La grondaia gorgogliava, e in lontananza si sentiva il mormorio del mare. Il cielo era nero, niente stelle, e nell'aria aleggiava odore di terra umida. Toccando le sbarre di ferro, Rizzi si accorse con sua sorpresa che la porta del cancello era soltanto accostata.

Il vialetto lastricato da cui si accedeva alla casa era coperto di fogliame, e ogni cinque passi c'era un gradino. Ma dopo tutte le volte che c'era stato lo avrebbe trovato anche a occhi chiusi.

Nel silenzio si udivano soltanto i suoi passi sulle foglie bagnate, lo scricchiolio dei rami e un gatto che miagolando difendeva il suo territorio. Come mai dopo l'ultimo furto la signora De Lulla avesse installato un impianto d'allarme con telecamere a raggi infrarossi e rilevatori di movimento, senza però attivarlo, restava per Rizzi un mistero. E comunque: a che serviva l'allarme se il cancello restava aperto e si poteva entrare con tanta facilità?

L'intera casa, ala est e ala ovest comprese, era al buio. Davanti al portone d'ingresso c'erano un paio di stivali di gomma gialli, due casse d'acqua minerale e una borsa di generi alimentari con attaccato un biglietto. Rizzi fece luce con la torcia del cellulare. La consegna era del supermercato di via Pagliaro e lo scontrino era stato battuto quella mattina alle 10.35. Il campanello non funzionava nemmeno lì. Incerto se fare o meno un altro giro intorno alla casa, Rizzi decise infine di prendere la scorciatoia: salì sul muretto, e lo scavalcò.

Dopo aver aperto e scostato leggermente la porta, chiamò: «Signora De Lulla?».

Cercò a tastoni l'interruttore della luce, lo premette, ma non successe niente. Fece luce nell'ingresso illuminando sopra al tavolo la composizione di fiori finti, la carta da parati di seta e l'enorme dipinto a olio che ritraeva la signora De Lulla in abito a pois, giovane e bellissima, all'epoca in cui si chiamava ancora Ludovica Ferretti, probabilmente agli esordi di una fortunata carriera cinematografica.

Rizzi si richiuse la porta di casa alle spalle e spostò a sinistra la tenda pesante. Dietro c'era il guardaroba, lo spazio per il deambulatore e, dov'era appesa la pelliccia di visone, lo sportello del contatore rivestito di carta da parati.

Come aveva immaginato: era saltato l'interruttore di sicurezza. Quando lo rispinse in alto, l'imponente lampadario nell'ingresso si illuminò all'istante e nel silenzio della stanza si levarono le note di un'orchestra di archi, un'ouverture di Verdi.

Camminando sullo spesso tappeto, Rizzi entrò nella sala da pranzo, anch'essa illuminata, dove vide sulla parete davanti a sé il dipinto a olio di Giorgio De Lulla, il marito scomparso ormai da tempo, con un cappello di paglia in mano e un sorriso malizioso. Pochi mesi dopo il matrimonio era morto d'infarto lasciando alla signora De Lulla quella casa, un appartamento a Roma e alcuni titoli. Con il bicchiere di Sherry in mano la signora De Lulla era solita alimentare varie leggende, ad esempio quella secondo cui la sua carriera – da figlia di un fabbricante di botti a star del cinema – avrebbe avuto tutt'altro corso se non si fosse imbattuta in quella donna di Pozzuoli, una certa Sofia, di cui si rifiutava persino di pronunciare il cognome.

Rizzi fece il giro del tavolo, apparecchiato con piatti, posate e bicchieri per dodici persone che non sarebbero mai venute, e aprì la porta a battenti che dava sul salotto. Anche lì era tutto come sempre. Sullo scrittoio alla finestra c'era un solitario non ancora finito, e sul tavolino basso di vetro fumé c'erano bicchieri e caraffe di Sherry, Whisky e Ramazzotti. L'aria d'opera lirica riempiva la stanza, ma della signora De Lulla nessuna traccia. Forse si era già dimenticata di aver chiamato la polizia, si era versata un Whisky, aveva preso un Valium ed era andata a letto.

C'era soltanto la vestaglia di seta con i fenicotteri rosa aperta sul tappeto a fiori, e il modo in cui stava lì, quasi a suggerire un dramma appena consumato, era ancora una volta tipico della signora De Lulla. La musica ne aumentava il pathos, e Rizzi provò a un tratto una forte riluttanza. L'idea che fosse tutta una messinscena allestita ad arte per lui non era affatto divertente, lo mandava anzi su tutte le furie. Attraversò il salotto e spense il lettore cd nella libreria.

Nel silenzio calato all'improvviso si sentì ululare il vento, fuori, e la pioggia scrosciare. Le persiane cominciarono a sbattere, i rami a graffiare i vetri. C'era qualcosa di strano. Rizzi rimase immobile davanti alla libreria con l'orecchio teso.

Il fatto che le tende si muovessero in modo impercettibile dipendeva dalle finestre vecchie, e i due bicchieri macchiati di vino rosso sul tavolino davanti al camino probabilmente non significavano niente, se non che c'era stato Roberto Esposito, il custode, quello che ogni giorno pescava qualche ago di pino dalla piscina, dava il tormento al giardiniere e alla donna delle pulizie, mangiava a sazietà e ronzava sempre intorno alla signora De Lulla finché lei non gli allungava una mancia extra. Alla fine Rizzi capì cosa non quadrava.

Vide a terra, poco distante da lui, un fazzoletto bordato di pizzo. Chinandosi, Rizzi notò sporgere dal bracciolo della poltrona la mano che penzolava senza vita. Un anello per ogni dito, le unghie accuratamente dipinte color madreperla.

Avvicinatosi, Rizzi si chinò sulla signora De Lulla, che nella sua poltrona a orecchioni sembrava una grossa bambola vecchia, messa lì perché nessuno voleva più giocarci ma che era un peccato buttare via. La camicia da notte con ricami veneziani ricadeva in pieghe graziose sul corpo voluminoso ed era allacciata al collo in modo pudico con un cordoncino colorato. I capelli lunghi sino alle spalle, di un castano ancora bellissimo, erano pettinati in modo impeccabile come nel quadro appeso all'ingresso. Soltanto la testa ricadeva innaturalmente di lato e i grandi occhiali dalle lenti bluastre si erano spostati.

«Signora De Lulla?» Rizzi le afferrò il polso. «Mi sente?» Gli occhi con le ciglia nere di mascara erano chiusi, le labbra rosa pallido serrate. Il polso era debole ma presente.

Il bicchiere sul tavolino in vetro aveva un forte odore di Whisky. Subito Rizzi tirò fuori il cellulare per chiamare il 118.

«Tenga» disse la donna con voce flebile. «Prenda da bere anche lei.»

La signora De Lulla non si mosse, la testa le ricadeva ancora di lato, soltanto la bocca era semiaperta.

«Che cos'è questa messinscena?» Rizzi le tolse di mano il bicchiere e lo posò sul tavolo.

«Cominciavo a pensare che non sarebbe arrivato più nessuno» disse la donna con la bocca impastata, e aprendo gli occhi si riaggiustò gli occhiali con aria di rimprovero.

«E io che pensavo le fosse successo qualcosa.» Rizzi rimise via il cellulare. «Per poco non mi faceva prendere un colpo.»

«C'è un motivo, se l'ho chiamata.» La donna fece un gesto con la mano come se volesse far partire un'intera schiera di servitori. «La prego, vada a vedere, agente. Credo che ci sia qualcuno in casa.»

«È scattato il contatore» la contraddisse Rizzi. «Cose che capitano, con questo tempo. E dov'è il contatore gliel'ho fatto vedere, ricorda?»

La signora De Lulla gli lanciò uno sguardo vitreo, descrisse un semicerchio con la mano e disse: «Ho visto delle ombre davanti alle finestre. Molte ombre, ombre alte, e ho pensato: quegli uomini sono tornati.»

«Che cosa ha preso?» domandò Rizzi. «Valium?»

«Soltanto una mezza pasticca» rispose la donna risentita.

«Cos'altro?»

«Bromo» disse lei riluttante.

«Quanto?»

«Qualche goccia.» Sospirò. «Mi creda. Non sono pazza. Quelli correvano là fuori. Ho avuto paura.»

«In una notte senza luna ci sono ombre, e quel che ha sentito era il vento.» Rizzi scrutò la signora con sguardo penetrante. «O è stata lei a far scattare il contatore?»

«Ma come le viene in mente?» sbottò la donna indignata.

«Lo sa, deve contattare Roberto, il custode, il signor Esposito, quando ha problemi del genere, non noi. Gliel'ho già spiegato almeno un centinaio di volte.»

«So benissimo quando e chi contattare, e adesso la smetta di trattarmi come una bambina.» Offesa, la signora De Lulla raccolse un pelucco dalla sua camicia da notte. «Per favore, si sieda, prenda da bere e mi racconti che fine ha fatto l'agente Savio. Come sta? Non lo vedo più da secoli.»

Fuori il vento si accaniva contro le finestre sgangherate, la pioggia persisteva impetuosa. Rizzi guardò l'orologio. «Sono in servizio» disse «ed è mezzanotte passata. Non me ne voglia, signora De Lulla, ma domani mattina devo uscire presto.»

«L'agente Savio si concede sempre del tempo per chiacchierare» disse la signora De Lulla in tono di rimprovero, sforzandosi di reprimere il tremore nella voce. «È completamente diverso da lei. Affascinante e divertente, non così freddo e serio.»

«Ora le do un suggerimento.» Rizzi si sedette sul bordo del divano. «E la prego, mi ascolti attentamente. Invece di far impazzire ogni volta la polizia, la prossima volta chiami l'agente Savio in persona, invece di far correre me per tutta l'isola con questo tempaccio. Mi ha capito? Così insieme potrete passare una magnifica serata sorseggiando cocktail e raccontandovi vecchie storie, felici e contenti.»

La signora De Lulla annuì, ma forse fu soltanto un movimento involontario della testa nel togliersi gli occhiali, e tuttavia dal modo in cui lo fece si capiva quanto fosse profondamente offesa e risentita, sembrava anzi che l'avessero appena presa a schiaffi.

Senza far rumore la signora De Lulla, imbronciata, si soffiò il naso con il fazzoletto. Rizzi si fermò sulla porta, voltandosi un'ultima volta verso l'anziana signora.

«E va bene» si arrese togliendosi il berretto. «Un bicchierino e una storia, ma soltanto una e poi basta.»

«Agli ordini.» La signora De Lulla fece un gesto con il bicchiere in mano e ne buttò giù il contenuto.

Rizzi si sedette, si versò del vecchio Whisky irlandese e si appoggiò allo schienale.

* * *

Alle 5.30 del mattino Rizzi stava tornando a casa passando da via Grotta Azzurra; aveva smesso di piovere e soltanto il vento continuava a soffiare dal mare sospingendolo nelle curve a sinistra verso la corsia opposta. Aveva la strada tutta per sé, e mentre in tutto il corpo avvertiva la stanchezza pensava a Gina, desiderando di andare da lei e infilarsi sotto le sue coperte per dare un significato a quella notte insensata.
A un certo punto, come dal nulla, spuntarono nel buio due fari abbaglianti.

Invece di reagire, strinse la presa sul manubrio e tenne la corsia, incapace di credere a ciò che stava vedendo. Soltanto il suono acuto del clacson e lo sfarettare concitato del veicolo che gli veniva incontro lo indussero a sterzare; a quel punto i piccoli pneumatici della Vespa persero aderenza sulla strada. L'asfalto bagnato si trasformò in sapone, facendolo slittare, e per una frazione di secondo vide soltanto una luce accecante davanti a sé.

Sentì la folata di vento spostarlo di lato come un'onda di prua, sollevando da terra la Vespa. Si sforzò come meglio poté di mantenere l'equilibrio aggrappandosi al manubrio. Un volto nell'oscurità gli comparve davanti, completamente sfocato, come un'ombra dell'aldilà; pensò: chi sei? Non capiva se stesse sognando o se fosse un effetto dall'alcol che aveva bevuto.

Un istante dopo gli pneumatici riguadagnarono la presa sull'asfalto, e l'impatto dei freni fu così forte che per poco non venne disarcionato.

Appoggiati i piedi a terra, con il motore sempre acceso, si guardò alle spalle ansimante. Chi era che guidava come un pazzo per l'isola nel cuore della notte, e dove diavolo stava andando?

I fari posteriori erano scomparsi nel buio, quasi fossero frutto della sua immaginazione, o una visione.

Senza pensarci troppo girò la Vespa e tornò indietro. Il faro illuminò la scarpata, dove Rizzi notò qualcosa di insolito. Nel punto in cui terminava il guardrail mancava un colonnino. Era rimasto soltanto il troncone. Accostò, parcheggiò la Vespa sul ciglio della strada, lasciò il faro acceso, attivò la torcia del cellulare e illuminò in fondo alla scarpata.

Il terreno roccioso con gli alberi di media altezza, le palme basse e i cespugli di ginestra confondevano la visibilità, e la luce della torcia non era sufficiente e illuminare tutta la superficie. Laggiù in fondo poteva esserci di tutto, persino un frigorifero, una lavatrice o qualsiasi altro rifiuto ingombrante abbandonato da qualcuno.

Con la torcia in mano scese giù per il dirupo, scivolando sul terreno malfermo e aggrappandosi a quel che trovava per non perdere l'equilibrio. Alla fine si fermò su uno sperone roccioso.

Sotto di lui, incastrato fra due massi, c'era un veicolo, un'Ape a tre ruote. La superficie di carico con le due ruote posteriori stava quasi in verticale, mentre della ruota anteriore e dell'abitacolo non si vedeva granché. Da lì si stava alzando una colonna di fumo. Pensò subito che si trattasse del veicolo che prima gli era sfrecciato incontro ed era uscito poi di strada. Tirò fuori il cellulare. Ci volle un'eternità prima che dal centralino qualcuno rispondesse.

«Mi serve un'ambulanza» disse Rizzi descrivendo in poche parole la situazione.

«Feriti?» domandò l'uomo all'altro capo del telefono.

«Certo che sì!» gridò Rizzi. «Sbrigati! E di' che c'è bisogno di cesoie per lamiera, di tronchesi a doppia leva e tutto l'occorrente.» Prima di riagganciare, disse anche che il luogo dell'incidente era proprio sotto alla strada dove aveva parcheggiato la Vespa. Rimise via il cellulare e cercò un varco per avvicinarsi all'Ape. Le spine dei cespugli gli impedivano di attraversare la macchia. Gli avrebbero fatto comodo forbici da giardiniere o almeno un paio di guanti.

Vide all'interno dell'abitacolo un'ombra accasciata sul volante.

«Ehilà» chiamò. «Mi sente?»

Fece un giro largo per provare ad avvicinarsi dall'altro lato.

Scivolò più che arrampicarsi, lacerandosi i palmi delle mani sulla superficie ruvida delle pietre e notando soltanto allora quanto l'Ape fosse incastrata a fondo tra le rocce. Quando riuscì a raggiungere il veicolo incidentato, dell'abitacolo riuscì a vedere solo il tetto con un'ammaccatura profonda. Infilarsi a forza tra le rocce per cercare di aprire in qualche modo lo sportello non avrebbe funzionato. C'era troppo poco spazio.

Si sdraiò pancia a terra e iniziò lentamente a strisciare in avanti. «Mi sente?» gridò ancora una volta. Era ormai vicinissimo al parabrezza ma non vedeva nient'altro che vetri in frantumi. «Mi capisce?»

Cercò di coprirsi la mano chiusa a pugno con la manica della divisa; colpì il parabrezza, ma sfondare il vetro da sdraiato era un'impresa impossibile.

Si trascinò in avanti di qualche centimetro, ma finì, in realtà, col restringere ancora di più lo spazio d'azione. Riuscì ad afferrare un sasso appuntito e colpì il vetro più forte che poté proprio nel punto in cui si era formata una crepa. Ansimando per la fatica, vide dal buco una chioma scura adagiata sul volante che sembrava una parrucca scompigliata.

«È ferita?» gridò.

Dopo aver allontanato i frantumi con la manica, allungò la mano sino a toccare il volto della giovane donna e sentirle con il dito la carotide.

Forse se lo stava soltanto immaginando, ma gli sembrò di percepire un debole respiro.

«Tranquilla» disse Rizzi. «L'ambulanza sta arrivando. Sarà qui da un momento all'altro.»

Con due dita le scostò delicatamente i capelli, e con lo spuntare del sole un luccichio le si posò sul viso, sulle labbra, sulle guance e sulle sopracciglia unite.

«Elisa» sussurrò Rizzi.

Le colò il sangue da un angolo della bocca. «Non è stato un incidente» ansimò lei. «È stato...»

«Guardami!» disse Rizzi. «Elisa, mi senti?»

Mentre gli uccelli cinguettavano e cominciava ad albeggiare, lo sguardo negli occhi verdi della donna si fece vuoto; era morta.

2

Lungo la strada si erano accalcati diversi curiosi, gente del posto in pigiama e camicia da notte coperta da una giacca. Anche Michele Pellicano, del giornale dell'isola, era già accorso e scattava foto con zelo. Rizzi era talmente esausto che lo lasciò fare: d'altra parte era il suo lavoro. Raggiunse sul ciglio la collega, Antonia Cirillo, che stava transennando il luogo dell'incidente.

Dopo averla salutata, le consegnò in una busta il documento d'identità della vittima. «Va portata alla stazione di polizia» disse. «Nel frattempo mi occuperò dei familiari.»

Cirillo si infilò la busta nella tasca della giacca sotto l'impermeabile. «A quanto vedo, non ci sono segni di frenata» constatò.

Mentre Rizzi guardava l'asfalto, arrivò un'autopattuglia da cui scese l'ispettore Luigi Lombardi.

Il capo della stazione di polizia lasciò che il giornalista gli facesse una foto, poi spalancando le braccia e con voce perentoria si rivolse alla folla curiosa e sgomenta che si era raccolta intorno all'ambulanza: «Signori e signore, tornate a casa. Lo spettacolo è finito». Batté le mani e dette le spalle a tutta quella gente, che tuttavia non si mosse dal posto, concentrata a guardare in silenzio i soccorritori che con valigie, torce e attrezzi vari risalivano il pendio seguiti dai paramedici con la bara di zinco. Ci avevano messo quasi due ore a tagliare con le cesoie il tetto del veicolo e ad aprire l'abitacolo come una scatoletta per estrarre la vittima.

L'ispettore con la divisa stirata salutò i soccorritori esausti, i paramedici pallidi e Rizzi con la giacca e i pantaloni sporchi mentre il cadavere veniva portato via.

«Chi è la vittima?» Michele Pellicano prese carta e penna. «Un abitante dell'isola?»

«No comment» tagliò corto Rizzi, chiedendo con un gesto della mano all'ispettore Lombardi di spostarsi di lato.

«E dài, Enrico.» Pellicano schioccò la lingua. «Mi serve giusto qualche informazione.» Seguì Rizzi e Lombardi fino alla transenna. «Si sarebbe potuto evitare l'incidente, se la strada fosse stata messa in sicurezza?»

Lombardi si voltò. «Smetti di dire sciocchezze, Michele. Scrivi quello che devi scrivere, ma senza esagerazioni, intesi?» Poi si rivolse a Rizzi: «Allora, agente. Che cosa abbiamo?».

Rizzi alzò il nastro segnaletico per passarci sotto e, pochi passi più avanti, una volta lontani da orecchie indiscrete, disse: «La vittima si chiama Elisa Constantini.»

«Elisa Constantini?» gli fece eco Lombardi incredulo, togliendosi il berretto. «Che ci faceva qui? Credevo vivesse sulla terraferma. Perché se ne andava in giro per l'isola di notte?» Guardò Rizzi sgomento, come se si aspettasse da lui una spiegazione.

«Non lo so, ispettore» rispose l'agente con un fil di voce.

«Dove abitava?» domandò Lombardi guardando indistintamente cardi, cactus, sassi e l'Ape, o meglio, ciò che ne rimaneva.

«A Benevento» disse Rizzi. «O almeno, così risulta dal documento d'identità.»

«Figli?»

«Due bambine» rispose Rizzi.

Lombardi imprecò sottovoce.

Rizzi raccontò che intorno alle 5.30 stava tornando da casa della signora De Lulla, quando in via Grotta Azzurra un'Ape gli era sfrecciata incontro suonando il clacson e abbagliando. Disse che era stato costretto ad accostare e che il veicolo era scomparso nel buio come se la terra lo avesse inghiottito all'improvviso. Avendo notato subito qualcosa di strano, era tornato indietro e aveva trovato prima il colonnino del guardrail spezzato, poi l'Ape tra le rocce in fondo alla scarpata.

«Forse era ubriaca o sotto l'effetto di droghe.» Cirillo li aveva raggiunti e stava riavvolgendo intorno al rotolo il nastro segnaletico non utilizzato.

«Non è che abbiamo a che fare con un suicidio?» Lombardi alzò gli occhi al cielo sconcertato. Nel riflesso del lampeggiante blu sul tetto dell'ambulanza l'aurora era svanita, cedendo il passo a una nebbia fitta che presto sarebbe stata sostituita da una coltre di nubi o da un cielo limpido.

«In tal caso dubito che avrebbe suonato il clacson e abbagliato» osservò Cirillo.

La carreggiata aveva cominciato ad asciugarsi ai bordi e al centro. «Non è stato un incidente» disse Rizzi. «Queste sono state le sue ultime parole prima di...» A Rizzi venne meno la voce. Dovette schiarirsi la gola per terminare la frase: «Prima di morire».

«Davvero ha detto così?» Lombardi si passò nervosamente una mano sul viso.

«Sei sicuro di non aver frainteso?» domandò anche Cirillo per poi ipotizzare: «Magari si è accorta che l'Ape aveva qualche problema e ha suonato il clacson per chiedere aiuto.»

«Può darsi benissimo» concordò Rizzi.

Lombardi alzò la mano. «Non cominciamo con le congetture, agenti» li ammonì entrambi. «Aspettiamo che arrivino gli esperti di Napoli a esaminare la vittima e il veicolo, dopo di che ne sapremo di più. Dobbiamo informare i familiari prima che vengano a sapere dell'accaduto da altri canali.» Si voltò per andarsene. «Se ne occupi lei, Rizzi; l'agente Cirillo la accompagnerà.» Si piegò per passare sotto al nastro segnaletico e venne accolto dalla sequenza di flash di Michele Pellicano che lo aspettava.

* * *

La casa della famiglia Constantini si trovava dall'altra parte dell'isola, a Capri città, in via Castiglione, e con la Vespa, in circostanze normali, ci si arrivava in meno di mezz'ora. Il parallelepipedo disadorno, tinteggiato di bianco, che nel corso degli anni era sempre stato ampliato di un vano o di una camera dal vecchio Marcello, si trovava un po' rialzata rispetto alla strada. Sotto lo stesso tetto in passato vi avevano vissuto tre generazioni: i nonni e i genitori con le figlie Raffaella ed Elisa. Ma erano tempi lontani, quelli. Ormai ci abitava soltanto una persona: Raffaella Constantini.

Rizzi aveva già suonato il campanello al cancello, quando arrivò anche Cirillo, che parcheggiò la Vespa accanto alla sua e in tutta calma la mise sul cavalletto. Per Rizzi non aveva alcun senso presentarsi lì in due per comunicare a una ignara Raffaella Constantini che sua sorella minore era rimasta uccisa in un incidente stradale. Avrebbe preferito farlo da solo.

«Tutto bene?» domandò Cirillo quando gli si avvicinò, sistemandosi il berretto sui capelli.

«Credo che tu abbia bisogno di qualche lezione di guida» disse Rizzi suonando ancora una volta il campanello.

«Come, scusa?»

«Per imparare a prendere le curve sui tornanti.»

«Me la cavo benissimo» replicò brusca Cirillo. «Ma grazie per il consiglio.»

«Posso aiutarvi?» gridò qualcuno dalla casa. Un ragazzo in boxer e maglietta si era affacciato in cima al vialetto d'ingresso.

«Buongiorno» disse Rizzi. «Dobbiamo parlare con la signora Constantini.» Posò la mano sulla maniglia. «È urgente.»

Il ragazzo sparì dietro la casa. Poco dopo si sentì un ronzio e Rizzi spinse il cancello.

Lui e Cirillo percorsero il vialetto di cemento in pessimo stato, pieno di crepe e buche. Sotto un tetto sghembo e mezzo diroccato era parcheggiata fra cassette di arance impilate una vecchia Ape, quasi un pezzo da museo, appartenuta probabilmente al vecchio Marcello. Sembrava che l'uomo l'avesse lasciata lì ad arrugginire quand'era ancora vivo, e con tutta probabilità era proprio così che era andata.

L'auto di Raffaella era invece davanti alle scale della porta d'ingresso. Rizzi e Cirillo fecero il giro della casa, svoltando dietro l'angolo dov'era sparito il ragazzo e arrivando a una terrazza con sedie a sdraio e un tavolino con sopra un posacenere. Rizzi non metteva più piede lì da un'eternità, forse dai tempi dell'adolescenza. I limoni in giardino erano spariti, e all'epoca non c'era nemmeno la porta scorrevole sul retro della casa. L'ingresso era aperto e portava in una cucina ben illuminata. Evidentemente, dopo la morte del padre, Raffaella aveva fatto dei cambiamenti: tutto sembrava più grande e più moderno di quanto ricordasse Rizzi. Su un lungo tavolo rustico in legno, cosparso di giornali, c'erano bicchieri vuoti, un portatile aperto e una tazza di caffellatte. Nessuna traccia del ragazzo, né di Raffaella.

Da qualche parte sbatté una porta; poco dopo udirono alcuni passi per le scale e infine Raffaella entrò nella stanza.

«Erri, sei tu?» disse sorpresa. Indossava un kimono, aveva il mascara sbavato e i capelli legati con un elastico di spugna che lasciavano libero il viso. «Che succede?»

Rizzi fece un passo verso di lei. «Mi dispiace così tanto, Raffaella.»

«Oh mio Dio.» Arretrò stringendosi in vita la cintura del kimono. «Insomma, cos'è successo?»

«Si tratta di tua sorella» disse Rizzi con voce roca. «Elisa stava guidando in via Grotta Azzurra. Non è facile per me dirtelo» Si interruppe, poi a testa bassa riprese: «È andata fuori strada».

«Fermo, aspetta.» Raffaella alzò la mano. «Prima che tu vada avanti: Elisa è partita ieri pomeriggio. Ha preso l'aliscafo delle 16.20 e poi ha proseguito in treno per Benevento. Josh l'ha accompagnata al porto. Josh!» Con fare convulso iniziò a sfogliare le pagine sul tavolo e poi gridò: «Dove sono i miei occhiali?».

«Raffaella.» Rizzi prese una sedia. «Ti prego, siediti.»

«Che ore sono?» domandò Raffaella. «A mezzogiorno ha un appuntamento a Benevento. Josh? Vieni qui, per favore!»

«Siediti!» le ripeté Rizzi.

Qualcosa nel suo tono di voce fece sì che Raffaella alzasse lo sguardo atterrita: «Erri» balbettò lasciandosi lentamente cadere sulla sedia, «mi stai spaventando. Non è possibile!»

«Purtroppo non ci sono dubbi.» Rizzi tacque in cerca delle parole giuste, quando gli venne in soccorso Cirillo.

«Sua sorella stava guidando un'Ape.»

«L'Ape? Quale Ape?» gridò Raffaella con voce stridula.

«Mentre guidava in via Grotta Azzurra, ha perso il controllo del veicolo» proseguì Cirillo, «precipitando nella scarpata. Siamo tremendamente dispiaciuti, signora Constantini. Elisa è morta.»

Raffaella fissò Cirillo senza capire, poi guardò Rizzi come se aspettasse la conferma del fatto che quell'estranea lì nella sua cucina era fuori di testa.

Ma Rizzi tacque, impotente si rigirava il berretto fra le mani. Alla fine si fece coraggio e disse: «Raffaella, sono costernato. Le mie più sentite condoglianze».

Raffaella si premette la mano sulla bocca. Dopo di che iniziò a urlare.

3

Raffaella aveva scaraventato giù dal tavolo fogli e portatile, facendo cadere persino dalle mani di Cirillo il bicchiere d'acqua che le stava porgendo e poi era scoppiata a piangere.

Cirillo chiamò il medico, gli descrisse brevemente la situazione e gli chiese di venire. Il ragazzo, Josh, era impalato sulla porta, incapace di muoversi, e osservava attonito la scena che si svolgeva davanti ai suoi occhi, mentre Rizzi cercava di tener ferma Raffaella e di calmarla.

Nel giro di un quarto d'ora arrivò un dottore e fece a Raffaella un'iniezione di tranquillante.

Cirillo uscì dalla stanza, andò fuori in terrazza e fece qualche respiro profondo. Nell'aria del mattino si percepiva un odore speziato, forse di alloro, mentre il sole stava lentamente prendendo vigore. Cirillo amava il suo lavoro, ma ne detestava quella parte: portare brutte notizie all'ignaro destinatario di turno, facendolo precipitare nella più cupa disperazione e segnando per sempre uno spartiacque nella sua vita, per poi sparire di nuovo come nulla fosse. E lì sull'isola, dove viveva così poca gente, l'impatto era ancora più forte. O forse dipendeva dal fatto che il suo collega era coinvolto personalmente? Tutti si conoscevano, tutti erano legati fra loro, e se qualcuno era al di fuori della cerchia di sicuro conosceva qualcun altro che invece ne faceva parte.

«Arrivederci, agente» disse il dottore andandosene.

«Arrivederci, dottore» lo salutò Cirillo.

Il dottore venne accompagnato al cancello da Josh, che nel frattempo si era messo un paio di jeans e occhiali di tartaruga neri che quasi lo facevano sembrare ancora più giovane. Il dottore parlò fitto fitto con il ragazzo, dandogli evidentemente istruzioni dettagliate, infine si congedò, salì in auto e partì. Josh richiuse il cancello e tornò indietro, le mani infilate nelle tasche dei pantaloni.

«Ancora non riesco a crederci.» Il ragazzo si fermò davanti a Cirillo, guardando esterrefatto nel vuoto. «Ieri era qui, di ottimo umore. Quanto è passato da allora, dodici ore? E ora dite che è morta?» Scosse la testa, come se il discorso facesse acqua da tutte le parti. «Non mi sono ancora presentato» proseguì, tirando fuori dalla tasca dei pantaloni un piccolo astuccio argentato. «Mi chiamo Josh Wilcox.» Le dette un biglietto da visita.

Happy Fruits, lesse Cirillo sul biglietto giallo limone. *Josh Wilcox. Sales Manager.*

Gli arrivò un messaggio sul cellulare.

«Non è un nome italiano» osservò Cirillo.

«Sono di Manchester» replicò lui distratto, guardando con la fronte corrugata il display illuminato. «Il mio collega sostiene che ieri pomeriggio Elisa non sia salita sulla nave.» Wilcox raccontò che lui e due suoi collaboratori quel fine settimana si erano ritrovati a Capri da Raffaella per un workshop. «Come fanno a CrowdFarming» spiegò. «Ne ha mai sentito parlare? Si coltiva in proprio e si consegna direttamente la merce al consumatore.» Lì isolati potevano riflettere meglio su certe cose, ed era anche più comodo prendere appunti che nella piantagione di limoni a Sorrento.

«E c'era anche Elisa Constantini?» domandò Cirillo.

Wilcox scosse il capo. «Lei non ha niente a che fare con l'azienda, era qui soltanto di passaggio. Ma quando ho accompagnato Jerôme e Sarah giù al porto a prendere l'aliscafo delle 16.20, Elisa è venuta con noi. Voleva partire anche lei.»

«Per Benevento.»

«Suppongo di sì.»

Cirillo guardò Wilcox digitare con entrambi i pollici un messaggio sul suo smartphone. «Conosceva bene Elisa Constantini?» domandò. «Che impressione si era fatto di lei?»

«Era carina.»

«Carina» ripeté Cirillo guardando il cielo azzurro pallido. «Che significa? Era schiva?»

«Oddio, schiva non direi proprio.» Wilcox mise via il cellulare. «A dire il vero, non la conoscevo affatto, e le rare volte in cui l'ho vista è stato sempre e soltanto di sfuggita.»

«E i suoi colleghi cosa dicono? Perché non ha preso la nave ieri pomeriggio?»

«Sarah e Jerôme? Dicono che aveva ancora una cosa da sbrigare.»

«E cosa?»

«Non ne ho idea.»

Cirillo osservò Wilcox di profilo e il suo mento sporgente con un po' di barba; per un istante non poté fare a meno di pensare a Oscar. A sedici anni già iniziava a lasciarsi crescere la barba, come si vedeva dal selfie che dopo insistite richieste le aveva mandato. Sospirò in silenzio, e scacciato il pensiero del figlio domandò: «Da quanto tempo state insieme lei e Raffaella Constantini?».

Sorpreso Wilcox la guardò di sottecchi. «Non stiamo insieme» precisò. «Lei è il mio capo. Il nostro rapporto è puramente amichevole e professionale.»

«Okay. E perché è rimasto soltanto lei, mentre i suoi colleghi sono ripartiti?»

«Perché ho iniziato a dare forma ai risultati del nostro brainstorming.» Fece un sorriso ironico. «Qualcuno di noi deve pur fare il lavoro sporco.»

«E Raffaella?»

«È un interrogatorio?»

«Risponda e basta.»

«Lei ha cucinato. Ha riscaldato gli avanzi. Ma perché, di preciso, le interessa saperlo?»

«Allora avrebbe dovuto sentire Elisa tornare e poi ripartire con l'Ape.»

Wilcox ci mise un istante ad afferrare. «Adesso capisco.» Scosse la testa. «No, non è tornata, o almeno non qui, lo so al cento per cento. L'avremmo sentita, io di sicuro. Siamo rimasti in cucina sino a mezzanotte e poi siamo andati a letto.» Accennò con il mento su al primo piano. «La stanza di Raffaella dà sul retro, la mia sul cortile. Per cui sento se arriva qualcuno dal vialetto d'ingresso o se ci sono due poliziotti in strada.»

«E allora di chi era l'Ape che guidava?»

«Non ne ho idea.»

In quel momento la porta di casa si aprì e uscì Rizzi. Wilcox si alzò di scatto. «Come sta Raffaella?» chiese. «Posso fare qualcosa?»

Rizzi si richiuse delicatamente la porta alle spalle. Aveva

un'espressione molto seria. «Sta riposando» disse. «Devi promettermi una cosa. Nelle prossime ventiquattr'ore non devi perderla di vista neanche un istante, capito?»

«Certamente, agente.»

«E se, svegliandosi, dovesse avere un'altra crisi, chiama subito il dottore, e poi avvisa me. Ti ho lasciato i numeri sul tavolo.»

«Di me si può fidare.»

Ci mancava soltanto che si mettesse sull'attenti e facesse il saluto militare, pensò Cirillo scuotendo la testa mentre osservava Wilcox seguire Rizzi come un cagnolino sino al cancello.

«Sono felice che si sia preso del tempo per restare un po' con lei» disse Wilcox in tono zelante.

«Se fossi rimasto da solo con Raffaella, temo che mi sarei lasciato sopraffare dalla situazione.»

Cirillo li seguì senza che i due badassero a lei. Ovviamente non aveva alcuna importanza che nel momento decisivo a Rizzi fosse mancato il coraggio, e che dunque fosse toccato a lei dare la tragica notizia della morte della sorella a Raffaella Constantini. Ed era stata sempre lei a prendere in mano la situazione e a chiamare il dottore quando Raffaella Constantini aveva perso la testa. I due uomini erano rimasti lì a guardare come degli imbecilli.

Rizzi si congedò da Wilcox con una stretta di mano, mentre Cirillo chiese al ragazzo i recapiti dei due colleghi che avrebbero dovuto imbarcarsi con Elisa Constantini, Jerôme Dubois e Sarah Neumann, e li salvò nella rubrica del cellulare.

Non appena Wilcox ebbe richiuso il cancello alle loro spalle e si fu incamminato verso casa lungo il vialetto d'ingresso, Cirillo disse a Rizzi: «Non so se hai sentito anche tu». E mentre lui si apprestava a rimontare in Vespa, gli si avvicinò aggiungendo: «L'Ape con cui Elisa Constantini ha fatto l'incidente non è dei Constantini».

Rizzi prese il casco da sotto la sella. «Me lo ha fatto notare Raffaella.»

«E cosa ne pensi?»

«Cosa dovrei pensarne?» Si mise il casco.

«Dobbiamo trovare quanto prima il proprietario. E se non mi sono fatta un'idea sbagliata, il procuratore accuserà il proprietario di omicidio colposo. Raffaella ha idea di chi potrebbe essere l'Ape con cui la sorella sfrecciava per l'isola?» domandò.

«No, non lo sa.»

«Be', fantastico!» Cirillo appoggiò un piede sul predellino della Vespa di Rizzi. «Allora spiegami perché sul luogo dell'incidente non hai preso la targa. Occorre indagare sul proprietario del veicolo. Fa parte della routine.»

«So da me come fare il mio lavoro.» Rizzi si allacciò il casco e infilò la chiave nel blocchetto di accensione.

«A quanto pare no.»

«Quando mi sono trovato laggiù non ci ho pensato. Contenta?» Mise in moto. «Era una situazione estrema.»

Cirillo tolse il piede dal predellino. «Pensi di sapere sempre tutto, ma non sai un bel nulla. Sei completamente cieco quando si tratta di riconoscere gli errori nel tuo lavoro.»

Rizzi guardò l'orologio. «Non appena saremo in ufficio, riprenderemo il discorso.» Senza aspettare una risposta, partì.

«Non so se ti è chiaro» gli gridò dietro Cirillo, «ma in questo incidente c'è qualcosa che non torna!»

4

Rizzi non poteva farci niente. Rivedeva di continuo la stessa scena: i paramedici e i soccorritori che, distesi a pancia in giù sulle rocce, si contorcevano imprecando nel tentativo di aprire l'abitacolo con tenaglie, cesoie per lamiera e altri attrezzi. Sventrato il tetto dell'Ape, lo avevano ripiegato all'indietro e uno dei paramedici, il più basso, con un codino, si era calato all'interno, scomparendo come dentro a un sottomarino. Nel silenzio che si era diffuso lì attorno era cresciuta a un tratto la speranza che Rizzi si fosse sbagliato, che ci fosse ancora battito, per quanto debole, e che dunque la ragazza fosse ancora viva.

Il paramedico aveva confermato tuttavia il decesso e aveva iniziato a consultarsi con i colleghi sulle manovre più idonee per estrarre il cadavere intrappolato nell'abitacolo, un peso più o meno di sessanta chili che doveva venir sollevato senza paranco o altri mezzi.

Quando Elisa era stata deposta sulla barella, gli uomini si erano spostati, qualcuno si era fatto il segno della croce, e tutti avevano osservato in silenzio Rizzi che perquisiva le tasche del blazer e dei jeans, trovando bustine di zucchero marcate Trenitalia, il biglietto da visita di un sarto di Benevento, fazzoletti, portafoglio e un mazzo di chiavi. A un suo cenno avevano afferrato Elisa per le braccia e le gambe e poi l'avevano adagiata sulla barella che era già lì pronta. Quando venne ricoperta con il lenzuolo, Rizzi era sudato fradicio.

Cercò a tastoni il cellulare. Era il quattro novembre, un lunedì. Si sentiva come se avesse preso una martellata in testa o come se soffrisse di jet lag. Allungò la mano accanto a sé, di riflesso, ma Gina non era lì con lui, c'era soltanto il suo cuscino e un profumo delicato. Si alzò dal letto, andò in cucina e mise la moka sul fornello. *Non è stato un incidente.* Le ultime parole di Elisa.

Si spostò in bagno, aprì tutto il rubinetto dell'acqua fredda e ansimò sotto il getto della doccia contando sino a venti. Dopo di che si asciugò e prese dall'armadio la divisa pulita. Prima che qualcuno da Napoli venisse a recuperare il veicolo incidentato e iniziassero le indagini sulle possibili cause della sciagura sarebbero passati giorni.

Mentre beveva il caffè, mandò a Gina un messaggio, poi si infilò gli stivali, strinse il berretto sotto il braccio e si richiuse la porta alle spalle.

Ovunque arrivassero, i raggi del sole facevano brillare il mare, macchie turchesi in un blu petrolio scuro, mentre una fascia sottile di piccole nubi si increspava all'orizzonte come un orlo sfrangiato. Rizzi si fermò sul luogo dell'incidente e, senza badare alla gente, lasciò la Vespa sul ciglio della strada. In fondo alla scarpata c'erano sparsi qua e là vestiti, un beauty case e una valigia che evidentemente erano stati sbalzati nell'impatto.

Rizzi non faceva altro che scivolare sul terreno umido senza potersi aggrappare alle foglie spinose delle palme nane. Si arrampicò su una vecchia rete a doghe e dette un calcio a una tanica di benzina, augurandosi di cogliere in flagrante chi usava la scarpata come discarica abusiva. La società del benessere con la sua leggerezza, le sue comodità e il suo dannato egoismo era ormai una società criminale, e la natura era stata sin troppo clemente a ricoprire quei rottami di plumbago bianco, margherite selvatiche e ombrelle rosso fiammante. Rizzi guardò il pendio che risaliva sino alla strada e stimò che Elisa avesse fatto un volo di almeno venti metri. La carreggiata in discesa doveva aver agito da trampolino di lancio.

«Ehi!» sentì una voce. «Che cosa fa laggiù?»

Rizzi guardò in basso: vicino all'Ape, una sagoma esile con i capelli castani agitava le braccia. Era Cirillo, che evidentemente aveva avuto la sua stessa idea e voleva dare un'altra occhiata alla luce del sole.

«Fermo lì!» gridò.

Rizzi scorse un'ombra fra i cactus. Uno sconosciuto si stava facendo strada fra i lecci verso il mare.

«Stia attento!» gridò Rizzi, ma il tizio corse via più veloce di una lepre, come se la macchia fosse la sua salvezza, quando invece era un terreno che poteva nascondere dei precipizi inattesi. «Si fermi!» Rizzi provocò una piccola frana di ghiaia, scivolò giù per diversi metri, si rialzò, ma a quel punto il fuggitivo era già sparito.

«Laggiù!» gridò Cirillo indicando verso il mare.

Rizzi vide in mezzo al canneto, a nemmeno trenta metri di distanza, l'uomo che era finito in un vicolo cieco.

«Polizia!» gridò Rizzi. «Venga lentamente indietro. È in pericolo di vita. Su, venga.»

Ma l'uomo fece l'esatto contrario, si agitò rischiando di cadere in avanti mentre la terra gli si smuoveva sotto i piedi.

Rizzi, ormai dietro di lui, lo afferrò per le spalle e lo tirò indietro.

Ansimanti giacevano in mezzo ai cardi mentre la roccia davanti a loro si stava sgretolando. Strisciarono indietro pancia a terra, allontanandosi dall'orlo del precipizio da cui continuavano a staccarsi pezzi di terra che cadevano nel vuoto.

«Sei impazzito?» gridò Rizzi all'uomo. «Che cosa ci facevi qui?»

L'uomo era a corto di fiato. «Credo» ansimò, «che mi abbia appena salvato la vita.»

Furibondo Rizzi si scosse via lo sporco e la polvere dalla divisa. «Chi è lei? Non ha visto le transenne?»

«C'è un cartello» puntualizzò Cirillo, in piedi su una roccia sopra di loro come su un'isola spartitraffico. Tirò fuori il taccuino e iniziò a prendere nota. «Turbamento dell'ordine pubblico, intralcio alle indagini di polizia...»

«Adesso chiudi il becco, brutta idiota!» sbraitò l'uomo.

«... e oltraggio a pubblico ufficiale» aggiunse Cirillo, facendosi dare il documento d'identità, che quello consegnò con una certa riluttanza.

«Gino Tamaro» lesse ad alta voce. «È un giornalista?»

«Ho fatto qualche foto» dichiarò l'uomo sulla difensiva, «tutto qui.»

«Allora mi dia il suo smartphone» ordinò Cirillo.

«Ma che diavolo...?» L'uomo guardò Rizzi in cerca di aiuto. «Prometto che non si ripeterà più» disse, per poi tacere e porgere con frustrazione il cellulare a Cirillo.

«Allarga le gambe» disse Rizzi, mentre Cirillo iniziava ad annotare i dati del documento.

«Lasciatemi andare.»

«Lei non è di qui, vero?» Rizzi perquisì l'uomo.

«È di Roma» disse Cirillo.

«È forse un crimine?» domandò l'uomo.

«Voltati» ordinò Rizzi. «Svuota le tasche.»

L'uomo obbedì controvoglia e tirò fuori delle monete, un taccuino, una penna e un coltellino svizzero. «Senta, agente» disse, «è tutto un malinteso. Io sono in vacanza e voglio riposarmi.»

«E allora cosa ci fa qui?» domandò Rizzi iniziando a sfogliare il taccuino dell'uomo.

«Ascolto l'erba crescere.»

«Risponda.»

«Quando stavo per uscire a godermi la vista sul monte Solaro, il mio affittacamere mi ha detto che quaggiù era successo qualcosa. Allora mi son detto, vai a dare un'occhiata. Deformazione professionale.»

«E questo cos'è?» Rizzi dette un colpetto alla tasca anteriore della giacca di pelle di Tamaro, gonfia come un pallone.

«Toglila.»

«Come, scusa?»

«Togliti la giacca!»

L'uomo obbedì, e Rizzi insieme al portafogli tirò fuori un oggetto lavorato a maglia con lana melangiata: un elefantino con la proboscide ricurva e gli occhi fatti con i bottoni.

«Dove lo hai preso?» domandò Rizzi.

«L'ho trovato.»

«Dove?»

Il giornalista sospirò. «Sull'Ape.»

«Questo è quel che si chiama giornalismo d'inchiesta» disse Cirillo.

«Cosa pensava di farci con questo giocattolo?» domandò Rizzi. «Sventolarlo sotto al naso dei familiari della vittima?»

«Tutti noi qui stiamo facendo semplicemente il nostro lavoro» si difese Tamaro.

Cirillo prese l'elefantino e disse: «Riavrà il suo cellulare non appena avremo esaminato le foto e cancellato quelle del luogo dell'incidente.»

«Non avete alcun diritto di farlo» ringhiò Tamaro.

«E purtroppo questo non sarà possibile prima di dopodomani.»

«Non potete farlo» protestò Tamaro. «Senza il mio smartphone non posso lavorare. Mi togliete la mia ragione di vita.»

«E ora vada» gli intimò Cirillo. «Sparisca.»

«Farò reclamo» minacciò Tamaro. «Per abuso di potere nell'esercizio delle vostre funzioni.»

Mentre risaliva furibondo la scarpata sparendo poi dietro al canneto, Cirillo gli comunicò di aver già preso la targa dell'Ape e di aver trasmesso i dati a Teresa Villa alla stazione di polizia in modo che potesse avviare le indagini sul proprietario del veicolo.

Dell'Ape era rimasto ancora meno di quanto ricordasse Rizzi quando era intervenuto quella mattina presto. La ruota anteriore aveva spaccato il rivestimento di plastica spingendosi fin sotto al volante. Elisa, in pratica, doveva esser rimasta a cavallo dello pneumatico con il volante che le aveva schiacciato il petto. Rizzi lottò per non cedere a un forte senso di nausea.

Si tolse la giacca e si chinò dentro l'abitacolo. Non era un esperto, ma aveva armeggiato abbastanza all'Ape di suo padre per poter dire che quello era un modello più recente. I veicoli si differenziavano prima di tutto per il carico che potevano trasportare; alcuni avevano il riscaldamento a pedale o la radio, ma il telaio, i mozzi delle ruote e gli alberi motore erano tutti uguali e in linea di massima indistruttibili, fatti per durare in eterno. Il problema dell'Ape – indipendentemente dal modello – era la ruggine che si formava soprattutto sul bordo dei passaruota, nella zona del pavimento e – vero punto debole – dietro alla pompa del freno vicino allo sterzo. Ed era proprio quello che interessava di più a Rizzi, per cui si sporse all'interno dell'abitacolo.

«Posso aiutarti?» chiese Cirillo.

«Io provo dall'altro lato» rispose Rizzi.

Si lasciò scivolare lungo la roccia. Con la torcia del cellulare vide che il pistone sembrava a posto. La pompa del freno e le molle sembravano esserlo altrettanto, quasi fossero state sostituite di recente. Tastò il serbatoio del liquido dei freni, vuoto per tre quarti, ma – per quanto potesse constatare – del tutto integro. Le alette di raffreddamento sui tamburi dei freni si erano incurvate, ma rimanevano saldamente ancorate. Ciò che gli sembrò strano fu il dado di serraggio sopra il ponte del pedale. Che si fosse allentato nello schianto? Fece alcune foto, anche con il flash, poi sbattendo la testa uscì dall'abitacolo.

«Trovato qualcosa?» domandò Cirillo.

Rizzi liberò la giacca rimasta impigliata nella ginestra. «Il dado di serraggio è allentato» disse.

«E che significa?»

«Che qualcuno ci ha messo le mani.»

«Il bullone non potrebbe essersi allentato per la violenza dell'impatto?»

«Improbabile.» Rizzi scosse via lo sporco dalle mani. «Per prima cosa c'è troppo poco liquido dei freni nel serbatoio. La cosa in sé potrebbe anche non arrecare grossi danni, ma la combinazione delle due può essere molto pericolosa.»

«Dunque qualcuno ha manomesso i freni dell'Ape?» domandò Cirillo mentre si inerpicavano per la scarpata.

«Se proprio me lo chiedi, sì, per me è andata così.»

«E ne sei certo?»

«Abbastanza.»

Qualcuno aveva lasciato un mazzo di fiori accanto al guardrail e attaccato a un albero un foglio con la foto di Elisa Constantini.

«Si sa già che cosa è successo, agente?» domandò una donna in pantofole e cardigan.

«Le indagini sono appena iniziate» disse Rizzi.

«Le cose cambiano in fretta.» L'uomo accanto a lei le cinse la vita con un braccio. «Giusto la settimana scorsa abbiamo visto Elisa seduta da Lorenzo, sembrava così rilassata e allegra. Guarda, abbiamo detto, la sorella minore di Raffaella è di nuovo sull'isola. Tutti quelli che se ne vanno finiscono sempre col tornare prima o poi.»

«Nostro figlio andava a scuola con Elisa» aggiunse la donna, «e da ragazzino faceva qualche lavoretto alla piantagione dei Constantini. È passata una vita da allora.» Fece un passo avanti e sospirando si chinò a sistemare i fiori in un vaso.

Cirillo chiese ai due coniugi nome e numero di telefono; Rizzi attraversò la strada per andare a riprendere la Vespa.

* * *

Quando verso mezzogiorno Rizzi si diresse verso il bar Roxy, Marco Sasso stava tenendo banco del negozio di generi alimentari. Circondato di gente, rievocava la pioggia torrenziale della sera prima, che a suo giudizio aveva preannunciato la disgrazia, ricordando con voce cupa i genitori di Elisa e Raffaella, Marcello e Luisa, che in passato, quando le bambine erano ancora piccole, per poco in Svizzera non avevano perso la vita nello stesso tragico modo di Elisa. Giuseppe Ruffini, il fioraio, con sguardo ancora più mesto disse che su quella famiglia gravava una maledizione. Quando Rizzi si tolse il casco, la conversazione si interruppe di colpo.

Entrò, si avvicinò al bancone e si sporse verso Gina.

«È successo davvero, tesoro?» sussurrò lei. «Savio è stato qui e ha raccontato del vostro intervento. Mi dispiace così tanto.»

Come se non avessero aspettato altro, quando Gina tolse la mano dalla guancia di Rizzi iniziarono tutti a parlare in contemporanea per sapere da lui se fosse vero che era arrivato per primo sul posto e se era stato dunque lui a trovare Elisa. Gli domandarono se era ancora viva e che cosa diavolo ci facesse nel cuore della notte a Damecuta, in via Grotta Azzurra; se la tragedia poteva in qualche modo essere evitata, ad esempio mettendo la strada in sicurezza, non soltanto con il guardrail e i colonnini ma anche con un muro, come Edoardo Caruso, funzionario delle imposte in pensione e noto spilorcio, aveva sollecitato diversi anni prima, quand'era ancora presidente della commissione per i trasporti.

Gina mise due tramezzini al tonno su un piatto e lo porse a Rizzi. Tutti i clienti del bar si erano disposti intorno a lui a semicerchio. Rizzi guardò il viso rotondo e bonario di Marco, la cicatrice di Giuseppe in cima alla fronte e gli occhiali con le lenti spesse di Edoardo, e disse: «Non sappiamo ancora cosa sia successo di preciso, e non abbiamo idea di cosa ci facesse

Elisa di notte in via Grotta Azzurra». Appese il casco alla sbarra del bancone. «Ma se qualcuno di voi sa qualcosa, se vi è giunta qualche voce all'orecchio, allora dovete dirmelo. Qualsiasi informazione su Elisa potrebbe rivelarsi importante, e io la tratterei ovviamente in modo confidenziale.»

«Prego, amico mio.» Alberto gli servì una spremuta d'arancia.

«Devo trapiantare il susino» disse Rizzi aprendo una bustina di zucchero. «Mi dai una mano?»

Prima ancora che Alberto potesse rispondere, si fece avanti Edoardo Caruso. «Elisa era una ragazza perbene» gridò nella stanza. «Perché la polizia dovrebbe essere interessata alla sua vita privata?»

«A me interessano le circostanze che hanno portato alla disgrazia» lo corresse Rizzi, «niente di più, niente di meno.»

«Perché all'improvviso parli di disgrazia?» domandò Edoardo. «Non è stato un incidente?»

«Chiamalo come preferisci, Edoardo, e non mettermi in bocca parole che non ho detto.»

«Ho saputo da Savio che non ci sono segni di frenata» insistette Edoardo imperterrito, «e sembra ragionevole supporre che qualcuno che si butta a capofitto giù per la scarpata senza frenare voglia porre fine alla propria vita. O sbaglio?»

«Non mi attengo alle supposizioni» disse Rizzi, poi bevve la spremuta in un sorso e prese il casco.

«Ma perché avrebbe dovuto uccidersi?» gridò qualcun altro. «Non ne aveva motivo.»

«E noi che ne sappiamo?» pensò ad alta voce Giuseppe.

«Il suo matrimonio era in crisi» disse Marco, e a quel punto ebbe inizio ciò che Rizzi detestava, ma che purtroppo non poteva evitare: tutti i pettegolezzi che già bollivano in pentola stavano venendo a galla, quella sorta di brodaglia sgradevole a cui ciascuno pensava di poter contribuire con qualche dettaglio piccante o straziante. Ma soltanto pochissimi avevano davvero a che fare con Elisa Constantini o potevano svelare qualcosa di lei. Quella situazione metteva in risalto la noia di tutta quella gente che se ne stava lì a godersi i dettagli di una storia macabra, solo per accorciare le lunghe giornate monotone di novembre.

«Se c'è qualcuno qui che sa qualcosa di Elisa» gridò all'improvviso Giuseppe con la sua voce forte e chiara, «e che sa che problemi avesse, quello è Alberto.»

Alberto, che stava allora ripulendo il bancone con uno straccio, alzò lo sguardo sorpreso. «Gente» disse, «è passata un'eternità dall'ultima volta che ho parlato con Elisa Constantini.»

«Un'eternità? Ma se era venerdì» gli ricordò Giuseppe. «Vi ho visti. Siete rimasti seduti laggiù nell'angolino sino a notte fonda, e tu le facevi gli occhi dolci.»

«È vero?» domandò Rizzi.

«Si è confidata con te?» gridò qualcun altro in tono beffardo.

Alberto si gettò lo straccio sulla spalla, irritato. «Abbiamo soltanto chiacchierato un po', come si fa con chi ha alzato il culo da qui e ha visto un po' di mondo là fuori, cosa che certo non si potrà mai dire della maggior parte di voi.»

«Te compreso, Alberto!»

«Coglione» replicò Alberto. «E comunque i vostri pettegolezzi non mi interessano.»

«Questa sì che è nuova» osservò Edoardo.

Lo spazzino Salvatore si affacciò alla porta gridando: «Avete sentito? Sembra che Elisa Constantini sia precipitata giù nella scarpata a Damecuta. È vero?».

Quando iniziarono a parlare tutti insieme, Rizzi si voltò e disse al suo migliore amico: «C'è stato qualcosa fra te ed Elisa?».

Alberto scosse il capo. «No, lascia perdere.»

«Ti ha forse raccontato qualcosa in particolare?» lo incalzò Rizzi. «Qualcosa che col senno di poi potrebbe essere rilevante?»

«Rilevante?» Alberto scrollò le spalle. «Voleva tornare a Capri.»

«Quando?» domandò Rizzi sorpreso.

«Il prima possibile, se non ho capito male.»

«Puoi essere un po' più preciso?»

«No. Cerca di capire! Non volevo parlare con lei del futuro.»

«Perché no?»

«A me interessava di più il presente.»

«Tu volevi soltanto portartela a letto» disse Rizzi abbassando la voce. «Devo dirti una cosa» aggiunse. «Quando l'ho trovata, era ancora viva.»

«Porca puttana» scappò detto ad Alberto.

«E le sue ultime parole: "non è stato un incidente".»

«Non è stato un incidente? E di che si è trattato allora?»

«Non urlare così, e non ripetere tutto quello che dico» ribatté Rizzi. «Hai idea di cosa potesse voler dire? Pensaci bene, Alberto.»

«Abbiamo flirtato, parlando del più e del meno.» Alberto si grattò il mento. «Credo che avesse un altro appuntamento.»

«Con chi?»

«Non lo so. Ma guardava di continuo l'orologio e all'improvviso se ne è andata in tutta fretta.»

«E questo è stato venerdì?»

«Esatto.»

«Quindi tre giorni fa.» Rizzi prese appunti.

«Credi che abbia sofferto molto?» domandò Alberto.

«No» mentì Rizzi prendendo il suo casco.

«Ci vediamo stasera?» domandò Gina, e Rizzi le rispose con un bacio.

* * *

Poco dopo Rizzi entrò nell'atrio della stazione di polizia dove i ragazzi dietro al bancone prendevano le telefonate. «Non siamo l'ufficio informazioni» era la classica frase di rito ogni volta che succedeva qualcosa sull'isola, ed erano sempre i soliti furbetti che credevano di potersi rivolgere a loro per carpire qualche notizia.

Rizzi digitò il codice numerico e aprì la porta dell'ufficio. Da quando le temperature di notte si erano abbassate di dieci gradi, Savio aveva ripescato dall'angolo più remoto del ripostiglio le stufe a gas e le aveva piazzate accanto alle scrivanie. Ciononostante, il cattivo isolamento di quell'edificio li avrebbe costretti, al più tardi a dicembre, a indossare i guanti, quelli senza la punta delle dita; e pensare che soltanto due mesi prima, a settembre, lì dentro si scoppiava ancora dal caldo.

«Savio non c'è?» domandò Rizzi.

«È di pattuglia» rispose Teresa Villa senza distogliere lo sguardo dallo schermo del computer.

«Farebbe meglio a cercare il cellulare di Elisa Constantini sul luogo dell'incidente invece di andarsene in giro a chiacchierare. Diglielo.» Gettò il berretto sul tavolo. «Da Napoli hanno fatto sapere quando verranno a recuperare l'Ape?»

Teresa scosse la testa. «Dovresti salire su dal capo» disse. «Cirillo è già di sopra.» Si tolse gli occhiali agganciati alla catenina intorno al collo. «Non è terribile?» disse afflitta. «Quanti anni aveva Elisa? Venticinque? E due bambine così belle. Me li vedo ancora davanti tutti e quattro, in piazzetta, quando sono venuti qui per Natale. Il marito era così fiero della sua famiglia. E ora?» Teresa fissò nel vuoto. «Non è strano? Anche i suoi genitori, Marcello e Luisa, una volta sono usciti di strada. Da qualche parte in Svizzera. Ti ricordi?» Fece un gesto con la mano, come per dire che era meglio lasciar perdere. «Mio Dio, all'epoca anche tu eri un bambino.»

Provato, Rizzi salì le scale sino al piano di sopra, dove si trovava l'ufficio del capo della stazione di polizia, l'ispettore Lombardi.

Cirillo era in piedi alla finestra, una sagoma slanciata in controluce, mentre Lombardi era schiacciato dietro alla scrivania, con le orecchie sporgenti e la testa calva incassata fra le spalle. Il sole di novembre che penetrava dal grande vetro della finestra diffondeva nella stanza un piacevole tepore. Al piano di sotto, nell'ufficio comune, la luce non arrivava a riscaldare, né si godeva della magnifica vista su Marina Grande, sul golfo di Napoli, sul Vesuvio e sulla terraferma. Quel panorama mozzafiato era riservato unicamente all'ispettore; di sotto, si potevano vedere il cortile, le autopattuglie e il muro delle celle di rigore attraverso le inferriate di una piccola finestra, sempre che si montasse in piedi su una sedia.

«Si accomodi» disse Lombardi.

Rizzi obbedì, mentre Cirillo rimase in piedi dov'era, come se in realtà non fosse nemmeno nella stanza.

«Prima le buone notizie» esordì Lombardi. «Il procedimento per infrazione amministrativa contro quel giornalista, Gino Tamaro, è già stato aperto. L'ho appena avviato.» Si appoggiò allo schienale congiungendo soddisfatto le mani sulla pancia. «Mi premeva dirvi che avete fatto un bel lavoro. Soltanto così possiamo avere successo: facendoci trovare nel posto giusto al momento giusto, agendo in modo perspicace e deciso. Dobbiamo mostrare a questa gente quali sono i limiti. Altrimenti quelli della terraferma pensano di poter venir qui a fare tutto quello che vogliono.»

Rizzi guardò sconcertato Cirillo, che quasi impercettibilmente fece spallucce.

«Queste erano le buone notizie.» Rizzi incrociò le braccia sul petto. «E quelle brutte?»

Lombardi sospirò. «L'incidente di Elisa. La nostra cara Elisa, piena di gioia di vivere. Era una piccola peste già da adolescente. Non saprei come dire, era sempre così brillante, aveva il fuoco vivo dentro.» Lombardi guardò alle spalle di Rizzi con aria malinconica, come se vedesse ancora quel fuoco, finché non si estinse da qualche parte, forse al muro dov'era appeso lo stemma di Capri.

«Per quanto riguarda l'assenza di segni di frenata» iniziò a dire Rizzi. «Ho scoperto una cosa.»

«Esatto» si ricordò Lombardi. «Volevo appunto parlargliene.» Alzò l'indice. «Sgomberate il campo da questa assurda teoria del suicidio. È la più grossa sciocchezza che abbia mai sentito. E vorrei proprio sapere chi è che ha messo in giro questa voce.»

«È sul giornale dell'isola» disse Cirillo. «Sul sito, a firma Michele Pellicano.»

«Allora darò una lavata di capo a quel tizio.» Lombardi prese appunti.

«Quel che volevo dire» ricominciò Rizzi. «Ci sono un paio di questioni aperte: in primo luogo il proprietario dell'Ape, che non era dei Constantini.»

«E di chi era?» domandò Lombardi.

«Ancora non lo sappiamo, ma ci stiamo lavorando.»

«E poi, cos'altro abbiamo?»

«Ho osservato meglio il mezzo sul luogo dell'incidente» continuò Rizzi. «Ho notato due cose: la prima è che il dado di serraggio sulla pompa del freno, sopra al ponte del pedale, è allentato. L'altra è che il contenitore del liquido dei freni risulta praticamente vuoto.»

«Non capisco una parola di quello che dice» ammise confuso Lombardi.

«So a memoria com'è fatta un'Ape, dentro e fuori» proseguì Rizzi. «So com'è costruita, come funziona e quali sono i suoi punti deboli.»

«Quel che l'agente Rizzi intende dire» intervenne Cirillo, «è che a suo avviso qualcuno ha manomesso i freni del veicolo.»

«Ne sono certo» disse Rizzi. «Hanno messo le mani su quell'Ape, e ora Elisa Constantini è morta.»

«Come le è venuto in mente di passare avanti agli esperti?» sbraitò Lombardi indispettito. «Uno, non ce n'era alcun bisogno, due, oltrepassa le sue competenze, e tre, non deve invadere il campo della scientifica. La smetta di allargare il cerchio delle sue responsabilità, agente! Le ho forse ordinato di passare al setaccio il luogo dell'incidente?»

«Non sono un principiante, ispettore» si difese Rizzi.

«Ancora una volta, per la cronaca» Lombardi si sporse in avanti, «non c'è alcuna indagine di polizia finché non saranno arrivati sul luogo dell'incidente gli esperti di Napoli e non avranno esaminato ogni singola pietra. Dopo di che vedremo cosa fare. Mi ha capito?»

«Una persona è morta» disse Rizzi, «e lei vuole aspettare le istruzioni di Napoli?»

Lombardi lo fissò sbalordito. «Certo che no» disse posando i palmi delle mani sul tavolo. «Noi siamo una squadra autonoma e agiamo indipendentemente da Napoli.» Stremato, tirò fuori un fazzoletto di stoffa. «Che cosa suggerisce? Qual è il prossimo passo?»

«La proprietaria del veicolo incidentato si chiama Aurora Bellini» disse Cirillo.

«Aurora Bellini» ripeté Rizzi sorpreso.

«Residente in Traversa Caposcuro.» Cirillo alzò lo sguardo dal cellulare. «Conoscete questa signora?»

«Tu cosa ne dici?» replicò Rizzi. «Chi ti ha dato queste informazioni?»

«Ho appena contattato il mio ex collega di Bergamo.» Cirillo rimise via il cellulare.

«Così non va, non ci siamo proprio, agente Cirillo» gridò Lombardi concitato. «Come le viene in mente di coinvolgere nel nostro lavoro il suo ex collega di Bergamo? Che figura ci facciamo?»

«Con il dovuto rispetto» continuò Cirillo, «com'è possibile che Teresa Villa, responsabile dell'ufficio di coordinamento, venga addirittura sopraffatta da una questione tanto banale come la richiesta di una targa e non sia evidentemente in grado di farsi dare informazioni da Napoli?»

«Questo è del tutto assurdo» borbottò Rizzi. «Perché mai Elisa Constantini doveva girare di notte per l'isola sull'Ape della signora Bellini?» Si alzò e andò alla porta.

«Chiarisca la questione dell'Ape e del perché Elisa Constantini ne era alla guida.» Lombardi si passò il fazzoletto sulla fronte. «Ma andateci in punta di piedi» ammonì. «Mi avete capito? Non fate impazzire la gente.»

Mentre Rizzi e Cirillo scendevano le scale venne loro incontro Teresa Villa. «Non so se ci sia un errore» disse aggiustandosi gli occhiali sul naso. «L'Ape con cui ha fatto l'incidente Elisa Constantini è intestata alla signora Aurora Bellini. Possibile?» Presentò a Rizzi un estratto del registro centrale.

«Abbiamo già chiarito tutto» tagliò corto Cirillo. «Comunque, grazie mille.»

5

Presero l'autopattuglia, e durante il tragitto per Anacapri Rizzi informò Cirillo di ciò che lei, arrivata lì da poco, non poteva sapere, ovvero che Aurora Bellini era la capofamiglia di un'antica casata locale, arricchitasi di generazione in generazione. I primi erano stati i bisnonni ad Anacapri con la pesca, l'allevamento di qualche capra e la coltivazione di limoni. A oggi i Bellini, residenti sull'isola, possedevano un'azienda a Sorrento con un centinaio di dipendenti, e forse, almeno fra gli abitanti di vecchia data, erano fra i più ricchi dell'intera regione.

«E come hanno fatto a diventare così ricchi?» domandò Cirillo. «Con l'agricoltura?»

Rizzi raccontò la leggenda che si narrava a Capri: la nonna di Aurora, una matriarca parsimoniosa, aveva sempre pensato che fosse uno spreco buttar via le bucce dei limoni dopo averli spremuti, e così le venne l'idea di immergerle nell'alcol con l'aggiunta di zucchero e di lasciarle semplicemente a macerare. Il risultato fu un liquore aromatico al limone, che in passato era servito soltanto in occasione di ricorrenze familiari particolari, ma che in seguito fu venduto nell'isola dalla madre di Aurora, dotata di un vero e proprio fiuto per gli affari. La svolta decisiva era avvenuta quasi quarant'anni prima, quando

Aurora, convinta che la produzione di liquore al limone potesse risultare molto più redditizia dell'agricoltura convenzionale, aveva fatto il salto, mettendo su una produzione in grande stile. Il liquore dei Bellini che, stando alle parole di Aurora, veniva preparato ancora secondo l'antica ricetta, si vendeva in tutto il mondo in grandi quantità. Restava da verificare se quella storia fosse vera, ma ad ogni modo il prodotto era stato commercializzato con grande successo.

Rizzi parcheggiò l'autopattuglia al cimitero e fece l'ultimo tratto a piedi con Cirillo.

La casa dei Bellini era in fondo a traversa Caposcuro, ed era una delle più antiche dell'isola. Da fuori non si percepiva alcun indizio di ricchezza o anche soltanto di maggior benessere. Al contrario: c'erano quattro piccole finestre con le imposte chiuse al primo piano, nessun elemento decorativo, nessun fronzolo e nessun campanello, o almeno, Rizzi non ne vide. Premette l'antica testa di leone in ferro e il rintocco risuonò nel vicolo, ma dalla casa nessuna risposta.

Cirillo osservò la facciata austera, l'intonaco grigio e la vernice blu lavanda che si sfaldava dalle imposte, e premette anche lei il battente, ma con meno forza. Poco dopo, la porta si aprì senza che nessuno si affacciasse.

«Ehilà?» disse Rizzi.

Un volto di bambino dalla pelle scura fece capolino dietro l'angolo; indossava pantaloncini rossi e un golf di lana a treccia. Attaccato alla maniglia sopra la testa, guardò incerto verso di loro.

«Buongiorno» disse Cirillo.

«È in casa tua nonna, nonna Aurora?» chiese Rizzi avvicinandosi.

Senza dire una parola, il bambino lasciò andare la porta e sparì, ma prima che si richiudesse, Rizzi ci mise un piede in mezzo.

Il vialetto d'ingresso era lastricato in granito. Lungo il muro si susseguivano vasi di terracotta con palme nane e oleandri bianchi, e in mezzo uno sgabello di ferro cesellato di un'epoca lontana. Dalle travi scure di fronte pendevano trecce di agli e cipolle, e in un angolo riparato era parcheggiata una Vespa, anch'essa quasi un pezzo da museo. Gradini stondati in pietra portavano giù in cantina, dove un tempo veniva imbottigliato il Limoncello.

Negli anni Ottanta, così aveva sempre raccontato il padre di Rizzi, per caricare le bottiglie in quel cortile era un viavai continuo di Api. Da allora, la produzione aveva assunto ben altre dimensioni, l'azienda si era trasferita sulla terraferma, a Sorrento, e la varietà dei prodotti ora comprendeva biscotti, cioccolata e altre specialità, tutte rigorosamente al limone. La piccola limonaia della casa ormai non rappresentava altro che una vaga traccia del passato, e probabilmente copriva a stento il fabbisogno familiare e del vicinato.

«Sì, prego?» gridò una voce di donna. «Chi è?»

«Enrico.» Rizzi si tolse il berretto senza sapere esattamente da dove provenisse quella voce. «Della stazione di polizia.»

«Non posso crederci!» esclamò la voce con entusiasmo. «Enrico? Enrico di Vito?» Seguì un rumore, come se qualcuno stesse scendendo le scale o facesse rotolare un oggetto pesante.

Rizzi si affacciò dietro l'angolo e vide Aurora Bellini con una lunga gonna nera e i capelli raccolti in una crocchia che scendeva lentamente i gradini appoggiata alle stampelle.

«Signora» gridò Cirillo preoccupata, «potevamo salire noi!»

«Per voi sarebbe meglio» sbuffò l'anziana donna. «Ma ancora ce la faccio. Vado dove mi pare. Tanto per intenderci. Non sono una vecchietta fragile. Solo, ogni cosa a suo tempo. Non è vero, Enrico?» Arrivata al terzultimo scalino, si fermò e alzò lo sguardo. A quel punto lei e Rizzi si trovarono più o meno alla stessa altezza e si guardarono dritti negli occhi.

«Fatti vedere» disse la signora Bellini. Il viso abbronzato e segnato dalle molte rughe assunse un'espressione gentile. «Com'è possibile che tuo padre abbia messo al mondo un bel ragazzo come te? Davvero incomprensibile.» Allungò la mano, e Rizzi la aiutò a scendere gli ultimi gradini.

«Sono qui in servizio, Aurora.»

«Certo. Ma prima che tu mi dica perché, devi raccontarmi come sta Vito, quel vecchio rompiscatole. Produce ancora vino?»

«Ma certo» disse Rizzi. «E cosa credevi? E fa ancora il suo Limoncello.»

«Jordan!» Si voltò guardandosi intorno. «Non essere così timido. Sono persone gentili.» Spinse avanti il ragazzino, che cercava di nascondersi dietro la sua gonna, e lo sollecitò a dare la mano a Rizzi e alla collega che lo accompagnava, che lui presentò come l'agente Cirillo, arrivata da poco alla stazione di polizia e nuova sull'isola.

Il bambino obbedì dando loro la mano. Aveva lo stesso viso della madre Anna, la figlia di Aurora, morta di parto. Dal padre, Simon Mugele del Ghana, ora a capo dell'azienda a Sorrento, aveva preso soltanto la pelle scura.

«Guarda.» Cirillo aprì la borsa. «È tuo, per caso?». Gli fece vedere l'elefante di lana melangiata.

«Giacomo!» gridò Jordan sorpreso e, dopo aver alzato lo

sguardo interrogativo sulla nonna, afferrò svelto l'elefantino e lo strinse a sé imbarazzato.

«Non è possibile!» esclamò la signora Bellini con finta indignazione. «Che razza di vagabondo! Andarsene in giro così, senza dire nulla. Dove lo avete recuperato?»

«Lo abbiamo trovato nella sua Ape» rispose Cirillo.

«Nella mia Ape?» La signora Bellini sorrise senza capire.

«Quella rimasta coinvolta la notte scorsa in un incidente a Damecuta.»

«Un incidente con la mia Ape?» Le si spense subito il sorriso sulle labbra, lasciando il posto a rughe intorno alla bocca contratta. «Credo che si stia sbagliando, mia cara. La mia Ape è giù in strada.»

«Ne ha due?»

«No.»

«Non ci sono dubbi, Aurora» disse Rizzi. «Il veicolo incidentato è intestato a tuo nome.»

Per qualche istante la signora Bellini fissò Rizzi sconcertata. Poi disse in tono perentorio: «Jordan, lasciaci soli, per favore».

Quando il bambino se ne fu andato, la signora Bellini disse: «Ho capito bene? Stiamo parlando dell'incidente in via Grotta Azzurra, quello in cui è morta Elisa Constantini, la figlia più piccola del vecchio Marcello?». Le si incrinò all'improvviso la voce, quando raccontò che Simon, suo genero, l'aveva chiamata due ore prima da Sorrento informandola del tragico incidente. Voleva subito cancellare tutti i suoi appuntamenti e recarsi sull'isola, ma a che scopo? Ormai per Raffaella non poteva fare più nulla. Tacque, scosse il capo e domandò: «E ora tu mi vieni a dire che nell'incidente è coinvolta la mia Ape?»

«È così» confermò Cirillo. «Per questo abbiamo delle domande da farle. Possiamo sederci da qualche parte?»

«Che incubo» sussurrò la signora Bellini. «Non può essere. Dev'esserci un errore.» Prese il suo bastone. «Venite con me.»

Rizzi e Cirillo la seguirono in giardino, girarono intorno alla magnolia, passarono accanto alla cisterna e sotto a un pergolato di viti, in fondo al quale si trovava un cancello in ferro battuto.

La signora Bellini lo aprì, e insieme scesero per una scala in pietra con una ringhiera di legno traballante che portava giù alla vecchia limonaia di famiglia. In fondo lungo il muro correva uno stretto sentiero di campagna, che dopo un limone nodoso girava e finiva proprio davanti alla scala.

«Non capisco.» La signora Bellini guardò giù nella strada in cerca dell'Ape. «È qui, ne sono sicurissima.»

Disse che parcheggiare l'Ape lì era molto comodo: bastava passare dal cancello, scendere le scale, prendere il mezzo, risalire la strada verso il vicolo e poi rifare lo stesso percorso al ritorno, girando intorno al limone. Così l'Ape era sempre pronta a partire. Nessun bisogno di fare manovra.

«Quand'è stata l'ultima volta che l'ha guidata?» domandò Cirillo.

«Ieri l'altro» sussurrò la signora Bellini. Era andata al cimitero con Jordan, a Capri città, come ogni sabato, tanto più che era il Giorno dei morti.

Rizzi ebbe subito davanti agli occhi l'immagine nitida dell'anziana signora dai capelli bianchi con accanto il bambino nero, stretti l'uno accanto all'altra nel piccolo abitacolo. Erano tornati, come sempre, verso le 16, disse Aurora Bellini, e da allora l'Ape era rimasta al suo posto, in fondo alla scala, senza che nessuno la riprendesse.

«Ne è sicura?» domandò Cirillo tirando fuori il taccuino. «Dunque lei afferma di non sapere che Elisa Constantini domenica sera fosse in giro con il suo veicolo?»

«Non soltanto lo affermo, è così. Non ne avevo la più pallida idea.»

«Può spiegarci perché Elisa fosse alla guida della sua Ape?»

«Cosa dovrei dirvi?» gridò la signora Bellini agitata. «Non c'è una spiegazione! Se proprio volete saperlo, quell'Ape può utilizzarla chiunque.»

«Si calmi» la invitò Cirillo. «Si tratta di chiarire le circostanze in cui è avvenuto l'incidente. Nulla di più, nulla di meno. Perché dice che potrebbe essere stato chiunque a usare la sua Ape?»

«Perché la chiave è sempre infilata nel blocchetto di accensione.»

Cirillo aggrottò la fronte. «Da un punto di vista assicurativo questo potrebbe rappresentare un problema per lei» disse, «nel caso in cui volesse sporgere denuncia per furto.»

«Tutte le chiavi possono aprire qui» gridò la signora Bellini sbattendo il bastone contro il cancello. «E non può essere diversamente.» Tacque, sforzandosi di assumere un tono più pacato. «Abbiamo tante di quelle serrature... Diventeremmo matti se ci fosse una chiave diversa per ciascuna.»

«Correggimi se sbaglio.» Rizzi posò lo sguardo sui limoni piantati in filari e carichi di frutti verdi. «Tu non sapevi che Elisa fosse venuta qui, e non l'hai nemmeno sentita partire con la tua Ape.» Si voltò verso Aurora Bellini. «Ti prego, pensaci ancora una volta» insistette. «Si tratta di ieri, domenica, fra le 16.30 e l'alba del giorno dopo.»

«No.» Scosse il capo. «Posso pensarci quanto voglio. Domanda a Simon, magari lui sa darti una spiegazione. Ma ne dubito molto.»

«Suo genero?» domandò Cirillo.

«Sì, chiedete a mio genero, Simon Mugele.» Aurora Bellini aveva improvvisamente alzato il tono della voce. «Oggi, come ogni lunedì, è andato a Sorrento, dove dirige la nostra azienda.»

«Ma ieri era qui?»

«Sì» ripeté Aurora Bellini, «ieri era qui. Ieri era domenica.»

«In quali rapporti era lei con Elisa Constantini?» domandò Cirillo.

«In quali rapporti? In nessun rapporto. Elisa Constantini non vive sull'isola ma a Benevento, se non ricordo male. Ma è la sorella di Raffaella Constantini, che ci consegna i limoni, così come ce li consegnava suo padre.» Aurora guardò Rizzi come a implorare il suo aiuto. «Ma si può sapere cosa sono tutte queste domande?»

Rizzi la prese a braccetto. «C'è ancora una cosa di cui dobbiamo discutere» disse. «Dove possiamo sederci?»

Dopo che ebbero liberato dalle foglie la panchina sotto il pergolato e si furono seduti, Rizzi preparò il taccuino, pronto ad andare dritto al punto. «La tua Ape non era a norma di sicurezza» disse. «Era pericoloso viaggiarci.»

Aurora Bellini fissò il taccuino di Rizzi. «Che cosa vorresti dire?»

«Ho controllato bene» replicò lui. «I freni non hanno funzionato come avrebbero dovuto. E non è l'incidente che li ha danneggiati.»

«Ma che diavolo stai dicendo?» La signora Bellini scosse ostinatamente la testa. «Quando sabato sono andata in giro con l'Ape, funzionava tutto benissimo. Non c'era proprio niente che non andasse. Funzionava tutto alla perfezione.»

«Ha nemici?» domandò Cirillo.

«Nemici?» ripeté Aurora Bellini fuori di sé. «Cos'altro vorrebbe insinuare adesso?» Sbatté energicamente a terra il bastone. «Ora statemi bene a sentire. Mi avete rifilato una storia assurda dietro l'altra, ma adesso basta. Tutto questo non ha niente a che fare con me.»

«Signora Bellini» disse Cirillo, «dobbiamo giungere alla conclusione che qualcuno abbia manomesso la sua Ape. Che qualcuno volesse giocarle un brutto tiro.»

La signora Bellini scoppiò a ridere, ma un istante dopo si bloccò, impietrita. «Mi state forse dicendo che sarei responsabile della morte di Elisa?»

«Chi usa l'Ape, a parte te?» domandò Rizzi. «Simon?»

«Di solito lui prende la Vespa» disse la signora Bellini. «Con quella fa prima, e a Jordan piace viaggiarci sopra sul predellino.»

«Intendi la vecchia Vespa all'ingresso?» domandò Rizzi.

All'improvviso sembrò quasi che Aurora Bellini avesse le lacrime agli occhi. «Un bel giorno l'ha ritirata fuori e risistemata. Ma ovviamente ha qualche problema e ora si è fermata. Già li aveva quando la guidava il mio Alfonso.»

«Vuoi dire che è rotta» disse Rizzi.

«Sì.»

«E Simon prende l'Ape.»

«Quando è di fretta. Altrimenti preferisce andare a piedi.»

«Come questa mattina?»

«A quanto pare.»

«Dobbiamo farci una chiacchierata.» Rizzi guardò l'orologio. «Quando ritorna?»

«Può darsi che prenda l'aliscafo delle 18. Ma la maggior parte delle volte non ce la fa. Ad ogni modo intorno alle 21 al più tardi è di nuovo sull'isola.»

«Domani mattina presto deve tenersi a disposizione. Diglielo.» Rizzi scrisse un appunto. «E la donna che vi dà una mano nelle faccende domestiche?» domandò.

«Xenia?» Aurora Bellini fece cenno di no con la mano. «Odia guidare l'Ape e – a essere sincera – non ne è nemmeno capace.»

«Dunque è soltanto lei quella che la usa più spesso» osservò Cirillo.

«Ascoltami bene, Enrico.» Aurora Bellini si sporse in avanti guardandolo dritto negli occhi. «L'idea che qualcuno abbia manomesso la mia Ape è del tutto assurda.»

«Ha litigato con qualcuno di recente?» chiese Cirillo.

«Certo che sì.» Aurora Bellini si appoggiò allo schienale.

«Con chi?»

«Ad esempio con Paolo Moretti.»

«Sempre per quella vecchia storia?» domandò Rizzi.

«Non sono io quella che la ritira fuori ogni volta» si difese Aurora. «Era in piazzetta alla festa di ringraziamento per il raccolto ed è tornato alla carica con il suo enorme pancione. Gli ho subito detto: Paolo, sparisci, non voglio più vederti. Ovviamente non mi ha dato retta e ha cominciato a raccontarmi senza che glielo chiedessi quanto gli fosse andata bene nella vita, quanto fossero brillanti tutte le sue idee e che la più brillante in assoluto era stata quella del Limoncello. Allora l'ho piantato lì e me ne sono andata.»

«Di che storia si tratta?» domandò Cirillo.

Aurora Bellini si schermì, stanca.

«Le ha rubato il nome del liquore al limone» spiegò Rizzi.

«Il nome "Limoncello" l'ho inventato io!» gridò Aurora Bellini con il pugno chiuso. «Ma ormai Paolo Moretti lo ha completamente rimosso. Ha finito per credere alle sue fesserie, ma non fa altro che pretendere da me la conferma delle sue menzogne per poter morire in pace, perché evidentemente gli rimorde la coscienza ogni notte. Ma non intendo fargli questo favore.» Gesticolò con la mano come a fendere l'aria. «Solo che non voglio ricominciare tutte le volte daccapo con questa storia. Ero ingenua e inesperta, non avevo né avvocati né consulenti, soltanto quell'alzata d'ingegno, quel nome geniale per il nostro liquore al limone. Avrei dovuto farmi tutelare. E a quello ci ha pensato poi Paolo Moretti. Per una volta nella vita è stato più furbo e più veloce di me e, come tutti noi sappiamo, ci ha guadagnato.»

«Quanto è passato da allora?» domandò Rizzi. «Trent'anni?»

«Trentadue» lo corresse Aurora. «Ma questo che cosa c'entra? In passato gli avrei sputato in faccia, davanti a tutti. Ma oggi lo so, non servirebbe a niente.» Si sporse in avanti a fissare Cirillo. «Come vede, sono io che avrei avuto ragione di uccidere qualcuno. E posso garantirvi che ce ne sono molti altri: gente che mi deve soldi, gente che cerca di portarmi via i miei terreni, e altri che si sono arricchiti a mie spese, e che tuttora lo fanno. Ma mi guardi. Sono vecchia. Le mie battaglie le ho già combattute.»

«E queste battaglie hanno mai riguardato i rapporti con i Constantini?» domandò Cirillo.

«Certo che no.» La signora Bellini guardò Cirillo irritata. «I Constantini sono sempre stati gente onesta e affidabile. Il che non vuol dire che non ci sia stato qualche screzio. Oh! Marcello era famoso per la sua cocciutaggine. Quel che diceva lui era Vangelo. E quando ci sono divergenze d'opinione, come in ogni famiglia che si rispetti, ci si mette a un tavolo e si cerca una soluzione. Così funzionava ai nostri tempi, e così funziona ancora oggi.»

«Allora esistono ancora» Rizzi richiuse il suo taccuino, «i buoni vecchi rapporti di affari.»

«Naturalmente.» La signora Bellini sorrise soddisfatta. «Noi siamo fedeli acquirenti dei limoni dei Constantini e ci inventiamo continuamente nuovi prodotti. A proposito, abbiamo creato il babà al Limoncello. Ci abbiamo studiato anni e anni, e ora lo abbiamo realizzato. Devi assolutamente provarlo.»

Nel vialetto, mentre si congedava, Rizzi osservò la vecchia Vespa, ne accarezzò la sella in pelle unta e sformata e disse: «Da oggi qualcuno verrà qui regolarmente a controllare che sia tutto a posto.»

«Mi ci mancava soltanto questa!»

«Niente obiezioni.»

«Vattene, Enrico. Sparisci.» La signora Bellini aprì la porta.

«Prendi la cosa seriamente, ti prego» la supplicò Rizzi, «e avvertici immediatamente se dovessi notare qualcosa di strano. Intesi?»

«Se Marcello sapesse tutto questo» disse Aurora sollevando gli occhi al cielo con aria nostalgica, «si rivolterebbe nella tomba.»

* * *

L'interrogatorio del vicinato, che Rizzi e Cirillo avevano condotto nella traversa e nell'adiacente via Caposcuro, era un procedimento di routine, e le domande che facevano erano fondamentalmente due. La prima: se era stato notato qualcuno intorno all'Ape o aggirarsi comunque lì nei paraggi nel fine settimana, dopo che Aurora Bellini il sabato intorno alle 16 era tornata dal cimitero, parcheggiando il mezzo al solito posto in fondo al sentiero di campagna. La seconda: se qualcuno aveva visto Elisa Constantini, una giovane donna dai capelli castani, o qualcun altro venir via a bordo dell'Ape dal sentiero sterrato. Oppure, detto in parole povere: se era stato notato, tra sabato pomeriggio alle 16 e domenica notte, qualsiasi particolare che potesse rivelarsi utile alle indagini di polizia, al fine di capire perché Elisa Constantini girasse per l'isola a tutta velocità proprio con l'Ape di Aurora Bellini.

Rizzi era certo che a Capri città un interrogatorio del genere sarebbe stato recepito come un invito a sommergere la stazione di polizia di dichiarazioni e storie di ogni tipo. La gente avrebbe ingigantito ogni dettaglio e ogni osservazione per farne chissà quale storia. Alla stazione di polizia sarebbero impazziti, dovendo controllare anche la più stupida dichiarazione per scoprire cos'era vero e cosa no.

Ma lì ad Anacapri la gente aveva un'altra mentalità, anche se per qualcuno erano tutti pregiudizi. O forse gli anacapresi, in effetti, non avevano notato nulla. Comunque, la gente che aveva aperto la porta a Rizzi e Cirillo si era espressa a monosillabi. Mentre Rizzi iniziava pian piano a perdere la pazienza, trovando conferma allo stereotipo sugli anacapresi, Cirillo, con i suoi modi sorprendentemente empatici riuscì a cavar loro di bocca qualcosa. Ma per come la si mettesse, alla fine nessuno aveva visto qualcuno di sospetto, né in casa né sul sentiero sterrato né sulle strade limitrofe o nella limonaia. Era stata vista soltanto la governante gettare in strada l'acqua del bucato, un gesto che ripeteva ogni sabato verso le 15 prima di andarsene e ritornare la settimana successiva, in genere il martedì verso le undici.

Comunque, una certa Gaia Ferrara, residente in via Caposcuro numero 5, nella notte fra domenica e lunedì verso le 23 aveva sentito il suo cane, un Terrier meticcio, che abbaiava come un ossesso e non la smetteva più. Non aveva dubbi sull'ora perché stava guardando un film su Rai 1. Per questo non era andata a vedere cosa stesse succedendo fuori, e poi il suo cane a un certo punto si era finalmente calmato.

Un altro vicino in traversa Caposcuro numero 8, che si presentò come Diego Coppola, dichiarò: «Sa, i Bellini conducono una vita molto ritirata, e sinceramente il nipotino nero di Aurora mi fa compassione».

«Perché?» domandò Cirillo.

«Non ho niente contro gli stranieri» disse l'uomo subito sulla difensiva, «e, a quanto si dice, il padre del bambino è un lavoratore indefesso. Ma se vuol sapere come la penso, quella gente qui è fuori posto.»

«Quale gente?» chiese Cirillo senza capire.

«Be', quel nero e il figlio.»

«Per via del colore della pelle?» domandò Rizzi.

L'uomo alzò entrambe le mani. «Questo lo ha detto lei, non io.» Si avvicinò. «Ma deve ammettere che è strano che proprio un nero dell'Africa prenda le redini dell'azienda di una vecchia famiglia caprese. Non trova?»

Quando Rizzi e Cirillo conclusero l'interrogatorio e tornarono all'autopattuglia, lo scirocco soffiava dal mare, un vento caldo che avrebbe fatto venire il mal di testa a metà abitanti dell'isola. I raggi del sole si limitavano ad accarezzare i piani alti degli edifici, e sul monte Solaro si libravano nuvole grigio porpora, sfrangiate ai bordi come se fossero dipinte con pennello e acquerelli.

«La signora Bellini ci nasconde qualcosa» affermò Cirillo.

Rizzi controllò i messaggi sul cellulare. «Credo di poterti tranquillizzare» disse. «Non è Aurora Bellini il nostro problema. La conosco sin da quando ero piccolo, e sono in grado di capire se ci nasconde qualcosa.»

«Non ti prende sul serio, e tu neanche te ne accorgi.»

«Mi dispiace, ma non sai davvero di cosa parli.»

«Quando dice di non avere la benché minima idea del perché Elisa Constantini possa aver preso la sua Ape, mente.»

«Non credo che tu sia in grado di giudicare.»

«Perché no?»

«Perché al Nord non ce ne sono di donne del calibro di Aurora Bellini.» Rizzi ripose il cellulare. «Ma tu lo sai che cosa ha passato quella donna nella sua vita? Contro quali avversità abbia dovuto lottare e contro chi è riuscita ad averla vinta? Dopo la morte della figlia ha preso sotto la sua ala protettrice il piccolo Jordan e ha messo il genero a capo dell'azienda, e sebbene tutti l'abbiano presa per matta, ha avuto l'intuizione giusta. L'azienda procede a gonfie vele ed è più solida che mai.»

«Aurora Bellini è una donna spietata. Sono pronta a scommettere che, se fosse vantaggioso per lei e per i suoi affari, sarebbe pronta a passare sul cadavere di qualcuno.»

«Certo che lo farebbe.» Erano arrivati intanto all'autopattuglia, e Rizzi tirò fuori le chiavi dell'auto. «Molti anni fa mio padre ha provato a entrare in affari con lei, ma il tentativo è fallito miseramente.»

«Perché?»

«Per certi versi, era complicato all'epoca.» Aprì lo sportello dell'auto. «Non ricordo bene, ma credo che alla fine i nostri limoni per loro non fossero abbastanza buoni.»

«Non capisco.»

«I nostri sono semplici limoni che si trovano con facilità.» Salì al posto di guida. «E Aurora Bellini esige soltanto una qualità specifica per i suoi prodotti. L'intera faccenda è una scienza a sé.»

«Che cosa ne pensi di Simon Mugele?» domandò Cirillo.

«Di lui ci occupiamo domani per prima cosa.» Rizzi chiuse lo sportello dell'auto. «Vai a casa» disse. «Abiti giusto dietro l'angolo. Riposati. Domani avrai bisogno di avere la testa sgombra.»

«Ma il verbale lo scrivi tu» gli gridò dal finestrino. «Hai sentito?»

6

Sul vialetto c'erano dodici bombole del gas per il riscaldamento, l'intera fornitura per l'inverno. Rizzi parcheggiò la Vespa e richiamò con un fischio Romeo, che voleva andarsene in giro per il vicolo e che marcò subito il territorio.

Rizzi trascinò a fatica sei bombole giù per le scale fino in cantina, poi decise che per quel giorno poteva bastare. Frugò tra gli scaffali delle provviste, si mise in tasca un barattolo di albicocche sciroppate e prese la più grande tra le bottiglie, quella da un litro e mezzo, ci mise sopra l'imbuto e ci travasò il vino. Doveva sentire com'era venuto il vino nuovo. Vito, come al solito, aveva previsto un'annata fantastica. Ripose la chiave sulla trave e dalla scala esterna tornò su nel suo appartamento.

Le melanzane e i peperoni erano sin troppo maturi. Mentre tagliava le melanzane a cubetti e affettava a striscioline i peperoni, tornò con la mente ad Aurora Bellini, al nipote e a Simon Mugele, quello strano trio che viveva isolato in fondo a traversa Caposcuro. Stentava a credere che qualcuno dell'isola avesse manomesso i freni dell'Ape per dare una lezione ad Aurora Bellini, o addirittura con l'intento di mandarla all'altro mondo, ma doveva prendere seriamente in considerazione anche quella ipotesi. Ci aveva rimesso la vita Elisa Constantini, una persona del tutto innocente, presumibilmente vittima di una serie di eventi sfortunati ancora da chiarire.

Mise l'olio in padella, aggiunse cipolle e aglio e prese delle patate. L'ipotesi più probabile era che volessero colpire Simon Mugele, l'uomo a capo dell'azienda Bellini, responsabile di un centinaio di dipendenti. Magari aveva licenziato qualcuno o messo in difficoltò qualcun altro tramite politiche aziendali non condivise. Era possibile che qualcuno si fosse sentito sottovalutato o danneggiato da simili decisioni, e che qualcun altro provasse invidia nei confronti dell'uomo del Ghana che aveva scalato le gerarchie. Ma prima di interrogare Mugele il giorno dopo, c'era da superare lo scoglio dell'ispettore Lombardi. Innanzitutto, lo avrebbero aggiornato sugli ultimi sviluppi e avrebbero provato a convincerlo – almeno nella fase iniziale delle indagini – a lasciar loro carta bianca senza gridare subito all'"omicidio" con quelli di Napoli.

Di sotto in cortile sentì lo scoppiettio di una Vespa, seguito dai guaiti di gioia di Romeo. La vocina stridula di Francesca venne interrotta dagli ordini bruschi di Gina. Poco dopo udì i passi veloci della bambina su per le scale e la porta che si spalancava.

«Mamma dice sempre di no a tutto!» Scaraventò le scarpe in un angolo e sbatté l'anta di un armadio. Francesca entrò in cucina con passo pesante, con gli occhi pieni di lacrime per la rabbia. «Tutto ciò che mi piace e mi diverte è proibito.»

«Non essere ingiusta» gridò Gina. La porta dell'appartamento si richiuse. «Soltanto perché non hai tutto il mondo ai tuoi piedi.» Entrò nella stanza con una borsa della spesa, sembrava accaldata e stressata, e passando dette un bacio a Rizzi. «Tuo padre non ha concordato niente del genere con me.»

«E che posso farci?» strepitò Francesca.

«Qual è il problema?» domandò Rizzi, versando il vino in due bicchieri.

«Carlo ha messo alla nostra signorina una bella pulce nell'orecchio.» Gina posò la borsa. «Vuole portarla alle Maldive. A Natale! Figuriamoci, non se ne parla proprio.»

«Ma io voglio festeggiare insieme a papà!» gridò Francesca.

«Tu sei mia figlia, quanto di più caro abbia al mondo, e non voglio passare il Natale senza di te. E se papà ritiene di non poter restare a Capri per le feste, e deve per forza andare alle Maldive, affari suoi. Tu in ogni caso resti qui.»

«Ma è un'ingiustizia!»

«Basta, fine della discussione.» Gina cominciò con apparente tranquillità a sistemare il latte, il formaggio caprino e la mozzarella in frigo, ma Rizzi avvertiva la sua agitazione.

«Che ne dite se faccio le crêpes per dessert?» suggerì.

«Con la panna dolce?» Francesca si illuminò subito in volto.

«E le albicocche» aggiunse lui.

Alla fine la bambina mangiò tre crêpes, assaggiando a malapena la sua cianfotta.

Mentre Gina controllava la figlia che si lavava i denti e preparava lo zaino per la scuola, la discussione sul viaggio di Natale si rianimò. Rizzi prese il suo tabacco e si spostò in terrazza. L'aria sapeva di autunno, di foglie e di terra, e di fuliggine, perché qualcuno aveva acceso il fuoco per bruciare i rifiuti in giardino, probabilmente Sandro Basile o l'incorreggibile Pietro Silvestri. Tutti sapevano che era proibito, ma nessuno se ne curava, nemmeno il padre di Rizzi.

L'agente cominciò a rollarsi una sigaretta, e il sentir picchia re e martellare in lontananza gli ricordò che, finita la stagione estiva, iniziava il periodo delle riparazioni. Ovunque venivano rattoppati tetti, grondaie e staccionate, e anche Rizzi avrebbe dovuto occuparsi urgentemente delle finestre. Sole, vento e pioggia avevano messo a dura prova il legno. Bisognava rimuovere la vecchia vernice e ritinteggiare i telai. Ogni tre anni lo stesso procedimento. Per questo Marta insisteva già da tempo per il PVC, ma quel materiale non respirava, e non sarebbero scampati al problema dell'umidità e della muffa.

Stava controllando con l'unghia lo stato del legno, quando Gina, avvolta nel suo cardigan, lo raggiunse in terrazza con una ruga di preoccupazione sulla fronte. Senza dire una parola le mise un braccio sulle spalle, la attirò a sé baciandole la ruga, che restò tuttavia ben visibile.

«Non preoccuparti troppo» le disse, «e aspetta. Alla fine a Carlo mancheranno i soldi e il problema delle Maldive si risolverà da sé.»

Gina gli tolse di mano la sigaretta. «Prima a cena eri così silenzioso» osservo lei, mandando uno sbuffo di fumo e restituendogli poi la sigaretta. «Va tutto bene?»

Rizzi fece un cenno di diniego. «Solite cose.»

«C'entra l'incidente?»

Rizzi prese dal tavolo una melagrana e con un coltellino iniziò a tagliarne la buccia in un'unica striscia, tutto intorno. Raccontò che non si trattava affatto di un incidente ma che qualcuno aveva messo le mani sull'Ape, manomettendone i freni.

«Ma allora è omicidio premeditato» constatò Gina incredula. «No, aspetta, com'è che si chiama? Omicidio colposo?»

«Non è ufficiale, e le perizie del caso non sono state ancora eseguite. Ma io so quello che ho visto, e sin qui per me è tutto chiaro. Ma c'è dell'altro.» Spezzò in due la melagrana e continuò a raccontare che l'Ape non era intestata a Raffaella Constantini ma ad Aurora Bellini. Elisa era dunque alla guida di un veicolo non suo, il che lasciava presupporre che l'attentato non fosse rivolto a lei ma ai Bellini, probabilmente a Simon Mugele, considerato che in famiglia era lui che amministrava l'azienda e che poteva avere dei nemici.

Gina annuì livida di rabbia e prese dei chicchi di melagrana. «Credo che sull'isola siano in diversi ad avere da tempo problemi con gli stranieri. Non sai che cosa mi tocca sentire al bar Roxy.»

«Sono soltanto chiacchiere innocue» minimizzò Rizzi.

«Non sminuirei la gravità della cosa con tanta disinvoltura.»

«Ma riguarda gli stranieri in generale» disse Rizzi, «e non una persona nello specifico, men che meno Simon Mugele.»

«È nero, ed è un uomo di grande successo.»

«E con ciò?»

«Non essere ingenuo, via.» Gina raccolse dalla sua mano gli ultimi chicchi. «Non sta alle regole.»

«Quali regole?»

«Gli stranieri non devono avere successo, devono soltanto fare, per pochi soldi, i lavori che noi italiani non vogliamo fare. E quando il lavoro è finito, lo straniero deve togliersi di torno. E ovviamente lasciare in pace le nostre donne. Questo vale per tutti gli stranieri, in particolar modo per quelli di colore.»

Rizzi tacque. Ovviamente Gina esagerava e non poco, ma c'era del vero nelle sue affermazioni. E quel che era peggio: non pensava anche lui, in fin dei conti, le stesse cose?

«Per la maggior parte gli stranieri si attengono da bravi alle leggi non scritte» proseguì Gina, «tranne Mugele. Lui invece cosa fa? Sposa Anna Bellini, una donna bellissima, per di più milionaria. Per sposarla, qui sull'isola chiunque avrebbe fatto carte false. Ma a far breccia nel suo cuore è proprio il raccoglitore di limoni nero del Ghana.»

«Che vive ormai da parecchi anni qui» precisò Rizzi.

«E allora? Questo non migliora le cose. Ti posso garantire al cento per cento che sono ancora in molti a odiarlo dal profondo.»

«Ma perché farlo fuori proprio ora?» Rizzi scosse il capo. «Perché qualcuno dovrebbe aver aspettato tutto questo tempo per toglierlo di mezzo?»

Gina lo guardò pensierosa. «Magari non c'è una logica, non c'è un senso» disse. «Può darsi che ci sia in giro, chissà da quanto, qualcuno convinto di dover dare una lezione a Mugele. E dal momento che certi politici la pensano in quel modo e lo dicono anche apertamente, è possibile che qualcuno si senta persino incoraggiato.»

Rizzi strinse a sé Gina affondando il viso nei suoi capelli. «Sposami» disse.

«Tesoro.» Gli posò il dito sulla fossetta del mento e sorrise. «Al momento ci sono ben altri problemi.»

«Quelli ci saranno sempre. Dico sul serio.»

Lei ricambiò il bacio di Rizzi.

«Voglio un figlio con te» le disse.

«Ora, in questo momento?» sussurrò lei.

La prese per mano. «Subito.»

* * *

Quando sentì squillare il telefono da qualche parte nell'appartamento, Rizzi non avrebbe saputo dire né che giorno né che ora fosse. Cercò l'interruttore e accese la luce piccola.

Era poco più dell'una e mezza del mattino, e il suono insistente arrivava dalla cucina. Con cautela allontanò dal petto il braccio di Gina e lo riappoggiò delicatamente sul letto. Lei mormorò nel sonno: «Non sarà di nuovo la signora De Lulla, quella stronza».

Il cellulare era in carica vicino ai fornelli. Dall'altro capo sentì il collega del turno di notte che disse: «Una chiamata d'emergenza da via Castiglione».

«Di Raffaella Constantini?» Rizzi era sveglissimo.

«Un momento.» Sentì il collega cercare tra i fogli. «L'uomo si chiama Josh Wilcox. Ha parlato di un'aggressione e di qualcuno che è scappato.»

Nel frattempo Rizzi era tornato in camera da letto e si era infilato i pantaloni. «Ci sono feriti?» domandò tenendo il cellulare stretto fra l'orecchio e la spalla.

«Il medico di guardia è già stato allertato.»

Rizzi si abbottonò i pantaloni della divisa e allacciò la cintura. «Arrivo subito.»

7

In via Castiglione già si intravedeva da lontano il lampeggiante blu che illuminava alberi e facciate degli edifici. Diverse persone erano accorse in strada, chi in accappatoio, chi in pigiama e tuta da ginnastica, incuriosite o spaventate, qualcuno persino in cerca di sensazioni forti; tutti volevano sapere che cos'altro fosse successo a Raffaella Constantini, donna nubile e tormentata, che in un incidente stradale aveva appena perso la sorella minore, il raggio di sole di una famiglia che non trovava pace.

«Raffaella si è fatta del male?» gridò qualcuno non appena Rizzi si fu tolto il casco. «Si è tagliata le vene?»

«Con tutto quel dolore!» aggiunse un uomo. «Chi potrebbe biasimarla?»

«È peccato. Non lo farebbe mai!» replicò un altro indignato.

L'ambulanza nel vialetto ostruiva la vista, e il collega Matteo Savio, che respingeva la folla allargando le braccia, gridò: «Andate a casa, gente. Qui non c'è niente da vedere». Si capiva che non era vero, ragion per cui qualcuno non si mosse da lì.

Rizzi scese dalla Vespa, si mise il berretto della polizia e prese Savio in disparte. «Che cosa è successo?» domandò.

«Simon Mugele» rispose il collega con voce smorzata. «Qualcuno lo ha pestato a sangue.»

«Simon Mugele?» ripeté Rizzi incredulo. «Ma lui non abita qui.»

«Evidentemente era da queste parti» disse Savio.

Una donna con voce acuta gridò: «Nel caso vi interessi, qui in strada un'ora fa si aggirava indisturbato un tizio con la gobba!»

«Sciocchezze» la interruppe qualcun altro. «Era diretto proprio dalla parte opposta e a quest'ora sarà già lassù sui monti.»

«E ha fumato anche una sigaretta!»

«È corso via come un fulmine. Impossibile vederlo in faccia.»

«Metti tutto a verbale» ordinò Rizzi a Savio. «Anche il dettaglio più insignificante.»

Savio obbedì tirando fuori il taccuino, e mentre redarguiva la gente che si affannava a dire ciò che aveva visto e non aveva visto, Rizzi si fece strada verso il cancello.

L'auto di Raffaella Constantini era ancora davanti alla casa, nello stesso posto dove l'avevano vista quella mattina. Dietro l'auto Rizzi scorse le divise a bande catarifrangenti degli infermieri chini su una persona stesa a terra. Le braccia aperte e le gambe stranamente girate come quelle di una marionetta fatta cadere nel bel mezzo del gioco. Il gambule sinistro di Simon Mugele era arrotolato su, e la pelle nera segnata da una cicatrice chiara che in forma di spirale gli copriva tutto lo stinco. Due infermieri lo stavano medicando, mentre un terzo gli stava facendo una flebo.

L'infermiere con il codino, che nemmeno ventiquattr'ore prima in via Grotta Azzurra aveva accertato il decesso di Elisa Constantini, dette la mano a Rizzi. «È messo male» disse. «Un colpo sferrato in pieno volto. Non ha opposto la minima resistenza. È semplicemente caduto all'indietro come un sacco di patate.»

«È in pericolo di vita?» domandò Rizzi.

«Mi preoccupa soprattutto la ferita alla nuca» disse. «Non è da escludere la frattura del cranio. Ha inoltre alcune contusioni nella zona addominale con sospetti traumi agli organi interni. Con tutta probabilità il colpevole lo ha preso a calci diverse volte dopo averlo steso.»

«Pressione stabile» annunciò l'infermiere che teneva in mano il flacone della flebo. «Uno virgola sei per mille. Può essere trasportato in ospedale.»

«Lo portate a Napoli?» chiese Rizzi.

«Prima all'ospedale Capilupi a fare le radiografie. Poi sarà il medico di guardia a decidere.»

Simon Mugele venne adagiato sulla barella e legato con la cintura. Gli colava il sangue dall'attaccatura dei capelli, un rivolo leggero che gli scendeva lentamente lungo la tempia.

«Riesce a sentirmi?» Rizzi si chinò sul ferito. «Sono l'agente Enrico Rizzi.»

La barella venne sollevata. Mugele sbatté le palpebre. «Chi l'ha aggredita?» Rizzi andò dietro al ferito. «Lo ha riconosciuto?»

Mugele mosse le labbra senza tuttavia emettere alcun suono. Lo sportello dell'ambulanza fu spalancato e la barella spinta dentro e fissata.

«Non avremmo dovuto perderlo di vista» disse una voce dietro a Rizzi. Era Cirillo. Non si era accorto che era arrivata anche lei, anzi, non sapeva nemmeno che l'avessero avvisata.

Gli sportelli si richiusero e Cirillo disse: «Avremmo dovuto sorvegliarlo a vista. Sin dall'inizio. Subito, appena arrivato al porto. Se non l'avessimo mollato, tutto questo non sarebbe successo. Pensala come ti pare, collega, ma è tanto semplice».

Mentre l'ambulanza scendeva lungo il vialetto, Rizzi disse in tono autoritario: «Chiama il collega Gatti. Tiziano deve subito recarsi al Capilupi. È evidente che qualcuno sta sbroccando. Dobbiamo mettere un agente davanti alla porta di Mugele oppure – ancora meglio – direttamente al suo capezzale, e controllare chiunque voglia avvicinarglisi. Diglielo».

Cirillo tirò fuori il cellulare.

«E vedi se in base alle informazioni raccolte da Savio giù al cancello riesci a ricostruire la descrizione del colpevole. Poi controllate gli attracchi al porto.»

«Quando parte il primo aliscafo?» domandò Cirillo.

«Alle 7.15, se non erro.» Poi Rizzi proseguì: «Date un'occhiata anche a Marina Piccola, a Punta Carena. Il colpevole potrebbe partire da lì con una barca privata anche in questo preciso istante. Le probabilità di acciuffarlo a quest'ora sono assai scarse, ma vale la pena fare un tentativo. Dunque, al lavoro».

Rizzi si voltò e tornò verso casa.

* * *

Girato l'angolo, Rizzi vide una luce che illuminava la terrazza e il tavolo da giardino, i vasi di agrifoglio appassito, i mozziconi di sigaretta e due sacchi dell'immondizia accasciati sulle sedie pieghevoli come figure accigliate.

Al tavolo dentro la cucina era seduto Josh Wilcox intento a fissare nel vuoto come uno che non avrebbe dimenticato tanto in fretta una giornata come quella, iniziata alle prime ore del mattino con un annuncio di morte e terminata a tarda notte con un pestaggio.

Rizzi aprì la porta a vetro, e Wilcox, senza alzare la testa, disse: «Sa cosa non faccio altro che pensare?».

Vedendo tutte quelle bottiglie vuote o semivuote, i bicchieri e i cartoni di pizza, Rizzi immaginò subito che ci fosse stata una festa.

«Che se l'aria in camera mia non fosse stata tanto viziata, forse non mi sarebbe mai venuto in mente di aprire la finestra prima di andare a letto. E allora, molto probabilmente, non avrei sentito i lamenti di sotto.» Wilcox era pallidissimo, ma forse era soltanto un effetto del lampadario. «Chissà, magari si sarebbe dissanguato davanti alla nostra porta, sarebbe morto e noi non ci saremmo accorti di niente.»

«Quando hai trovato Mugele, era ancora cosciente?» chiese Rizzi avvicinandosi. «Ha forse accennato all'aggressore o alla dinamica dei fatti, o ha detto qualcosa che possa esserci di aiuto?»

«Non ha detto assolutamente niente. Era mezzo morto. C'era sangue ovunque. Raffaella gridava. Meno male che in tutto quel caos mi è venuto in mente il numero del medico di guardia.»

«Di' a Raffaella che sono qui.» Rizzi posò il berretto sul tavolo. «Devo parlarle.»

«C'è il dottore con lei.» Wilcox guardò il suo smartphone prima di rivolgersi di nuovo a Rizzi. «Ma lo sa. Arriva subito.»

Rizzi si avvicinò una sedia. «Allora, racconta» disse. «Tutto ciò che sai. Come si sono svolte le cose? Quando è arrivato Mugele?»

«Poco prima delle nove era laggiù al cancello» disse Wilcox. «Volevo mandarlo via, come avevo fatto con gli altri tutto il giorno al citofono.» Wilcox cominciò a contarli uno a uno. «Sono venuti tutti: i vicini, il sindaco, il prete. Alcuni persino più volte, ma Raffaella non ha voluto vedere nessuno. Li ho mandati via uno dopo l'altro. E poi, come dicevo, verso le nove è arrivato Mugele. Io dico: mi dispiace, magari domani. E cosa dice lui? Fammi entrare, e scavalca addirittura il cancello.»

«Lo inseguiva qualcuno?»

Wilcox alzò le spalle e scosse la testa perplesso. «Avevo soltanto l'inquadratura ristretta della telecamera, anche volendo non avrei potuto vedere di più.»

«E cosa è successo dopo?» domandò Rizzi.

«Mugele era qui in cucina, impossibile fermarlo, ma Raffaella ha detto che andava tutto bene.» Wilcox aveva le lacrime agli occhi. «Lei ha davvero toccato il fondo e... non ne ho idea.»

«Cioè?»

«Credo che fosse persino un po' felice di vederlo.» Wilcox si fermò un momento. Poi riprese a parlare: «Si sono abbracciati e hanno pianto. È stato davvero imbarazzante. Per il sentimentalismo, intendo. Dopo di che li ho lasciati soli, sono salito nella mia stanza e ho passato il resto della serata a esaminare candidature.»

«Te lo chiedo un'altra volta» disse Rizzi. «Hai notato niente di sospetto? Qualcuno che bussava, suonava il campanello o qualsiasi altro rumore al cancello?»

«Avevo le cuffie.» Wilcox si scusò sorridendo. «E sa una cosa? Non volevo neanche sentire. Qui è tutto così privato. Insomma, non è questa la Raffaella che conosco.» Rifletté. «A un certo punto sono andato al bagno, e quando sono tornato, come le ho già detto, ho spalancato la finestra e lì ho sentito un suono strano, un mugolio di qualcuno che si lamentava. Non saprei come altro descriverlo.»

«E che ore erano?»

«Non ne ho idea, poco prima che chiamassi l'ambulanza e la polizia. Mezzanotte e mezza? Ho pensato soltanto: merda, ma che diavolo è? Dopo aver avvertito Raffaella, sono sceso giù di corsa e, uscendo, per poco non inciampavo nel corpo dell'uomo.»

Wilcox si massaggiò le mani.

«Te lo chiedo ancora: hai visto qualcuno?» insistette Rizzi.

Wilcox scosse il capo. «A quel punto era già tutto finito.»

Si sentirono dei passi per le scale. Entrò il dottore e disse che Raffaella sarebbe arrivata subito, per quanto lo permettevano le sue condizioni. Disse che non aveva voluto tranquillanti e che un ricovero in ospedale non era necessario. Ma dopo quanto accaduto nelle ultime ventiquattr'ore, era chiaramente sotto shock. Per ogni evenienza aveva tuttavia prescritto un sedativo che Wilcox poteva prenderle in farmacia, di più in quel momento non poteva fare.

Wilcox si alzò. «Grazie per essere accorso immediatamente, dottore. L'accompagno all'auto.»

«Ma com'è possibile che succedano certe cose?» disse il dottore congedandosi da Rizzi. «Non siamo mica a Napoli qui!»

I due uomini si allontanarono uscendo dalla terrazza, e Rizzi rimase da solo in cucina. Nel frattempo si erano fatte le due e mezza. Guardò fuori, scorgendo a malapena il tavolo e le sedie lungo il bordo della terrazza buia. Magari il responsabile del pestaggio era rimasto là fuori in agguato. Probabilmente era meno rischioso aggredire qualcuno in una proprietà privata piuttosto che in strada, dove potevano sempre esserci testimoni. Ma davvero il colpevole aveva fatto quelle considerazioni? Voleva uccidere Mugele o semplicemente dargli una lezione per intimidirlo? Indossava una calza in testa o aveva assoldato qualcuno per il pestaggio? Era lo stesso che aveva manomesso i freni dell'Ape? Oppure si erano appena rotti gli argini, e la gente dell'isola era uscita allo scoperto per ridimensionare Mugele, il raccoglitore di limoni senza arte né parte che aveva scavalcato tutti diventando imprenditore? Nella sua posizione chissà quante volte si era trovato a prendere decisioni impopolari, a dover mettere in guardia qualcuno, a licenziare qualche dipendente. Il destino di intere famiglie in mano a un uomo del Ghana. Era possibile che a un certo punto a qualcuno avesse dato di volta il cervello.

Rizzi allontanò da sé la sedia e andò nel corridoio. In casa c'era un profondo silenzio. Si mise in ascolto per carpire possibili rumori al primo piano. Raffaella si era forse dimenticata della polizia, del fatto che lui voleva interrogarla?

«Raffaella?» chiamò.

Salì le scale. Vide la porta aperta del bagno, la luce accesa. C'erano cosmetici sulla mensola sotto lo specchio, diversi spazzolini nel bicchiere; Padre Pio raffigurato su una mattonella sorvegliava il portasapone. Appoggiati sul bordo della vasca c'erano alcuni asciugamani umidi. In corridoio tutte le porte erano chiuse.

«Raffaella?» chiamò ancora una volta, poi bussò alla prima porta a caso e l'aprì.

La stanza quadrata era quasi interamente occupata dal letto. Sul materasso c'erano un computer portatile, un paio di cuffie e diversi documenti, tutti strumenti di lavoro di Josh Wilcox. La coperta era arrotolata in fondo al letto e davanti all'armadio c'era una valigia con sopra impilate stoviglie sporche.

Rizzi scavalcò la valigia e andò alla finestra. L'illuminazione dei lampioni in via Castiglione proiettava una luce soffusa sulla zona del cancello, e gli alberi ostruivano la vista del punto in cui Mugele era stato pestato a sangue. La finestra dava proprio sul tetto in lamiera ondulata sotto al quale era parcheggiata l'Ape del vecchio Marcello. Sparse qua e là sul tetto c'erano bottiglie di birra; sembrava quasi che Wilcox, di tanto in tanto, ne avesse fatto la sua terrazza. Di lì bastava spiccare un leggero salto per ritrovarsi giù nel piazzale.

«Ti ha fatto entrare Josh?» Raffaella era sulla porta. Indossava un kimono turchese e un paio di occhiali che Rizzi non le aveva mai visto. «Anche se sei della polizia, a lui non piace che si entri così nella sua stanza. Ci sono tutte le sue cose.»

Rizzi scavalcò di nuovo la valigia. «Ho qualche domanda» disse.

Raffaella non si mosse dal posto e fissò i bottoni della sua divisa. Aveva il mascara sbavato sugli occhi. «Sai che cosa ho capito?» disse. «Elisa ci ha presi tutti quanti per il culo.» Lo guardò con aria aggressiva. «Vuoi sapere perché si presentava qui ogni fine settimana e mi svuotava il frigorifero? A suo dire, perché aveva bisogno di riflettere in tranquillità. Si era presa una pausa dal matrimonio. Ma in realtà...» Raffaella mandò la testa all'indietro, e per un istante sembrò quasi che volesse gridare. Invece fece un respiro profondo e disse: «Aveva una relazione con Simon Mugele. Sissignore, hai sentito bene. La mia sorellina si scopava il raccoglitore di limoni.»

Mentre Rizzi scuoteva la testa sorpreso, Raffaella si strinse la cintura del kimono intorno alla vita. «Lui mi ha raccontato tutto. Elisa voleva lasciare suo marito e venire a Capri con le figlie.» Con un gemito si lasciò cadere sul bordo del letto e con un dito si asciugò gli occhi. «Ma cosa si era messa in testa? Iniziare daccapo qui? Pensava che l'inizio di una nuova vita di colpo l'avrebbe portata in paradiso?»

Rizzi si appoggiò con la schiena alla parete e lasciò parlare Raffaella. Era un fiume in piena. Disse che non era mai stata una grande fan del marito di Elisa. Mario Pinta era una persona semplice, buono come il pane e terribilmente noioso, ma lui adorava Elisa, e lei lo aveva scelto perché le serviva qualcuno che la venerasse e baciasse il terreno su cui camminava. E dopo cinque anni di matrimonio all'improvviso non andava più bene?

Raffaella continuò a dar libero sfogo alla propria rabbia: «Sai che cosa le rimprovero soprattutto?». Lanciò uno sguardo alla finestra. «Di non avermi detto niente. Nemmeno una parola. Quante volte, credendola in difficoltà, sono corsa con lei sul monte Cappello pensando che lassù, alla croce sulla vetta, dove sempre andavamo quando volevamo sentirci vicine a mamma e papà, avrebbe trovato il coraggio di dirmi cosa stava succedendo. Ma apriva bocca soltanto per parlare di cose irrilevanti. Perché in realtà era semplicemente in cerca di cambiamenti, di un'avventura, e aveva bisogno di rassicurazioni. Ed ecco lì pronto Simon ad accoglierla a braccia aperte per darle tutto questo. Sai cosa, Enrico?» Lo guardò furibonda. «Per me poteva anche andarci a letto e divertirsi fin quando voleva. Ma non si lascia la propria famiglia per questo! Iniziare una nuova vita con Mugele avrebbe creato soltanto scompiglio. Ma come le sarà venuto in mente?» Indignata si tormentava le mani. «E comunque ne ho fin sopra i capelli delle follie di Elisa, dettate unicamente dal suo egoismo. Mi danno la nausea.»

«Raffaella» la interruppe Rizzi. «Elisa è morta. Non c'è più.»

Raffaella tacque, incassando la testa nelle spalle.

Rizzi le si sedette accanto sul bordo del letto. «Che cosa ti ha raccontato Mugele?» domandò. «Ti ha detto che era sua l'Ape con cui Elisa ha fatto l'incidente?» Dette a Raffaella un fazzoletto. «Ascoltami» continuò. «Non c'è ancora una perizia ufficiale, ma presumo che l'usura del veicolo non c'entri, e che il mancato funzionamento dei freni non sia dovuto a semplice sfortuna o errore umano. No. Qualcuno ha svitato il dado di serraggio lasciando fuoriuscire il liquido dei freni. E quello che è successo qui stanotte non fa altro che avvalorare la mia ipotesi. È stata una manomissione volontaria, tentato omicidio, e il bersaglio era in realtà Simon Mugele.»

Raffaella era improvvisamente impallidita. «Che cosa vorresti dire?» disse.

«Raffaella, pensaci... Dov'è il marito di Elisa, quel Mario? È qui sull'isola?»

«Mario Pinta?» Raffaella guardò nel vuoto e poi si coprì il viso con le mani. «Mario» sussurrò. «Che cosa hai fatto?»

«È stato qui» disse Josh Wilcox sulla porta. «Ha suonato giù al cancello come un matto. L'ho mandato via, come ho fatto con tutti gli altri.»

«Quando?» domandò Raffaella sorpresa.

«Nel tardo pomeriggio. Saranno state le cinque. Mi dispiace, ma tu hai detto che non volevi vedere nessuno, senza eccezioni, e io ho pensato...»

«Sai dov'è andato dopo?» lo interruppe Rizzi alzandosi. «O dove alloggi sull'isola, se non lo avete ospitato voi?»

«Non ne ho idea» disse Wilcox. «Ci ho parlato al citofono, e non ricordo che abbia detto nient'altro, se non: Fammi entrare, stronzo. Sono il cognato. Incerto si rivolse a Raffaella:

«L'ho pregato di non prenderla sul personale, ma che tu non eri in condizione di ricevere nessuno». Si girò verso Rizzi e disse: «Non ho idea di cosa abbia fatto o di dove sia andato dopo. E di certo non gliel'ho chiesto.»

«Mi serve una foto di Mario Pinta» disse Rizzi a Raffaella.

«Certo.» Raffaella si alzò. Sulla porta mise una mano sulla spalla di Wilcox e disse: «Hai fatto bene così.» Sorrise. «Grazie.»

8

Ore 7.15 Marina Grande, c'era scritto nel messaggio di Rizzi. *L'uomo si chiama Mario Pinta*. Sotto, la foto di un tizio con la chierica che abbracciava Elisa Constantini con atteggiamento possessivo. *Puntuale, per favore.*

Tutto lì. Non una parola di più su chi fosse Mario Pinta e su dove diavolo dovesse aver luogo l'operazione di polizia. Doveva trattarsi di un fermo, quindi Cirillo dedusse che Pinta fosse l'uomo sospettato di aver pestato a sangue Simon Mugele, e magari lo stesso che aveva manomesso i freni dell'Ape. Comunicare con Rizzi, anzi, lavorarci insieme era una bella impresa.

Mancava poco alle sette quando Cirillo, percorrendo le curve della provinciale di Anacapri in sella alla sua Vespa, vide tra le palme e i pini il luccichio del mare scuro solcato da qualche piccola cresta spumosa. Né un Tintoretto, né un Raffaello, né qualsivoglia artista del mondo aveva o avrebbe mai impresso su tela un azzurro di tale forza e intensità. In momenti del genere avvertiva una serenità forse mai provata prima in vita sua, e pensò che, tutto sommato, forse non le era andata poi così male. Doveva stringere i denti per un anno senza commettere errori. Lentamente tutta la faccenda della degradazione e del trasferimento coatto si sarebbe sgonfiata. Sino ad allora doveva sforzarsi di assumere un atteggiamento pragmatico, accettando suo malgrado di eseguire gli ordini di Rizzi, compresa la stesura dei verbali, come se fosse la sua assistente. E non doveva nemmeno indispettirsi quando Teresa Villa sottoponeva i suoi verbali a Rizzi, mandandoli via soltanto dopo la sua benedizione.

Arrivata al porto, vide i passeggeri della funicolare riversarsi sul molo e raggiungere in tutta fretta l'aliscafo pronto a partire. Il bar Espresso, di fronte alla biglietteria, pullulava di pendolari che si rifocillavano prima di mettersi in viaggio per Napoli. Un taxi si fermò, e l'autista aiutò l'anziana signora in pelliccia a scendere, chiamò con un cenno un carrello di quelli che sulla terraferma si trovavano alla stazione o negli aeroporti, e che si incontravano ovunque per l'isola, soprattutto nei vicoli stretti. L'anziana signora prese la pelliccia e si appoggiò all'autista che l'accompagnò a una panchina, dove rimase seduta finché lui non finì di scaricare una dopo l'altra le valigie dal portabagagli per sistemarle sul carrello. Gli allungò una banconota, lo salutò con la mano, e il carrello con il lampeggiante giallo acceso sul tetto si mise in moto, ronzando lungo il molo e suonando il clacson per far spostare la gente.

Quando Cirillo, spenta la Vespa, prese in mano il cellulare, sentì la notifica di un messaggio.

Arrivo subito, scriveva Rizzi. Doveva procedere e assicurarsi che la nave non salpasse in alcun caso.

C'era puzza di gasolio, e sui moli volteggiavano i gabbiani. L'addetto al controllo dei biglietti sulla passerella, un tizio in giacca a vento con il logo della compagnia armatrice e il piercing al naso, squadrò Cirillo con il tipico sguardo vuoto e disinteressato che gli uomini erano soliti rivolgere alle donne sopra i quaranta.

Salutò e disse che doveva parlare con il capitano e procedere con una perquisizione a bordo. La partenza avrebbe subito un ritardo di circa venti, trenta minuti.

«Non ne so niente» rispose l'uomo procedendo come nulla fosse con il controllo dei biglietti.

«Non era una richiesta, la mia» precisò Cirillo mentre già le saliva il sangue al cervello. «Si tratta di un'operazione di polizia di cui lei non è tenuto a sapere proprio nulla.» Si mise una mano sul fianco in modo autoritario. «Dov'è il capitano?»

«Fabrizio!» gridò l'uomo in direzione del ponte, e voltandosi di lato sputò in acqua. «Ma chi sta cercando?» domandò. «Se mi dice il nome, magari posso aiutarla ad accorciare un po' i tempi.» Si asciugò il naso con il dorso della mano. «Ma se cerca Lello, glielo dico subito, è partito ieri per Bologna, e con gli scarabocchi della Certosa di San Giacomo non c'entra niente.»

«Cosa c'è?» gridò dal ponte un uomo in camicia bianca a maniche corte con le spalline.

«Controllo di polizia» gridò il tizio con il cerchietto al naso. «L'agente sta cercando qualcuno.»

«E chi sta cercando?»

«Non vuole dirmelo.»

Cirillo si accorse che i passeggeri sull'aliscafo iniziavano a premere il naso contro il finestrino e, se non prendeva subito in mano la situazione, c'era il rischio che succedesse proprio ciò che voleva assolutamente evitare, ovvero che nel piazzale dei controlli la gente iniziasse ad agitarsi, e che Mario Pinta, nel caso si fosse trovato a bordo, si accorgesse di qualcosa.

D'altra parte, non era al corrente dei fatti, perché Rizzi non aveva ritenuto necessario istruirla a dovere e, come se ciò non bastasse, l'aveva persino piantata in asso.

Quando il tizio con l'anello al naso spinse con lo stivale la passerella, i motori dell'aliscafo salirono di giri e l'acqua nella darsena prese a schiumare. Risuonò un clacson e una Vespa sfrecciò sul molo.

Rizzi si fermò e si tolse il casco. «Ciao, Dario» disse salutando l'uomo con il piercing. L'aliscafo bianco come la neve si rispecchiò nelle lenti azzurre degli occhiali di Rizzi. Alzò la mano, allargò le dita e gridò verso il ponte: «Cinque minuti!».

Il capitano rispose con il pollice alzato, e i motori rallentarono, tanto che l'acqua smise di spumeggiare.

Rizzi si affrettò sulla passerella, e Cirillo lo seguì prendendo ordini. Doveva mettere la porta in sicurezza e controllare chiunque volesse salire o scendere.

Entrò nell'aliscafo e rimase fermo finché la gente non cominciò ad allungare il collo, poi si voltò a destra e si avviò fra i sedili, salutando più che controllando, perché ovviamente conosceva la maggior parte dei passeggeri.

Cirillo si mise obbediente al suo posto, accantonando il sospetto che Rizzi fosse arrivato apposta all'ultimo momento per sfruttare al massimo l'effetto della sua presenza e chiedendosi perché non le riuscisse trovare il giusto feeling con la gente dell'isola. Non osava immaginare cosa avrebbe fatto se la nave fosse salpata.

«Agente» disse una voce tremolante accanto a lei. «Ma che cosa sta succedendo?» L'anziana signora in pelliccia alla sinistra di Cirillo domandò: «Ci sono terroristi a bordo? Devo preoccuparmi?»

«Non ha motivo di preoccuparsi» la tranquillizzò Cirillo. «Si tratta semplicemente di un controllo.»

All'estremità opposta della fila si alzò un uomo, prese la sua borsa dal portapacchi e iniziò a frugarci dentro freneticamente. Cirillo afferrò d'istinto la pistola. A giudicare dall'età, sui trentacinque anni, dalla pancia e dalla chierica, poteva anche essere il sospettato. E Rizzi? Se ne stava impalato a gambe larghe, le braccia incrociate sul petto, e grazie alle stupide lenti a specchio dei suoi occhiali da sole era impossibile stabilirci un contatto visivo.

Cirillo stava riflettendo con nervosismo sull'opportunità di intervenire o meno, quando l'anziana signora accanto a lei le disse: «Noi ancora non ci conosciamo. Mi chiamo Ludovica De Lulla. Ferretti da nubile. *Ci sposeremo a Capri* le dice niente? E va bene, sì, lo ammetto, è passato qualche anno da allora.»

Cirillo annuì, mormorando qualcosa di incomprensibile e osservando l'uomo con la borsa consegnare finalmente il suo documento di riconoscimento a Rizzi, che proseguì poi tra le file.

«Allora ero ancora giovanissima.» La signora De Lulla continuò entusiasta il suo racconto. «Avevo tutta la vita davanti, come si suol dire. Arrivai la prima volta a Capri per le riprese, e rimasi subito stregata da quest'isola.» Si sporse in avanti e scrutò Cirillo dalla sua poltrona. «Lei non è di qui, vero? No, si vede. Stia attenta, mia cara, a lei non andrà come a me.»

Rizzi scherzò con un bambino che lo guardava con aria scettica mentre la gente lì intorno rideva divertita, e finì il suo giro stringendo la mano a destra e a manca. Passando disse alla signora De Lulla: «Le auguro buon viaggio a Roma, e non si faccia attendere troppo al suo rientro, promesso?»

Una volta scesi l'aliscafo mollò gli ormeggi. Rizzi si tolse il berretto e si passò una mano fra i ricci senza che Cirillo potesse stabilire se fosse imbarazzato o arrabbiato.

«Abbiamo avuto sfortuna» disse. «Ero assolutamente certo di trovarlo a bordo.»

«Potrei sapere chi è questo Mario Pinta?» domandò Cirillo spazientita. «E poi, hai almeno una vaga idea della situazione di merda in cui mi hai messo, lasciandomi qui ad aspettarti mentre loro per poco non salpavano?»

«Calmati» disse Rizzi. «Mario Pinta è il marito di Elisa Constantini. E Dario, l'addetto al controllo dei biglietti sulla passerella, è un tipo a posto. Sta soltanto passando un brutto periodo con la madre che lotta contro il cancro da sei mesi.» Rizzi si sistemò il berretto in testa. «E ora tieniti forte: a quanto pare, Elisa Constantini aveva una relazione con Simon Mugele. La mia teoria è che ne sia giunta voce a Mario Pinta e che lui non ci abbia visto più. È passato all'azione manomettendo i freni dell'Ape senza avere idea che al volante, al posto del suo rivale in amore, si sarebbe seduta sua moglie.» Rizzi tacque scrutando a fondo Cirillo. «Credo che ora tu abbia bisogno di un caffè.»

Al bar del porto era tornata la calma. Mentre la signora della biglietteria parlava con un tassista e i piccioni beccavano indisturbati alcune briciole davanti alla porta, Rizzi ordinò due espressi.

«Per me un cappuccino» lo corresse Cirillo.

«Senti questa» disse Rizzi e raccontò che Elisa Constantini aveva probabilmente in programma di lasciare il marito, tornare a Capri con le figlie e iniziare lì una nuova vita. Il coniuge, Mario Pinta, presumibilmente glielo avrebbe impedito. «Ma lo prendiamo» le assicurò Rizzi, finendo di bere il suo espresso e lasciando qualche moneta sul bancone. «Suggerisco che tu controlli l'aliscafo delle 9.15 ed eventualmente tutte le altre navi in partenza oggi. Non preoccuparti, ti faccio affiancare da Savio, ti darà una mano. E non appena Mugele sarà in condizione di essere interrogato, me ne occuperò io.» Rifletté. «Devo aggiornare l'ispettore Lombardi sugli ultimi sviluppi.» Si infilò il casco e guardò Cirillo con aria interrogativa: «Tutto a posto?»

«Credo di sapere dove si trova Mario Pinta» disse Cirillo. «Perché non ci sono arrivata prima?» Passò accanto a Rizzi e sulla porta si voltò verso di lui. «Dev'essere sul luogo dell'incidente, dove è morta sua moglie» disse. «Quindi muoviti. Andiamo.»

* * *

Si fermarono l'una accanto all'altro nel punto in cui si interrompeva il guardrail e mancava il colonnino, ma non c'era traccia di un'auto, di una moto o di un qualsiasi altro veicolo. Se Mario Pinta era stato lì, pensò Cirillo, forse vi si era recato a piedi, magari subito dopo aver pestato a sangue Mugele.

Scesero dalle vespe; Rizzi alzò il nastro segnaletico per farci passare sotto Cirillo.

Lui andò avanti dicendo a Cirillo dove fare particolarmente attenzione perché lì il terreno, con tutti quei sassi e quei detriti, cedeva sotto i loro passi. Dove il pendio era piuttosto ripido e dov'era necessario un passo più lungo le porgeva la mano, che lei tuttavia seguitava con ostinazione a ignorare, sin quando a un certo punto lui lasciò perdere, limitandosi a dire: «Attenta a dove metti i piedi».

La vista dell'Ape con gli pneumatici posteriori e la superficie di carico ribaltati appariva sempre più assurda e al tempo stesso quasi familiare. Con tutta probabilità sarebbero passati ancora diversi giorni prima che da Napoli fossero riusciti a organizzare il recupero del veicolo. Non c'era alcun rumore laggiù, né un cinguettio né un fruscio di foglie, e soprattutto non c'era anima viva. Come se lì intorno tutto fosse morto ventiquattr'ore dopo il decesso di Elisa.

Era soltanto un'idea, ma se Cirillo aveva ragione e davvero Pinta si era recato sul luogo dell'incidente, allora c'erano buone probabilità che l'uomo si trovasse sotto lo spuntone di roccia dove anche Rizzi aveva trovato riparo quella notte in attesa dell'ambulanza e dei vigli del fuoco. Non era così facile rintracciare il punto esatto, e forse era molto più lontano dall'Ape di quanto ricordasse. Da una parte il sentiero era sbarrato dal canneto, dall'altra dovettero tornare indietro e girare intorno a una grossa famiglia di cactus cresciuti in mezzo alla macchia. Trovarono poi una scorciatoia utilizzando una fila di pietre come comodi gradini lungo una curva che però li fece riallontanare dal luogo dell'incidente.

Rizzi si guardò alle spalle. Cirillo era sparita. Da un momento all'altro, come risucchiata dal terreno. Vide penzolare qualcosa sopra di lui, un paio di sneaker di stoffa grigia. Rizzi guardò più in alto, ed ecco spuntare i polpacci pelosi di un uomo.

Il tizio sullo spuntone di roccia guardava inerte e con le spalle cadenti il relitto dell'Ape, probabilmente sforzandosi di immaginare e capire cosa fosse successo. Sembrava impossibile che dentro a quei pezzi di lamiera accartocciata ci fosse stata una persona, ovvero sua moglie. Soltanto il tetto dell'abitacolo aperto come una scatoletta e arrotolato all'indietro lasciava intuire che da lì dentro avessero estratto qualcuno.

«Lei è Mario Pinta?» domandò Rizzi. «Non si muova, è in stato di fermo.»

Passò qualche istante prima che l'uomo reagisse girando la testa e guardando Rizzi. A giudicare dalle profonde occhiaie scure, non doveva aver chiuso occhio da diverse notti, ma lo sguardo era lucido, quasi amichevole, e non sembrava sorpreso.

«Va bene» disse. «Andiamo.»

9

In poco tempo Teresa Villa e Matteo Savio avevano adibito la guardina a stanza degli interrogatori, spalancato la porta per cambiare l'aria e preso dal ripostiglio i cavalletti che avevano poi montato. Si trattava di uno squallido ripiego: la terribile puzza asprigna proveniva dalla branda alla parete centrale dove gli ubriachi – soprattutto turisti in alta stagione – non soltanto dormivano per l'ebbrezza ma vomitavano anche regolarmente, e di solito senza centrare il secchio messo lì a disposizione.

Aggirando la grossa pozzanghera nel cortile in cui si specchiavano il cielo e le nuvole bianche, Savio condusse Mario Pinta dall'autopattuglia all'annesso dietro la stazione di polizia. L'uomo era robusto, aveva spalle larghe e una pancia ben pronunciata. Dai pantaloni corti e dallo sguardo innocuo sembrava più un semplice turista di provincia che un pericoloso picchiatore.

Nella guardina/stanza degli interrogatori, Rizzi si prese una sedia ed esortò Pinta a sedersi.

L'uomo obbedì guardando incuriosito lo smartphone che Rizzi aveva posato sul tavolo, non proprio l'ultimissimo modello, poi osservò con aria incredula la linea elettrica che correva sull'intonaco sino a una lampadina scoperta appesa al soffitto macchiato di umido, e infine si concentrò pensieroso sulle sbarre arrugginite della finestrina, che probabilmente non sarebbe stato così difficile scardinare.

Rizzi azionò il registratore del cellulare e per il verbale pronunciò data, ora e dati anagrafici di Pinta come riportati sul suo documento di riconoscimento. «Nome completo: Mario Gabriele Pinta, residente a Benevento, via Verde. 32 anni. Effetti personali: portafoglio con poco meno di centottanta euro, documento d'identità e carte di credito. Un biglietto del treno per Napoli da Benevento con arrivo alla stazione centrale alle 16.20 di ieri, e un biglietto per l'aliscafo da Napoli a Capri con arrivo a Marina Grande alle 18.15. In una borsa a tracolla di stoffa sono stati anche trovati una maglietta pulita, due cambi di biancheria intima, una mappa escursionistica di Capri, uno smartphone, un caricabatterie e una tavoletta di cioccolato aperta. Pinta era sposato con Elisa Constantini, ora vedovo.»

«Professione?» domandò Rizzi.

«Elettricista» rispose Pinta, aggiungendo poi: «Lavoro in proprio da quattro anni».

«Figli?»

«Due. La più grande ha cinque anni, la più piccola tre.» Cominciarono a brillargli gli occhi in modo sospetto. Rizzi osservò le mani di Pinta, le dita magre e sottili, i tratti morbidi del volto con le labbra carnose, e giunse di nuovo alla conclusione che, in circostanze normali, malgrado il corpo massiccio e pesante, non avrebbe fatto male nemmeno a una mosca.

«Adesso tocca a lei parlare, signor Pinta.» Rizzi prese carta e penna. «Conferma di aver teso un agguato a Simon Mugele, la notte scorsa, in via Castiglione, a casa di sua cognata Raffaella Constantini? Di averlo aggredito e pestato a sangue?»

«Sì» affermò Pinta trionfante, appoggiandosi soddisfatto allo schienale della sedia. «Gli ho spaccato la faccia, e sarei pronto a rifarlo in qualunque momento. Non ho dubbi al riguardo, agente.» Pinta si mise la mano sul cuore. «Al posto mio avrebbe agito anche lei così.»

«Farebbe meglio a tenere per sé le sue opinioni» lo redarguì Rizzi. «Lo ha picchiato sino a ridurlo in fin di vita.»

«Quel tizio era ubriaco fradicio.» Pinta alzò le mani. «Si è accasciato a terra come un sacco di patate.»

«E una volta steso a terra, lei lo ha preso persino a calci.» Rizzi alzò la voce. «Non si sa ancora se riuscirà a cavarsela. O quali danni potrebbe riportare se poi se la cava.»

Pinta fece un gesto come a voler minimizzare l'accaduto e le sue possibili conseguenze. «Quell'uomo è bello robusto, mi creda.»

«Allora ci dica» intervenne Cirillo, appoggiata al muro con le braccia incrociate sul petto, «perché lo ha picchiato a sangue?»

«Mi ha portato via mia moglie» disse Pinta senza guardare Cirillo. «Mi ha rovinato la vita.»

«Sua moglie voleva il divorzio?» domandò Cirillo.

Lui scosse il capo. «Non se n'è mai parlato. Ma prima di andare avanti con le formalità» Pinta posò entrambe le mani sulle gambe e fece per alzarsi, «vorrei andare da lei. Altrimenti non riuscirò a convincermi che sia davvero morta» disse rivolgendosi a Rizzi. «Capisce?»

«Capisco benissimo» disse Rizzi, «ma ciò che stiamo facendo qui non ha niente a che vedere con le formalità. Dobbiamo far luce su cosa è successo la notte scorsa e quella precedente.»

«Quando ha visto sua moglie per l'ultima volta?» domandò Cirillo.

Pinta guardò con aria triste le macchie di umidità sul soffitto.

«Giovedì scorso. Quando ha preso le sue cose ed è partita per Capri.»

«Da allora non ha più avuto contatti con lei?»

Pinta scosse la testa. «Perché tutte queste domande? Mia moglie è morta, ho ammesso di aver picchiato Mugele. Dunque, qual è il problema? Arrestatemi, chiudetemi in cella oppure lasciatemi andare.»

«Quando si aspettava che tornasse sua moglie?» domandò Rizzi.

«In genere tornava sempre la domenica sera a cena e metteva a letto lei le bambine.»

«Non si è meravigliato quando non l'ha vista tornare l'altro ieri?»

«Meravigliato non è l'espressione corretta.» Pinta aggrottò la fronte. «Ovviamente mi sono preoccupato.»

«E perché non l'ha chiamata?» domandò Cirillo.

Pinta la guardò con disprezzo. «È sposata lei?» domandò.

«E questo cosa c'entra?» sbottò Cirillo irritata, dandosi però subito un contegno e dicendo in tono perentorio: «Si limiti a rispondere alla mia domanda».

«E va bene. Sapevo che era da lui, e questo era già abbastanza penoso. Avrei anche dovuto telefonarle per piangerle dietro? No, mi scusi, non sono il tipo che fa certe cose.»

«Da quanto tempo sapeva che sua moglie e Simon Mugele avevano una relazione?» domandò Rizzi.

«Da metà settembre. Non dimenticherò mai quel giorno.» Pinta abbassò la testa. «Non so come, ma mi sono ritrovato in mano il suo cellulare, probabilmente perché le bambine si stavano accapigliando per giocarci. Ho tolto loro il telefono e tra i messaggi in arrivo ho notato quel nome, Simon Mugele, che appariva più volte.»

«Era un nome familiare?» domandò Rizzi.

«Mugele? Lo avevo già sentito. Quel tizio ha rapporti di lavoro con la famiglia di mia moglie. Il nome mi era noto ma non riuscivo a collegarlo a un volto.»

«Ha affrontato sua moglie?»

Pinta scosse il capo. «A cosa sarebbe servito? Soltanto a litigare e a farsi il sangue amaro. Ho preferito cercarlo in Internet.» Si sporse leggermente in avanti. «Se posso darle un consiglio, agente, nel caso in cui sua moglie dovesse tradirla, cosa che non le auguro, non vada a cercare informazioni in rete. Lasci perdere. Non fa altro che stimolare l'immaginazione e farsi venire strane idee.» Pinta si schiarì la voce. «Ma non pensate male, eravamo felici, Elisa e io, ci amavamo. Fra di noi andava tutto bene, persino il sesso.» Lanciò uno sguardo timido a Cirillo. «Insomma, da quel punto di vista si può ben dire che non le mancasse niente. Ma evidentemente aveva bisogno di cambiare.»

«Vorrebbe farci credere che lei sapeva già da metà settembre che sua moglie si vedeva regolarmente a Capri con un altro uomo e che in tutto questo tempo se n'è rimasto buono buono a guardare?» domandò Cirillo scettica. «E ogni quanto si incontravano? Ogni due fine settimana?»

«Che cosa avrei dovuto fare?» replicò Pinta agitato, continuando poi con voce malferma: «Tanto lo sapevo che presto o tardi si sarebbe stufata di quel tizio. Conosco Elisa. La conosco a fondo. Sapeva a chi apparteneva e dov'era il suo posto».

«Si è confidato con qualcuno?» domandò Cirillo, e quando Pinta non rispose, aggiunse: «Magari con sua cognata Raffaella?».

«Non siamo in buoni rapporti» replicò Pinta brusco. «Anzi, per essere più precisi, non ci sopportiamo proprio. Lei mi trova primitivo e io la trovo altezzosa. A parte questo, non avevo alcun bisogno di sfogarmi con qualcuno. Perché si può solo dire che è stato un autentico fallimento, lo ammetto senza mezzi termini. E non so voi, ma a me non piace parlare dei miei fallimenti.»

«Quello che non capisco» Cirillo si scostò dalla parete e fece un passo verso il tavolo, «è perché se n'è rimasto per mesi a guardare senza far nulla mentre sua moglie la tradiva con un altro. Cerco soltanto di immaginarmi Elisa al rientro dalle sue scappatelle, lei con il sangue che le ribolliva dentro ogni volta che vi sedevate a tavola o che andavate a letto. E poi all'improvviso, quando Elisa ormai non c'è più, decide di passare all'azione, viene qui sull'isola, tende un agguato al suo rivale e lo picchia sino a ridurlo in fin di vita.» Cirillo si fermò davanti a Pinta. «Perché proprio ora?» domandò.

«Perché sarebbe stato suo preciso dovere, dannazione, badare a Elisa!» sbottò con rabbia Pinta. «Non avrebbe dovuto permetterle di guidare di notte per l'isola mentre pioveva a dirotto, con la strada in quelle condizioni, piena di curve insidiose e con visibilità estremamente ridotta. Per quello l'ho riempito di botte.» E a bassa voce aggiunse: «E anche per tutto il resto, ovvio».

«Dov'era quando ha saputo della morte di sua moglie?» chiese Rizzi.

Pinta lo guardò sorpreso. «A casa. Con le bambine.»

«E che cosa stava facendo?»

«Dormivo.»

«Ma ha detto di essersi preoccupato. Sua moglie andava e veniva. Come ha fatto a dormire?»

Pinta fece spallucce. «A un certo punto devo essermi addormentato.»

«Chi l'ha chiamata per informarla che Elisa era morta?» domandò Rizzi.

«Raffaella.»

«Che cosa le ha detto?»

«Che di notte era uscita di strada ed era morta.»

«Nient'altro?»

«No.»

«Non le ha dato nessun'altra informazione?»

«No.»

«E poi?»

«Ha riagganciato.»

«E lei? Che cosa ha fatto?»

«È così importante?» si infiammò Pinta. «Elisa è morta, e tutto questo spettegolare non la riporterà certo in vita. Non mi ricordo cosa ho fatto. Ero sotto shock. Non sapevo cosa pensare. Avrei soltanto voluto risvegliarmi da quel brutto incubo. Poi ho pensato: perché si scopa la mia Elisa senza badare a lei?»

«Come faceva a sapere che qui pioveva a dirotto?» domandò Cirillo.

«Pioveva ovunque, no?» sbraitò Pinta. «Perché tutte queste domande? Volete farmi a pezzi?»

«E va bene» disse Rizzi in tono pragmatico. «Quando ieri è arrivato sull'isola alle 18.15, che cosa ha fatto?»

«Sono andato in via Castiglione. A piedi.»

«E poi? Continui, la prego.»

«Non avevo fretta. Credo che non avrò più fretta in vita mia. Non c'è nessuno che mi aspetta ormai.» Sollevò le mani verso il soffitto e si sfogò dicendo: «A casa non ci sarà più Elisa a ringraziarmi per averle installato un dimmer nell'interruttore per poter variare la luce, cosa che amava fare, o a rimproverarmi per esser tornato a casa tardi dal lavoro, o per essermi addormentato davanti al televisore o per aver dimenticato il suo onomastico.»

Rizzi gli lasciò il tempo di soffiarsi il naso e riprendersi. Poi disse: «Okay. È arrivato a casa di sua cognata in via Castiglione e suppongo che abbia suonato il campanello.»

«Sì, e un tizio al citofono mi ha detto che Raffaella non voleva vedere nessuno, ma che potevo riprovare il giorno dopo. Ma comunque non mi prometteva niente.» Sconcertato, Pinta alzò gli occhi al soffitto. «Non ci si comporta così fra cognati. Si dovrebbe rimanere uniti nel lutto. Non crede anche lei?»

«Certo. In questo ha ragione» convenne Rizzi. «E poi che cosa è successo?»

«Non sapevo dove andare.» A Pinta si incrinò la voce. «Non avevo un albergo, mi sono sdraiato da qualche parte, su un masso o uno spuntone di roccia, non lo so più nemmeno io, e alla fine ho pensato di non avere altra scelta se non suonare di nuovo per farmi aprire. In quel momento l'ho visto per strada.»

«Chi, Simon Mugele?»

Pinta annuì amareggiato. «Al buio non l'ho riconosciuto subito. Ha suonato, ma non ha aspettato a lungo e ha scavalcato il cancello. Guarda, ho pensato, così si fa. Ho scavalcato anch'io, l'ho seguito, ho fatto il giro della casa e ho visto da una finestra come si abbracciavano, lui e Raffaella. Con trasporto, quasi fossero una famiglia. E allora ho capito, tutti lì dentro sapevano, mia cognata, il suo buttafuori al citofono: tutti quei capresi eleganti ridevano alle mie spalle, prendendo per il culo l'imbecille di provincia che si era fatto cornificare dalla moglie.»

«E in seguito?» domandò Cirillo. «Si è nascosto attendendo Mugele al varco?»

«Non mi sono nascosto» la corresse Pinta. «Li ho spiati da fuori mentre parlavano e si sbronzavano, e quando poi è uscito – o forse è meglio dire: quando è uscito barcollando? – l'ho picchiato.» Pinta incrociò le braccia sul petto. «Questo è tutto.»

«E poi?»

«Niente!» sbraitò. «Con Raffaella non ci parlo più, e il negro è meglio che non si rimetta sulla mia strada. Dopo sono andato in via Grotta Azzurra e ho continuato a camminare. Non sapevo a quale altezza fosse avvenuto l'incidente, ma ho pensato che da lassù avrei trovato qualche indizio. E poi ho notato i fiori e la sua foto. Sono sceso e ho visto i rottami dell'Ape. Non ho capito cosa sia successo di preciso, ma un giorno o l'altro magari mi sarà di qualche consolazione aver visto il luogo in cui è morta. Poi siete arrivati voi, e il resto lo sapete.»

Nella stanza calò il silenzio. Rizzi richiuse il taccuino. Si alzò, fece il giro del tavolo, andò dalla parte di Pinta e si appoggiò al piano. «Dove si trovava sabato alle sedici e domenica notte?» gli domandò.

«Ma le ho appena detto tutto» disse Pinta esausto.

«Allora me lo ripeta: dove si trovava?»

«A Benevento.» Pinta mandò la testa all'indietro. «Con la mia famiglia.»

«Ha testimoni?»

«Chiunque può testimoniarlo. Le bambine. Mia sorella. I vicini. Perché?» Pinta aveva le mani appoggiate sulle gambe e fissava inerte davanti a sé.

«Forse, in quanto elettricista se ne intende» disse Rizzi, «e sa come si manomettono i freni di un'Ape.»

«Non capisco» balbettò Pinta. «Dove vuole arrivare?»

«Credo che lei lo sappia fin troppo bene.» Rizzi si scambiò un'occhiata con Cirillo e disse: «Sua moglie non è uscita di strada in seguito a un incidente. La smetta una volta per tutte di rifilarci le sue storielle. Devo dirle io come sono andate le cose?» Rizzi si scostò il berretto dalla fronte e iniziò a fare su e giù per la stanza. «È rimasto passivo per settimane a guardare sua moglie che faceva le valigie nel fine settimana e veniva qui a Capri dal suo amante, senza mai decidersi – se ho ben capito – ad affrontarla. Una bella tortura.»

Pinta era rosso come un peperone e aveva le lacrime agli occhi.

«Non capisco» seguitò Rizzi, «perché non abbia parlato con Elisa della relazione con Simon Mugele. Era troppo intollerabile per lei? Oppure aveva paura della verità? Che cosa ha raccontato alle sue figlie ogni fine settimana, quando restava solo con loro e le piccole chiedevano della mamma?»

«Ma a che serve tutto questo?» domandò Pinta. «A che gioco sta giocando? E che cosa gliene importa?»

«Veniamo al punto.» Rizzi riprese il filo del discorso. «Quando ha capito che le scappatelle di Elisa a Capri non sarebbero finite, almeno non subito, si è reso conto che il suo piano di lasciar perdere non avrebbe funzionato. Al contrario: la relazione con Mugele sembrava farsi sempre più seria, sfuggendo al suo controllo. Per questo doveva liberarsene ed escogitare un piano alternativo. Conosceva già Capri o è venuto prima a esplorare il luogo?»

Pinta non rispose, se ne stava seduto come stordito, e Rizzi continuò: «Domenica scorsa ha deciso di metter fine a tutta questa storia. Sapeva che Elisa era solita prendere l'aliscafo delle 16.15 per tornare a Napoli, e poi di lì il treno per Benevento. È arrivato in tempo a Capri, si è nascosto e ha visto passare l'auto di sua cognata da cui sono scese Elisa e altre due persone per salire sull'imbarcazione».

Pinta chiuse la mano a pugno, poi l'aprì di nuovo, ripetendo il movimento in modo meccanico evidentemente senza rendersene conto. Cirillo fece cenno a Rizzi di andare avanti.

«Ciò che non ha visto» Rizzi riprese a far su e giù per la cella, «è che sua moglie non è salita sull'aliscafo, o meglio, è riscesa subito mentre lei con la sua mappa si è messo in cammino per Anacapri, e non per la strada dove chiunque poteva vederla passare ma dal sentiero delle capre, giusto? A suo rischio e pericolo, dal momento che si stava facendo buio, ma aveva comunque la torcia dello smartphone.» Rizzi guardò fuori dalla finestra della cella, dove il cielo era attraversato dagli storni.

«Quando è arrivato in traversa Caposcuro, è sceso per la strada di campagna vicino alla casa dei Bellini sin dove era parcheggiata l'Ape di Mugele, e in quattro e quattr'otto ha risolto la cosa. E probabilmente è tornato anche in tempo per salire sull'aliscafo delle 21 per Napoli e prendere il treno per Benevento, così da essere di nuovo a casa addirittura prima di mezzanotte.» Rizzi si voltò. «È andata così, signor Pinta?»

L'uomo era ripiegato su se stesso.

«Magari voleva soltanto provocare un piccolo incidente» disse Rizzi, «dare una lezione al suo rivale, poco importava che morisse o restasse semplicemente ferito. Tuttavia non aveva messo in conto che al volante dell'Ape al posto di Mugele ci sarebbe stata sua moglie, la sua amatissima Elisa, che lei voleva riavere indietro a tutti i costi. Invece di riportare Elisa in seno alla famiglia, ha finito per perderla per sempre.»

«La smetta!» sussurrò Pinta. «Son tutte maledettissime bugie.» Aveva gli occhi arrossati e la fronte imperlata di sudore.

«Che cosa è successo, quando è tornato a casa e non ha più trovato Elisa?» domandò Rizzi. «Parli, avanti!»

«Non riesco ancora a crederci» mormorò Pinta continuando a scuotere la testa. «Che qualcuno abbia manomesso intenzionalmente l'Ape di Mugele per sbarazzarsi di lui, e che al suo posto sia morta invece lei. Che follia.» Alzò lo sguardo pieno d'odio su Rizzi. «Ma pagherà per questo» disse con stizza. «Lui si fa i nemici e poi è Elisa a rimetterci la vita. È colpa sua se è morta.»

«Adesso mi stia bene a sentire.» Rizzi si chinò su Pinta, tanto vicino da vederne i pori sul viso stravolto e i capillari rossi negli occhi. «Pubblicheremo la sua foto e chiederemo di lei a chiunque sull'isola, e se – contrariamente alle sue dichiarazioni – salta fuori che ha messo anche soltanto un piede a Capri nel fine settimana, allora giuro che è spacciato.»

«Spreca il suo tempo» disse Pinta. «Io non ho niente a che fare con questa storia. E per di più ho anche un alibi.»

«Lo verificheremo.»

«Vi prego di farlo.»

«Ci può contare.»

Pinta si alzò. «Posso andare?»

Rizzi scrutò l'uomo, il fisico taurino e le macchie di sudore sotto le ascelle. «Sparisca» disse. «Se ne vada.»

Pinta prese le sue cose, le rimise nella tracolla di stoffa e uscì dalla cella senza aggiungere altro e senza degnare più di uno sguardo né Rizzi né Cirillo.

«Stia alla larga da Mugele» gli gridò dietro Rizzi. «Mi ha capito? E si aspetti quanto prima una denuncia per lesioni personali!» Furente dette un calcio alla sedia.

* * *

«Mi spieghi che diavolo ti prende?» disse Cirillo dopo essersi chiusa alle spalle la porta della guardina e aver dato due mandate alla serratura.

«Quello ci sta fottendo» disse Rizzi mentre passavano vicino all'autopattuglia e ai bidoni della spazzatura, dirigendosi verso la porta sul retro della stazione di polizia. «Ha l'aria di uno che non sarebbe capace di far del male a una mosca e poi...»

«Ho qualche dubbio che sia stato lui.» Cirillo aprì la porta e attaccò la chiave al gancio sulla parete. «Direi che uno che manomette i freni di un veicolo di nascosto teme il confronto diretto. Non parte in quarta e picchia a sangue la propria vittima.»

«Certo che lo fa» obiettò Rizzi. «E perché no?»

Cirillo scosse il capo. «Un sabotatore è un vigliacco.»

«E chi picchia invece è uno coraggioso. Intendi forse dire questo?»

«No, ma se non altro è uno che guarda negli occhi la propria vittima. Che ricorre alla forza fisica. È quel che ha fatto Pinta. Un sabotatore non correrebbe mai quel rischio.»

«Nel frattempo hai anche preso una laurea in psicologia?» domandò Rizzi lasciandosi cadere sulla sedia della sua scrivania. Teresa, al centro dell'ufficio, era al telefono.

«Ascolta.» Cirillo si sedette al suo tavolo di fronte a Rizzi. «Dovremmo essere realisti. Abbiamo preso un abbaglio. Mario Pinta ha ammesso di aver picchiato Mugele. Tuttavia non abbiamo nessuna prova che abbia anche manomesso l'Ape dei Bellini ad Anacapri.»

«Stai dicendo che lo escludi dalla lista dei possibili sospettati?» Rizzi scosse il capo. «Mi dispiace, ma secondo me stai correndo un po' troppo.»

«Ho una buona notizia.» Teresa sulla sedia girevole si voltò verso di loro e riferì che, a partire da mezzogiorno, Simon Mugele poteva essere interrogato. Il medico curante, un certo dottor Rossetti, avrebbe anche stabilito nel corso della giornata se trasferire il paziente a Napoli o continuare a occuparsene lì in reparto.

«Come sta?» domandò Rizzi.

«Gaia dice bene, date le circostanze.»

«E che significa?» chiese Cirillo.

«Non sono un medico» replicò Teresa, «mi limito a ripetere quanto mi ha riferito al telefono la caposala dell'ospedale. Comunque, non mi ha detto che Mugele è in pericolo di vita.» Teresa disse poi di aver parlato con l'ispettore Lombardi, sulla terraferma quel giorno per via di vari appuntamenti, e di averlo aggiornato sugli ultimi sviluppi. Sentendo che l'operazione notturna a casa di Raffaella Constantini si era già conclusa con un arresto, Lombardi aveva avuto parole di grande elogio per i suoi agenti e voleva ricevere un rapporto dettagliato l'indomani mattina entro mezzogiorno. Quanto al recupero dell'Ape incidentata, aggiunse infine Teresa con un rapido sguardo di sottecchi a Cirillo, purtroppo non aveva ancora avuto alcun riscontro da Napoli.

«Ma come è possibile?» sbottò subito Cirillo. «Non c'è modo di accelerare la procedura?»

«Certo che c'è» ribatté Teresa togliendosi gli occhiali piccata. «Ma come e quando è affar mio. Occorre un po' di tatto per trattare con i colleghi di Napoli. Non ci vuole niente a guastare i rapporti con loro, e a quel punto non si ottiene più niente.»

«Dobbiamo discutere due questioni» disse Rizzi interrompendo la disputa. Raddrizzandosi chiamò: «Savio!».

Il collega arrivò trafilato dalla reception scuotendosi dalla divisa briciole e zucchero a velo.

«Prima questione.» Rizzi guardò l'orologio. «Dobbiamo controllare l'alibi di Mario Pinta, e non voglio delegare ai colleghi di Benevento. Riepilogando, si tratta dell'arco di tempo fra sabato pomeriggio, quando Aurora Bellini verso le 15, come lei stessa ha dichiarato, è tornata dal cimitero con l'Ape e l'ha parcheggiata in fondo alla limonaia, e lunedì mattina, quando l'ha presa Elisa Constantini. Chi ha manomesso i freni lo ha fatto tra sabato pomeriggio e lunedì mattina, alle 5, e io voglio sapere esattamente dove si trovasse e che cosa stesse facendo Pinta a quell'ora, e se abbia davvero dei testimoni. Voglio un verbale senza lacune.»

«Perfetto, capo» disse Savio.

«Seconda questione» proseguì Rizzi: «Con la foto di Mario Pinta torniamo a battere a tappeto il vicinato di Aurora Bellini in traversa Caposcuro e strade limitrofe, ma sentiamo anche la gente al porto e in piazzetta.» Rizzi si mise il berretto. «Mettetevi d'accordo fra voi.»

«E tu cosa pensi di fare?» domandò Cirillo.

«Io andrò a occuparmi di Mugele.»

10

Al bar Roxy c'era sempre il pienone poco prima delle undici. Soltanto Fortunata Parisi riprendeva fiato seduta nel suo angolino, mentre Edoardo Caruso dava libero sfogo all'indignazione per le mancanze dell'amministrazione comunale, che a suo tempo, quand'era in carica lui, non si verificavano. A due giorni dal forte temporale non erano stati ancora in grado di riparare il blackout in via Tragara; i rifiuti portati dalle acque a Marina Piccola erano sempre accatastati sulla spiaggia e il lampione piegato in via Cristoforo, poco prima di piazza Vittoria, era stato riparato con una sistemazione temporanea, ma sarebbe stato meglio smontarlo del tutto, prima che una folata di vento lo facesse cadere in testa a qualcuno.

«Non è forse così?» gridò Edoardo, non appena Rizzi mise piede sulla soglia d'ingresso; poi gli posò un braccio sulla spalla e lo accompagnò al bancone. «Racconta» disse. «Che cosa è successo la notte scorsa a casa di Raffaella? Non è che frequenta un po' di marmaglia?»

«Dov'è Gina?» lo ignorò Rizzi.

Alberto alzò lo sguardo dal suo cellulare. «È appena uscita. Cinque minuti fa.»

«E dove è andata?»

«In pausa pranzo.»

«È andata in piazzetta» intervenne Fortunata dal suo angolino. «E prima si è anche data il rossetto.»

«Aspetta!» gridò Alberto. «Lo avete preso poi quel tizio? E che cosa facciamo con il susino? Hai bisogno del mio aiuto oppure no?»

Rizzi si precipitò giù per via Roma guardandosi intorno in cerca di Gina e pensando a Elisa Constantini. Per quanto infelice fosse stato il suo matrimonio con Mario Pinta, non l'avrebbe mai ritenuta capace di portare avanti con continuità e senza scrupoli la sua relazione con Simon Mugele. Pinta doveva aver sofferto come un cane, e poi, trovandosi davanti il suo rivale, aveva perso le staffe.

All'altezza dell'ufficio postale vide brillare al sole la chioma biondo rossiccia di Gina. Andava di fretta, le mani nelle tasche del trench, a testa bassa ma con la mente evidentemente lontana.

«Gina!» gridò, ma lei non lo sentì.

Rizzi allungò il passo rimuginando su un punto sul quale probabilmente Cirillo aveva ragione: avevano fatto luce sull'aggressione a Simon Mugele, e Mario Pinta si sarebbe beccato una denuncia per lesioni personali e poi incriminato. Ma il movente per l'attentato in cui aveva perso la vita Elisa Constantini andava forse cercato fuori dal triangolo Mugele, Pinta, Elisa. Dovevano ampliare la prospettiva e considerare la possibilità che ci fosse sotto dell'altro. Qualcosa che sino ad allora avevano completamente trascurato o esaminato superficialmente.

«Gina!» gridò ancora una volta, ma lei sparì senza voltarsi dietro a un bus e rispuntò poi dall'altra parte della strada dove salì su per le scale che portavano in via Madre Scrafina.

La seguì salendo due gradini alla volta, e mentre passava veloce sotto l'arco si accorse che aveva i tacchi alti, che di norma portava soltanto quando voleva apparire particolarmente bella o quando, come era solita dire, c'era da «ottenere il massimo». Perché? Su chi voleva far colpo di martedì alle 11.30 in un vicolo di Capri?

Continuò a seguirla mantenendo una certa distanza per passare inosservato. Turbato da una strana sensazione, sperò che fosse tutto un equivoco dettato dal fatto che, seppur riluttante ad ammetterlo, iniziava ad avere strane visioni per via di Elisa, di Mario Pinta e del tradimento. Se fosse stato sorpreso a pedinare la donna che amava, avrebbe dovuto improvvisare una sciocca commedia romantica come quelle che davano al cinema, dove Gina cercava sempre di trascinarlo. Ma ogni suo passo era accompagnato dalla sensazione che di tutto si trattasse tranne che di una innocua commedia.

Gina sparì in fondo al vicolo, poco prima della curva, e se Rizzi non avesse avuto i nervi saldi e quasi dieci anni di esperienza in situazioni simili, quel che vide lo avrebbe lasciato di stucco. Ma dopo lo shock iniziale si accorse che Gina non si era infilata nell'hotel ma nella porta accanto, nell'enoteca che aveva aperto in tarda estate e di cui Rizzi non conosceva il proprietario.

Si piazzò come un ficcanaso davanti all'ingresso del locale e dal grande vetro osservò Gina all'interno che si faceva aiutare a togliersi il soprabito da un tizio in camicia bianca che però non era il cameriere. Per via dei riflessi sul vetro Rizzi non riuscì a distinguere più di una sagoma che con fare galante fece accomodare Gina al tavolo prima di sedersi a sua volta. Erano in ombra e non si vedeva quasi niente, ma se la vista non lo ingannava, Gina indossava la camicetta con i ricami colorati e la scollatura generosa, e non ci voleva troppa fantasia per immaginare dove andasse a posarsi lo sguardo del tizio. Rizzi vide l'uomo alzare il bicchiere e brindare con Gina.

Era senza parole. Doveva forse entrare dentro e pretendere una spiegazione? O avrebbe fatto meglio a sparire prima di assistere a qualcosa che preferiva non vedere? Non fece né l'una né l'altra cosa, restò lì fermo a guardare incantato Gina stringere il bicchiere con entrambe le mani, come faceva quand'era in imbarazzo o non trovava le parole giuste, mentre il tizio non riusciva a tenere ferme le dita. Non facevano altro che strisciare sul tavolo come vermi per poi ritirarsi e riprovarci un istante dopo. Fu un teatrino di infimo livello quello a cui dovette assistere dal suo scomodo posto in piedi.

Si sistemò il berretto e, invece di attraversare il vicolo, pensò di entrare nel locale, pur non avendo idea di cosa fare una volta dentro. Battere il pugno sul tavolo e gridare come un forsennato? No, senza dire una parola avrebbe preso Gina per mano e sarebbero usciti. In qualunque situazione fosse rimasta invischiata, non era da lei, e lui l'avrebbe salvata. Ma non appena fece un passo, il furgone dei generi alimentari si fermò nel vicolo, ostruendo a Rizzi il passaggio e la vista.

«Ciao, Erri» disse il conducente. «Congratulazioni. Ieri sera avete messo dentro qualcuno, eh? Aveva a che fare con l'incidente di Elisa Constantini?»

«Non ho tempo, Marco. Sono in servizio.» Rizzi guardò da uno spiraglio fra le casse delle bibite e vide Gina alzarsi e sporgersi verso il tizio.

«E chi avete beccato?» domandò Marco. «Qualcuno dell'isola?»

Rizzi spinse Marco di lato per muoversi di lì, quando Gina uscì di corsa dall'enoteca con il cappotto in braccio e, senza accorgersi della presenza di Rizzi, si affrettò giù in strada e sparì dietro l'angolo. Prima di chiamarla, vide l'uomo dietro al vetro in tutta la sua statura. Perché non era uscito anche lui? Quel grugno era più che noto a Rizzi. Lo aveva visto la prima volta la notte in cui una certa Gina Vitale aveva chiamato la stazione di polizia per denunciare il marito che l'aveva minacciata con un coltello. Rizzi capì subito che quella era la donna che avrebbe sposato.

Gina se n'era andata, Rizzi attraversò il vicolo e Marco gridò sgomento: «Tutto bene, Enrico?».

Entrò nell'enoteca, andò dritto da Carlo e gli disse: «Che diavolo vuoi da Gina?».

Senza arretrare di un millimetro Carlo fece una smorfia sprezzante con il viso paffuto, incrociò le braccia sulla pancia e disse: «Non sono affari tuoi, agente di merda. Sono questioni private».

Rizzi aveva sempre visto Carlo con i capelli sciolti all'indietro, i pantaloni della tuta, la felpa e il berretto con la visiera e non gli era mai capitato di incontrarlo con indosso una camicia bianca. Lo afferrò per il colletto, e dopo esserselo avvicinato abbastanza gli sussurrò nell'orecchio: «Finisci di molestarla. Ti è chiaro? Mi hai capito? Mi hai capito o no?».

L'uomo dietro al bancone alzò lo sguardo atterrito, la coppietta al tavolo accanto iniziò a parlottare, così Rizzi lasciò andare Carlo.

«Ehi, ma che ti prende?» Carlo allungò il collo, riaggiustandosi la camicia e il colletto. «Abbiamo chiacchierato un po' dei vecchi tempi. Sarà pur permesso, no? Allora c'era anche del buono nel nostro rapporto, che tu ci creda o meno.» Carlo aveva di nuovo messo su il solito sorrisetto strafottente. «Ma puoi startene tranquillo. Non voglio niente da Gina. Tienitela pure. Te la cedo volentieri.» Un istante dopo il sorriso gli morì sulle labbra e si avvicinò a Rizzi. «A me importa unicamente di Francesca. E qui non ammetto interferenze. Né da parte tua né da parte di Gina.»

«Ti do un consiglio» disse Rizzi. «Smettila di complicare la vita a Gina e di promettere a tua figlia cose che non sei in grado di mantenere. Lasciale in pace tutte e due.»

«Ma chi diavolo ti credi di essere?» sbraitò Carlo su tutte le furie, avvicinandosi così tanto a Rizzi che lui riuscì a sentire l'odore dell'olio di cocco sui suoi capelli. «Mi porti via la moglie. Giochi a fare il papà con mia figlia. Poi, cos'altro hai in mente? Avanti, spara!»

Rizzi lisciò la camicia di Carlo sulle spalle. «Capisco che tu sia suscettibile» disse indulgente. «Sei nella merda fino al collo. Perché prima o poi verrà tutto a galla. Ma non preoccuparti. Francesca non lo saprà da me che ti sei scagliato su sua madre con un coltello.»

«Stronzate.» Carlo aveva il respiro affannato. «È stato tutto un equivoco, e tu lo sai benissimo.»

«Non c'era proprio nessun equivoco. Ti sei spinto troppo oltre. Ti sei sputtanato, Carlo.»

«Chiudi il becco!» gridò Carlo. «Hai già ottenuto tutto quello che volevi. Cos'altro vuoi ancora?» Chiuse le mani a pugno e, arretrando, sputò sul pavimento; dopo di che si voltò e uscì dal locale.

Rizzi lo seguì con lo sguardo. Anche se quell'uomo era solito sparare cazzate, mentire e ingannare in ogni occasione, in quel caso, per una volta, aveva ragione: Rizzi aveva tutto e Carlo niente.

«Qui ci sarebbe il conto da pagare» disse il cameriere zelante presentando a Rizzi uno scontrino con tutta una serie di bevande e pietanze.

Mentre Rizzi dava una banconota al cameriere, sentì Carlo inveire nel vicolo con il solito turpiloquio con cui aveva già dato spettacolo innumerevoli volte. Ma dalla bocca di Carlo ogni parolaccia sembrava quasi un complimento.

* * *

Erano passate da poco le dodici quando Rizzi arrivò davanti all'ospedale, l'edificio dietro la stazione di servizio, non lontano dall'autofficina e dal cimitero. Molti anni prima, poco dopo che il dottor Mariani ne aveva assunto la direzione, lo stabile era stato tinteggiato di rosso lampone (o rosé secondo alcuni, cosa che non ne migliorava in realtà la sostanza) per conferire un aspetto più gradevole a quella struttura così brutta. Per lo stesso motivo, nella zona dell'accettazione era stato allestito su una stele un bel vaso di fiori che avrebbe dovuto rallegrare soprattutto i turisti finiti lì per una puntura d'insetto, una ferita lacero-contusa o un braccio rotto.

Il color lampone o rosé appariva ormai sbiadito e in vari punti della facciata l'intonaco si era sfaldato, mentre il vaso di fiori davanti all'ingresso principale veniva usato prevalentemente come posacenere. Il dottor Mariani era andato in pensione da tempo ormai, nel reparto maternità era stato allestito un confortevole e modernissimo ambulatorio di chirurgia plastica frequentato da gente di ogni estrazione sociale, persino vip e, come correva voce, sempre più uomini, che soprattutto durante l'inverno sparivano di circolazione a volte anche per mesi.

Nell'atrio del Capilupi c'era odore di disinfettante, e all'accettazione c'erano un vaso con un mazzo di calendule finte e un biglietto scritto a mano con il messaggio: *torno subito*.

Dietro una porta semiaperta si intravedeva un ragazzo con il camice da infermiere impegnato a preparare medicinali. Rizzi bussò e chiese del signor Mugele.

«Stanza dodici» rispose l'altro senza alzare lo sguardo.

Rizzi entrò nel corridoio da una porta di sicurezza. Da un cucinotto provenivano voci e risate, e da qualche parte c'era un televisore acceso. In mezzo al corridoio sostava un carrello con i vassoi e dietro c'era una sedia alla parete su cui in realtà avrebbe dovuto trovar seduto il collega Gatti.

Rizzi bussò e aprì la porta.

Due letti erano coperti con un telo di plastica e il terzo, alla finestra aperta, era messo un po' di traverso, come se qualcuno andando di fretta lo avesse urtato facendolo muovere. Il cuscino era a terra, ma la coperta era ripiegata a dovere. Di Mugele nessuna traccia.

«Agente Rizzi, è un bene che sia qui!» Tiziano Gatti entrò di corsa dal corridoio. «Ho appena parlato con il dottore.»

«Dov'è Mugele?» domandò Rizzi.

«Se n'è andato?» Un po' a corto di fiato Tiziano Gatti dette un'occhiata nella stanza come se dovesse convincersi di persona di ciò che era più che evidente.

«Santo cielo, Gatti!» Rizzi tirò fuori il cellulare e fece il numero di Mugele. «Che cosa ti avevo detto? Non dovevi perderlo di vista.»

«Sono andato giusto un momento nella stanza delle infermiere» balbettò Gatti, rosso come un peperone per l'affanno, «per informarle.»

«Informarle?» Rizzi era furibondo. «E di cosa?» Dopo qualche squillo entrò la segreteria.

«Che il signor Mugele voleva firmare per dimettersi» riferì Gatti.

«L'agente non ha fatto niente di sbagliato» disse l'infermiera che spuntò in quel momento alle spalle di Gatti. «Il paziente si è presentato sin da subito in condizioni critiche. Due costole rotte, ematomi alle vertebre lombari, commozione cerebrale, contusioni e anche ferite lacero-contuse alla testa che abbiamo dovuto ricucirgli con sette punti.»

«Cinque punti» la corresse l'infermiere che armeggiava con i vassoi al carrello in corridoio.

«Il dottore gli ha sconsigliato fortemente di andarsene, mettendo in chiaro che, se riteneva di essere così indispensabile in azienda, doveva assumersi la responsabilità delle dimissioni» concluse la donna, e l'infermiere aggiunse: «Nonostante fosse alquanto malconcio, ha deciso di andarsene».

«È andato al porto?» domandò Rizzi guardando l'orologio. La barca per Sorrento era salpata da quindici minuti.

«Sì, si è fatto venire a prendere da un taxi.»

«Mi dispiace, agente, di essermelo fatto scappare.» Tiziano si era messo il berretto sotto il braccio facendo ciò che gli riusciva meglio: assumere un'espressione colpevole.

«Di' all'agente Cirillo» ordinò Rizzi, «che si prepari, e informa Teresa. Ci serve una barca, e subito.»

«Sarà fatto!» Tiziano Gatti aveva già il cellulare in mano.

Rizzi lo spinse da parte. «Noi due riprendiamo il discorso più tardi.»

11

Dopo le forti tempeste della notte precedente, il mare era ancora agitato. Il fragore delle onde aumentava ogni volta che sbattevano con violenza contro le rocce e diminuiva quando si ritiravano dalla scogliera con un'eco sorda. In mare aperto, al di sopra della danza uniforme delle onde con le loro bianche creste spumeggianti, c'era uno strato d'acqua nebulizzata che scintillava alla luce del sole, confondendo la linea dell'orizzonte. Fra cielo e mare si coglieva appena una lieve sfumatura opalina, nulla che l'occhio potesse trattenere.

Cirillo era seduta a poppa, aggrappata con una mano al parapetto, mentre i capelli sventolavano come la bandiera dell'Italia sopra di lei. Alcuni gabbiani volteggiarono sopra la barca della polizia sbattendo le ali annoiati per poi riprendere il volo e allontanarsi stridendo. Capri svanì nella luce scintillante come se l'isola, il ripido scoglio di Tiberio e l'imponente monte Solaro fossero una visione, solo un'illusione capace di dissolversi nell'aria.

Al timone Giorgio Schifino raccontava dell'operazione di salvataggio nel fine settimana davanti alla costa di Amalfi, presso Conca dei Marini. Un'imbarcazione, un missile di ben dieci metri, era diventata ingovernabile con le raffiche di vento fino a quaranta nodi all'ora e onde alte più di quattro metri. I colleghi sulla terraferma avevano chiesto aiuto via radio a Capri, mantenendo poi costantemente il contatto con l'equipaggio in difficoltà, due francesi sull'orlo di una crisi di nervi. I capitani improvvisati conoscevano le forze della natura solo dagli stupidi filmati sui loro smartphone. Ciononostante, appena sbarcati, avevano subito ricominciato a darsi delle arie come se avessero compiuto un'impresa epica.

«Lo dico sempre» gridò Schifino sferzato dal vento, le mani saldamente sul timone, «controllate la strumentazione, assicuratevi che i vostri cellulari abbiano sufficiente batteria, e soprattutto, studiate le previsioni meteo. Che ci crediate o no, anche davanti alla nostra bellissima costa possono crearsi condizioni avverse.»

Rizzi fece un commento di approvazione e guardò il cutter che saliva sulle onde alte in direzione di Procida, mentre da Napoli arrivava a tutta velocità un motoscafo che sembrava sfiorare appena la superficie dell'acqua.

«Una domanda» disse Cirillo da poppa. Si spostò in avanti lungo il parapetto mentre il vento le strappava le parole di bocca. «C'è qualcosa che dovrei sapere su Simon Mugele?»

«Credo che, in sostanza, tu sappia già tutto» le gridò Rizzi volgendo lo sguardo a babordo su tre donne con il viso rivolto al sole.

«Su Mugele so che» iniziò a dire Cirillo in tono pacato, «è originario del Ghana. Si è fatto strada dal basso. È rimasto vedovo appena sposato.» Appoggiata al parapetto con una mano, usava l'altra per continuare a togliersi i capelli dal viso, cosa del tutto inutile con quel vento. «Come si chiamava sua moglie» domandò, «la figlia di Aurora Bellini, quella che è morta?»

«Anna» rispose Rizzi. «L'unica figlia di Aurora, morta dando alla luce il piccolo Jordan.»

«L'immagine di Aurora Bellini sulla tomba della figlia con accanto Mugele, quell'uomo di pelle nera così alto, non la dimenticherò mai» disse Schifino scrollando il capo.

Apparve nella foschia la penisola sorrentina, una parete rocciosa che cadeva a picco sul mare con solchi e crepacci. Dando le spalle al vento, Rizzi disse: «Se non fosse passato tutto questo tempo, avrei iniziato proprio da qui: dal legame di Anna Bellini con Simon Mugele. Devi sapere che all'epoca erano in molti a corteggiare Anna. Credo di non esagerare affatto dicendo che un'intera generazione ha sognato Anna Bellini, bella com'era, e per di più ricca. E all'improvviso ecco arrivare uno del Ghana che batte tutti. Nessuno ha mai capito come sia stato possibile. Ma, come dicevo, Anna è morta ormai da tanti anni» proseguì, «e ciò che è successo allora non interessa più a nessuno, no?» domandò rivolto a Schifino.

«Ormai è acqua passata» confermò annuendo Schifino. «Ma all'epoca, quando Anna cominciò a farsi vedere in giro in compagnia di quel nero, fece scalpore. Non si sapeva nemmeno come si chiamasse il raccoglitore di limoni. Sì, Erri, è andata così. Nessuno aveva a che fare con i raccoglitori, ci sembravano tutti uguali, e quando uno di loro si faceva vedere in piazzetta per poco non ci prendeva un colpo.»

«Ma è stato tanto tempo fa, quando Mugele lavorava ancora per i Constantini. Allora, in pratica, non era ancora nessuno. Ma quando è iniziata la sua storia con Anna, tutti lo hanno subito bollato come un arrampicatore sociale, e in effetti quel legame lo ha portato sempre più in alto.»

«Un momento» lo interruppe Cirillo sorpresa. «Simon Mugele ha lavorato per i Constantini?»

«Sì» disse Rizzi senza dar peso alla cosa, «un secolo fa. Il vecchio Marcello all'epoca lo aveva preso con sé a Foggia, perché con la gente dell'isola o di Napoli le cose non funzionavano. La maggior parte di loro non è che sia pigra, è semplicemente inaffidabile. Ma con Simon Mugele, il bracciante del Ghana, si accorse molto presto di aver fatto un bell'acquisto.»

«Che significa "un bell'acquisto"?» domandò Cirillo indispettita. «E perché il vecchio Marcello lo avrebbe "preso"?»

«Foggia è famosa per essere un mercato di forza lavoro a basso costo» spiegò Rizzi. «Chi si occupa di agricoltura e ha bisogno di manodopera stagionale va a Foggia. Soprattutto le grandi piantagioni. È un mercato di schiavi illegale, per dirla a chiare lettere, è il segreto di Pulcinella. Ma chiudono tutti un occhio, anche il governo, perché sanno bene che la raccolta nei campi senza questa gente non potrebbe andare avanti. E Mugele è stato un bell'acquisto non soltanto perché faceva ciò che Marcello gli diceva di fare, ma perché usava anche la testa. Capiva da solo cosa c'era da fare. Al contrario di tanti altri, soprattutto i braccianti italiani. Ovviamente c'erano anche le eccezioni, ma non erano molte.»

Sulle verdi rocce della penisola sorrentina i pini si stagliavano neri in controluce nel cielo azzurro. Sugli scogli c'erano piccole case isolate, probabilmente abusive, e una torre di avvistamento diroccata, appartenente a un'epoca in cui esistevano ancora i pirati e il nemico veniva da fuori.

«Dovrò pensare anch'io» disse Rizzi, «di assumere un operaio per gli orti in primavera; in tal caso dovrò informarmi dove procurarmelo e decidere se ne valga davvero la pena.»

«Vito non ce la fa più?» Schifino rallentò.

«Guai a dirlo ad alta voce, ma è dimagrito, e ho paura che stia pretendendo un po' troppo da se stesso.»

Entrarono nel porto, costeggiando yacht, barche a vela e pescherecci. Dalla città arroccata sulla roccia si vedevano facciate dalla struttura rigorosa, finestre slanciate, balconi con ringhiere piene di svolazzi e grandi terrazze con sontuosi palmeti. Al molo dodici c'era ad aspettarli il collega della polizia di Sorrento, che subito li salutò.

«Grazie per l'aiuto» disse Rizzi al collega, che si era presentato come Andrea Izzo. Dopo essersi congedati da Giorgio Schifino, lui e Cirillo si incamminarono lungo il molo verso l'autopattuglia.

«Non c'è di che» rispose l'agente telegrafico. Non era evidentemente in vena di altri discorsi, voleva giusto attenersi all'ordine di accompagnare i colleghi capresi alla fabbrica dei Bellini, scaricarli sul posto e tornare alle sue mansioni. Che guidasse con il piede incollato all'acceleratore tornò utile a Rizzi. In primo luogo perché non c'era tempo da perdere e intendeva subito mettere in chiaro con Simon Mugele che giocare a nascondino non serviva a niente, anzi, lo faceva solo incazzare. E poi Rizzi sapeva per esperienza che i colleghi della terraferma – con poche eccezioni – cercavano la conversazione unicamente per farsi belli, e lo sottolineavano con ogni parola e ogni gesto: io sono della terraferma, di città, dove tutto è di gran lunga superiore. Tu sei dell'isola, profilo basso.

Mentre risalivano la ripida via Luigi de Maio e i tornanti che portavano in città, passando da piazza Tasso addobbata con bandiere, e sfrecciando accanto ai bar all'aperto e alle carrozze trainate dai cavalli, Cirillo, ancora un po' pallida per via della traversata, tirò fuori il taccuino e disse: «Ma perché nessuno vuole spendere almeno una parola sul fatto che in passato Simon Mugele abbia lavorato per i Constantini?». Sfogliò i suoi appunti, fingendo la massima calma, quando in realtà era sul punto di esplodere. «Come mai mentre cerchiamo di capire perché la notte dell'incidente Elisa Constantini ha preso l'Ape dei Bellini» disse scandendo ogni singola parola, «nessuno ritiene necessario menzionare il fatto che i due, Elisa Constantini e Simon Mugele, si conoscevano da sempre?»

«Perché non è così fondamentale» replicò Rizzi. «A Capri tutti si conoscono da sempre. E, a quanto pare, nessuno sapeva che Simon Mugele avesse una relazione con Elisa Constantini di Benevento.»

Cirillo guardò in silenzio fuori dal finestrino. Vide sfilare olivi, campi coperti da reti verdi e nere e pali della luce con i fili della corrente allentati e calanti.

«Nemmeno Aurora Bellini era al corrente della relazione del genero?» domandò Cirillo. In quel momento comparvero di lato alla strada alcuni parcheggi e un padiglione di lamiera ondulata con su scritto "Casa Bellini". «Oppure ci ha mentito?»

«Non credo che Aurora Bellini stia mentendo» disse Rizzi. «Al massimo non dice tutto quello che sa. Ma non preoccuparti, lo scopriremo.»

«In bocca al lupo» disse in tono brusco il collega sorrentino. «E se vi serve aiuto» disse toccandosi la visiera del berretto, «basta una chiamata.»

Rizzi e Cirillo seguirono le indicazioni bianche sul marciapiede e un cartello dove c'era scritto "Visitatori, amministrazione, meeting point". Sul lato sud del padiglione c'erano camion parcheggiati e muletti che si muovevano sulla rampa di carico. In fondo al parcheggio, di fronte all'ingresso, c'era un edificio basso, più funzionale che moderno, con finestre a specchio e un cartello con scritto "Benvenuti". La porta d'ingresso si aprì in automatico. Rizzi e Cirillo entrarono.

C'era piuttosto fresco nella stanza, e nell'aria un buon profumo, un sentore di limone. Per tutta la lunghezza si estendeva una parete di scaffali in legno in cui venivano esposti con illuminazione indiretta scatole, bottiglie, lattine o bicchieri, evidentemente l'intera gamma dei prodotti di Casa Bellini: la marmellata di Limoncello, il gelato e il sorbetto, il panettone al Limoncello, la cioccolata, il babà.

Sulla destra c'era una zona per l'attesa con un tavolino basso sul quale si trovava una rivista di Casa Bellini per i clienti. Di fronte, sotto la scritta Casa Bellini, dietro al bancone una imponente signora li scrutò attentamente.

«Posso aiutarvi?» gridò da lontano.

«Vorremmo parlare con il signor Mugele» disse Rizzi togliendosi gli occhiali.

«Chi devo annunciare?»

«La polizia di Capri.»

«Certo.» Sulla targhetta appuntata alla camicia si leggeva "Miriam, *sempre al tuo servizio*". Con le cuffie e un piccolo microfono alla bocca premette un pulsante del telefono e disse con voce attutita: «Simon è da voi?».

Mentre ascoltava sorrise a Rizzi e Cirillo, poi sussurrò «Grazie». Riagganciò, e togliendosi le cuffie disse loro: «Prego, seguitemi».

Un corridoio stretto dietro alla parete di scaffali conduceva a una porta di sicurezza che si aprì con un ronzio quando Miriam avvicinò la sua tessera a un piccolo lettore sul muro.

Camminando su un tappeto blu con il logo intrecciato giallo chiaro di Casa Bellini passarono accanto a uffici, a certificati e premi incorniciati in oro e argento, che attestavano la qualità dei prodotti Bellini e la competenza dei produttori. Da una scala antincendio raggiunsero il piano superiore, attraversarono una zona con armadietti, cassette di sicurezza, distributori automatici di caffè e merendine, fin quando non si fermarono a un box in alluminio. Miriam chiese loro per motivi igienici di indossare sopra le scarpe i piccoli sacchetti di plastica muniti di elastico.

Entrarono in una camera di compensazione, dove il martellare e il sibilare delle macchine era assordante e dove il profumo di limone, che lì dentro era ovunque, si fece più intenso. Miriam avvicinò ancora una volta la tessera al lettore, e la porta in vetro opalino della sala produzione si aprì.

«Dev'essere qui da qualche parte» gridò, mentre vagava con lo sguardo. Il ritmo martellante e il sibilo dei macchinari facevano da colonna sonora a un costante tintinnio di vetro quasi musicale in lontananza, accompagnato dal ronzio del *bip* elettrico del muletto che faceva avanti e dietro a caricare e scaricare le casse di limoni appena raccolti. Operai in tuta da lavoro e cappellini da baseball color limone sollevavano una cassa dopo l'altra sui nastri trasportatori.

«Tutto biologico.» Miriam indicò con il dito il pavimento e li ammonì: «Attenzione! Mantenetevi sempre al di qua della riga».

La seguirono lungo la linea di produzione e, passando, Cirillo afferrò un limone da una cassa e lo annusò.

«Ovale di Sorrento» disse Miriam con il tono della dipendente abituata ad accompagnare gruppi di visitatori a fare il giro della fabbrica. «Particolarmente aromatico, ricco di vitamina C e di oli essenziali. Maurizio!» gridò, e alzando un braccio fece un cenno. «Hai visto il capo?»

Rizzi prese il frutto dalla mano di Cirillo e lo incise con l'unghia del dito. Assaggiò le gocce di succo e sentì che aveva un sapore amaro e dolce al tempo stesso la pienezza dell'aroma racchiudeva tutta l'estate di quell'anno. I limoni dei suoi orti non avrebbero mai potuto competere, senza contare che era già tardi per innestare gli alberi ormai vecchissimi. A primavera avrebbe dovuto pensare anche a quelli.

«La qualità dei limoni della penisola sorrentina» disse Miriam mentre continuavano a camminare, «è attestata dal certificato I.G.P., che sta per *Indicazione Geografica Protetta*, e garantisce da un lato la provenienza locale dei limoni, quindi dai comuni di Meta, Piano di Sorrento, Massa Lubrense, Sorrento, Sant'Agnello e Vico Equense, dall'altro che nessun limone è stato raccolto dopo il 31 ottobre.»

«Che è la data dell'ultima consegna» constatò Rizzi restituendo a Cirillo il limone che lei, con la prontezza di un bambino di città, portò di nuovo al naso, respirando l'aroma e facendo un'espressione estasiata come non capitava spesso.

«E perché soltanto fino al 31 ottobre?» domandò spaesata.

Miriam non aveva sentito la domanda, così Rizzi, con un gesto ampio della mano, disse: «Si tratta di una restrizione per evitare che i limoni vengano acquistati chissà dove e che venga commercializzato con l'etichetta "Sorrento" un prodotto che non è di qui, annacquando di conseguenza, nel vero senso della parola, il marchio. Ma noi agli orti, e molti altri che producono per il proprio fabbisogno e per quello locale, e non si avvalgono dunque dell'etichetta sorrentina, abbiamo una visione meno rigida. Raccogliamo limoni per noi, anche a dicembre. E poi ricominciamo a marzo».

«Certo che te ne intendi di agricoltura» constatò Cirillo; pareva che se ne fosse accorta soltanto allora.

Miriam li guidò verso l'impianto dove gli operai con i guanti toccavano i limoni sul nastro trasportatore. Era come se ogni singolo frutto dovesse venir accarezzato un'ultima volta prima di rotolare nel piccolo bacino di raccolta, dove veniva infilzato e sbucciato alla velocità della luce. La buccia veniva poi trasportata in lunghe strisce sottili su un secondo nastro e raccolta in vasche di plastica.

«Bisogna ottenere una buccia strettissima e sottilissima» spiegò Miriam svoltando in un corridoio angusto in cui si trovavano grandi bollitori metallici. «La macchina viene impostata ed eventualmente aggiustata in base alla consegna. L'obiettivo è quello di ridurre il più possibile lo strato bianco della buccia, l'albedo, quello che dà il sapore amaro, e di tenere alta la percentuale dei pigmenti gialli contenuti nella buccia esterna, in modo da garantire con mezzi naturali il colore tipico del Limoncello.»

«Sembra pasta scotta» osservò Cirillo guardando le bucce a bagno nell'alcol che venivano spostate e rigirate con grossi forconi dagli operai sopra piccole scale. Rizzi usava quelle forche per scavare il compost. Miriam spiegò che la quantità di zucchero aggiunto andava poi indicata sull'etichetta, mentre la durata precisa dell'infusione era un segreto commerciale. Minimo – per quel che le era consentito svelare – tre giorni, massimo una settimana.

«Infusione?» domandò Cirillo.

«Il processo durante il quale l'alcol estrae gli aromi dalla buccia» spiegò Miriam. Per quel motivo, aggiunse mentre continuavano a camminare, era importante che non ci fossero pesticidi. Avrebbero dato al prodotto un sapore amaro, rovinandone il gusto.

Simon Mugele era in mezzo alle macchine con due collaboratori davanti a un apparecchio metallico grosso come un armadio pieno di interruttori e display. Indossava un camice bianco, e a braccia conserte e testa bassa ascoltava ciò che gli dicevano gli uomini alla sua destra e alla sua sinistra, anche loro in camice bianco. Non fosse stato per la fasciatura alla testa che spuntava da sotto il cappellino giallo da baseball, Rizzi non lo avrebbe mai associato all'uomo che soltanto dodici ore prima era stato ritrovato a terra mezzo morto sul vialetto di casa di Raffaella e sulla cui prognosi nemmeno il medico del pronto soccorso si era sbilanciato.

Miriam andò a parlargli, indicando Rizzi e Cirillo rimasti a distanza. Senza alcuna reazione e senza nemmeno degnarli di uno sguardo, Mugele continuò a intrattenersi con i suoi interlocutori e a concentrarsi sugli schermi su cui erano tracciate delle curve. Sembrava più in un istituto medico che in una fabbrica di liquori.

«Sarà da voi in un paio di minuti» disse gentilmente Miriam per poi congedarsi.

Rizzi non le staccò gli occhi di dosso mentre con la sua gonna stretta attraversava a grandi passi l'atrio, fermandosi a chiacchierare con due colleghe e mettendosi una mano sul fianco, sicura di sé. Per un istante fantasticò sulla possibilità di invitarla per un caffè, mentre Cirillo accanto a lui strabuzzava gli occhi.

* * *

Mugele si avvicinò.

Stava per scusarsi, ma Cirillo lo interruppe: «Crede davvero che non abbiamo niente di meglio da fare che correrle dietro tutto il giorno?».

La fasciatura sotto il cappellino da baseball gli copriva una parte della fronte; sulla tempia e sopra al sopracciglio si vedevano croste di sangue. Con le mani infilate nelle tasche del camice bianco ignorò le parole di Cirillo e domandò: «In cosa posso esservi utile?».

«Per prima cosa ci deve una spiegazione» disse Cirillo.

«E per cosa?» Mugele sembrò farsi più grosso.

«Per cosa?» Cirillo alzò la voce. «Noi ci preoccupiamo della sua dannata sicurezza, la facciamo sorvegliare da un nostro collega per evitare che qualcuno le spacchi la testa, e lei scappa alla prima occasione. Ha forse qualcosa da nascondere? Altrimenti perché si comporta così?»

«Ho un lavoro» disse Mugele.

«E le scuse non sono la sua specialità» aggiunse Cirillo. «Giusto?»

«Sa che cosa non sopporto?» Puntò il dito sul volto di Cirillo. «Lei lavora facendo illazioni: così non si va da nessuna parte.» Distolse lo sguardo per rivolgersi a Rizzi: «Che cosa c'è? In cosa posso aiutarvi?».

«Come diceva la mia collega» iniziò Rizzi, «ci servono spiegazioni. Ma prima di scendere nei dettagli» Rizzi si guardò intorno in cerca di qualcosa, «possiamo andare da qualche parte a parlare con più calma?».

Mugele dette un'occhiata all'orologio. «Non me ne voglia, agente, ma non ho molto tempo.»

«Adesso mi stia bene a sentire.» Rizzi si tolse gli occhiali da sole. «Qualcuno vuole fargliela pagare. Elisa è morta. E magari la prossima volta toccherà, se non a lei direttamente, ad Aurora o a suo figlio. E ha il coraggio di dirmi che non ha tempo?»

«Ma lo avete preso» replicò Mugele sbalordito.

«Mario Pinta?» Rizzi scosse il capo. «Le ha spaccato la faccia, è vero, ma per come stanno le cose non è stato lui a manomettere l'Ape.»

«E lei gli crede?»

«Per l'arco di tempo in questione ha un alibi, e per ora non abbiamo motivo di metterlo in discussione.» Rizzi prese penna e taccuino. «Allora, iniziamo daccapo. Ha licenziato qualcuno di recente?»

Mugele scosse il capo. «Quest'anno non ci sono stati licenziamenti. Anzi, sto cercando personale. Se conosce qualcuno, me lo faccia sapere.»

«E l'anno scorso?»

Mugele guardava il muletto che faceva manovra dietro a Cirillo per trasportare via i pallet vuoti. «Ho dovuto mandar via due studenti» disse. «Per furto. Si son portati via delle bottiglie di Limoncello. Se vuole, posso incaricare l'ufficio del personale di fornirle i nomi.»

«Sarebbe utile, sì.» Rizzi lo annotò. «Liti con i fornitori, gli acquirenti, o con la concorrenza?»

Mugele disse di no.

«Allora le chiedo gentilmente di passare in rassegna tutti i suoi contatti, anche quelli privati, e di domandarsi: chi vorrebbe danneggiarmi o vedermi addirittura morto? Ci serve una lista di nomi. Preferibilmente entro domani mattina presto.»

Mugele sembrò finalmente capire l'importanza di quelle richieste e così accompagnò Rizzi e Cirillo lungo la linea di produzione, accanto a un impianto simile a una giostra in cui le bottiglie ruotavano tintinnando e su ciascuna veniva applicata l'etichetta, fino a una zona più tranquilla. Mugele si appoggiò al muro. Sul suo volto apparve un'espressione esausta.

«Chi sapeva della sua relazione con Elisa?» domandò Cirillo.

«Nessuno.»

«Perché ne è tanto sicuro?» chiese Cirillo. «Insomma, stiamo parlando di Capri. Su quest'isola non esistono segreti.»

«Siamo sempre stati molto prudenti.»

Cirillo scambiò un'occhiata con Rizzi, poi lui proseguì: «Veniamo al sodo. Quando vi incontravate, era Elisa a venire da lei in traversa Caposcuro? Aveva le chiavi oppure bussava? Se doveva bussare, era possibile che qualcuno la sentisse. Oppure passava dal sentiero di campagna? Ma anche in quel caso poteva essere vista».

«Passava sempre dal retro» disse Mugele afflitto, «da vicolo Portico per i campi attraverso un buco nella recinzione. Era anche il mio percorso quando andavo da Anna, e per mesi nessuno si era accorto di nulla. A quel punto restano da salire i gradini in pietra e poi si entra in giardino dal cancello di ferro. E se proprio vuole saperlo, da quella che era la lavanderia c'è una scaletta che porta direttamente alla mia camera da letto. Contento?»

«Che mi dice di Aurora e di suo figlio?»

«Jordan dorme con Aurora nell'altra ala della casa e, come potrà ben immaginare, Aurora va a letto presto.»

Rizzi prese il taccuino, ne sfogliò le pagine vuote e disse: «Riepilogando: nessun sospetto, niente.»

«Ascolti.» Gli occhi di Mugele erano venati di capillari rossi, e tra le sopracciglia e la fasciatura sotto il cappellino da baseball si vedevano piccole gocce di sudore. «Ovviamente non avrei problemi a farle nome e cognome di tutti quelli che mi guardano storto, potrei scriverle intere liste. Ma questa gente mi ha sempre guardato così, e continuerà a farlo, nulla di nuovo. E un altro punto» disse guardando nervoso di lato, «qui in azienda si creano spesso attriti e a volte capitano veri e propri scazzi. Per esempio quando devo cacciare qualcuno che ha poca voglia di lavorare e lascia che sua negligenza venga compensata dagli altri. Ma l'idea che per questo motivo uno dei miei dipendenti venga a Capri, scovi l'Ape nella limonaia e passi all'azione per farmela pagare mi sembra del tutto assurda.» All'improvviso Mugele iniziò a barcollare; si era accalorato al punto di doversi aggrappare alla trave di ferro che sosteneva il soffitto. «Non potremmo semplicemente lasciar perdere?» domandò. «Elisa è morta. È stato un maledetto incidente, una fatale casualità o un vile attentato, ma star qui a brancolare nel buio non la riporterà certo in vita.»

«Ora le dico una cosa.» Cirillo gli porse un fazzoletto per asciugarsi il sudore sulla fronte. «Ho in mente due possibili scenari. Uno: il colpevole si diverte a muovere le fila nell'ombra, preparando il terreno per il prossimo attentato ma lasciando al destino la scelta se colpire lei o qualcuno dei suoi affetti più cari, magari sua suocera o suo figlio. Due – e questo è il più probabile – il colpevole è seccato di non aver colpito lei nell'incidente provocato ma un'altra persona di cui non gli importa nulla, e dunque vorrà presto riprovarci. Se ho ben inquadrato il colpevole, la prossima volta starà più attento nell'esecuzione del suo piano.»

«E questo che significa?» gridò Mugele. «Che cosa dovrei

fare adesso secondo lei? Assumere una guardia del corpo per me e per la mia famiglia?»

«Che ne direbbe di cominciare col dirci la verità?» Cirillo scrutò Mugele. «Perché Elisa domenica sera, quand'era già sul punto di lasciare l'isola, è tornata indietro da lei in traversa Caposcuro? Perché lunedì mattina è partita prima dell'alba in tutta fretta con l'Ape sotto la pioggia battente? E che ci faceva in via Grotta Azzurra? Maledizione, signor Mugele! Che cosa ci sta nascondendo?»

Mugele non arretrò nemmeno di un passo, e mentre guardava Cirillo dritto negli occhi sembrava riflettere febbrilmente per valutare nel giro di pochi secondi se mettere al corrente la polizia di fatti che sino a quel momento aveva ritenuto non dovessero riguardarla.

Rizzi e Cirillo seguirono Mugele sino in fondo all'atrio, dove era stato installato un controsoffitto a metà altezza, e dove nella semioscurità una scala a chiocciola portava al piano di sopra. Salirono i gradini dietro a Mugele e attraverso una galleria bassa arrivarono in una stanza che si trovava proprio sotto al tetto ondulato in lamiera.

Al centro del soffitto era appeso un lampadario in vimini con sotto una scrivania modesta. Appesi al muro c'erano tappeti colorati e su una cassapanca cuscini. Molto probabilmente era il rifugio di Mugele, simile a un nido d'uccello sopra gli impianti di produzione, dove il martellare delle macchine e il tintinnare delle bottiglie lassù erano un rumore di sottofondo che, invece di disturbare, aveva un effetto calmante.

Mugele tolse dal tavolo i documenti e indicò due sedie. «Accomodatevi» disse, «vi porto il tè» e sparì dietro una tenda.

Rizzi appese il berretto alla sbarra di un lettino e osservò le foto attaccate con il nastro adesivo a una trave di ferro: Jordan sulle spalle di suo padre, Jordan immerso nella lettura di un libro per bambini, Jordan con una pala, con una bambola, sulla sedia, in braccio alla nonna, Aurora Bellini. E nel mezzo una foto delle nozze: Simon Mugele e Anna Bellini, entrambi vestiti di bianco, lei graziosa con i boccoli, lui molto più alto di lei, con le spalle larghe, i capelli neri rasati. Una bella coppia, ma poco omogenea. A Rizzi venne in mente che Anna non aveva mai tenuto in braccio suo figlio, non lo aveva mai potuto stringere al petto. Il pensiero del piccolo Vito, che non aveva potuto toccare nemmeno quando avevano staccato le macchine e il suo cuoricino si era fermato, lo colse impreparato e con un impeto a lui già noto. Ma ormai riusciva a controllarlo con movimenti studiati e una tecnica di respirazione.

«In circostanze normali vi accoglierei in sala conferenze.» Mugele portò il tè in bicchieri panciuti. «Consideratelo un onore.» Fece un sorriso ironico, si tolse il cappellino da baseball e cominciò a sfilarsi il camice.

Il sangue aveva intriso la garza e si era diffuso sulla tempia sino a formare una grossa macchia rosso bruna. Aveva un cerotto sul gomito, e sotto la maglietta si intravedeva una benda intorno al torace. Mugele prese una pillola e la buttò giù con un sorso d'acqua.

«Onde evitare equivoci» disse fra un sorso e l'altro, «al posto di Pinta probabilmente avrei fatto lo stesso.» Osservò la bottiglia dell'acqua che aveva in mano. «Ma quando sono uscito da casa di Raffaella e me lo son trovato improvvisamente davanti, con quel faccione bianco e rotondo come una luna piena...» Svitò il tappo della bottiglia e fece un'espressione quasi trasognata. «Mi è sembrato così sofferente, così solo e abbandonato che avrei voluto abbracciarlo. In ogni caso un pugno poteva anche starci. Ma che poi steso a terra, ubriaco fradicio, indifeso e impotente mi abbia anche preso a calci, quel pezzo di merda, rompendomi due costole, questo no, non glielo perdono.»

«Signor Mugele» disse Rizzi mettendo il taccuino sul tavolo. «Che cosa vuole dirci?»

«Elisa era incinta.»

«Di chi?»

Lentamente, con una smorfia di dolore, Mugele si sedette sulla sedia dietro la scrivania.

«Di Mario» disse. «Ho chiesto a Elisa: ne sei sicura? Sì, mi ha risposto, al cento per cento, è di Mario.» Mugele si appoggiò allo schienale. «Voleva abortire. Era decisa.»

«Ho capito bene?» Rizzi posò la penna fra le pagine. «Invece di tornare a Benevento dal marito e dalle figlie come da programma, Elisa domenica sera cambia idea all'ultimo minuto e viene da lei per dirle: tesoro, aspetto un bambino, però non è tuo, è di mio marito, e io intendo abortire.»

«È così che è andata, all'incirca.»

«Ma che senso ha?» Rizzi guardò con aria interrogativa Cirillo, che si era accomodata sulla sedia accanto a lui e che sembrava lambiccarsi il cervello.

«Direi che è tipico di Elisa» disse Mugele. «Da un lato, sempre determinata a realizzare i suoi progetti possibilmente in fretta; dall'altro invece, una volta arrivata al dunque, confusa e combattuta sul da farsi, timorosa. Insomma, ve lo immaginate? Non una parola sulla gravidanza per tutto il fine settimana, e poi avrei dovuto essere io, messo alle strette, a darle il via libera per una decisione del genere: uccidere il bambino che portava in grembo. Non si trattava di ponderare bene la faccenda e prendere in considerazione un'alternativa, pretendeva soltanto di essere rassicurata sulla validità della sua scelta.» Mugele scosse il capo. «Mi dispiace, non ho potuto farlo. L'appuntamento era fissato per lunedì. Le ho detto di rimandarlo. Non ne ha voluto sapere. Abbiamo finito per litigare di brutto.»

«E cosa è successo dopo la lite?» domandò Rizzi.

«Non abbiamo concluso niente, così siamo andati a letto, abbiamo fatto persino sesso, e quando la mattina dopo mi sono svegliato, lei non c'era più.»

«E allora, come ogni lunedì, è andato al lavoro» disse Cirillo.

«Con l'aliscafo delle 7» Mugele annuì.

«Non si è stupito del fatto che l'Ape fosse sparita?»

«Non potevo accorgermi se l'Ape fosse nella limonaia oppure no. E per andare al porto prendo sempre la Vespa parcheggiata all'ingresso.»

«Ma la Vespa è rotta.»

«Per questo ho preso il bus. Mi sono meravigliato soltanto che Elisa ancora non si fosse fatta sentire, ma sulle prime non ci ho dato peso, ho pensato che dipendesse dalla lite che avevamo avuto.» Mugele tacque guardando nel vuoto. «Sin quando quella mattina mi è arrivata la telefonata di Aurora: Elisa aveva avuto un incidente, era morta. Non sapeva dirmi altro.»

«Qual è stato il suo primo pensiero?» domandò Cirillo.

«Il mio primo pensiero?» Mugele guardò un momento di lato. «A essere sincero, il mio primo pensiero è stato che avesse voluto tentare la sorte.»

«Che intende dire?»

«Che forse si era svegliata di notte con l'idea di sbarazzarsi di quel figlio inatteso, quindi era salita sull'Ape con l'idea di buttarsi giù dal primo dirupo e farla finita.»

Mugele guardò pensieroso Cirillo. «Elisa non brillava per razionalità, piuttosto preferiva sbattere la testa. Non so se avesse tutta quella rabbia in corpo. Ma non so darmi altra spiegazione.»

«Ha detto ad Aurora che Elisa era stata da lei quella notte?» domandò Cirillo.

Mugele alzò le mani per schermirsi. «Aurora non sapeva niente della nostra relazione, e ormai non vedo più la necessità di informarla al riguardo. Forse più avanti.»

«E se qualcuno l'avesse aiutata?» domandò Cirillo. «In tal caso a chi penserebbe, d'istinto?»

«Non lo so.» Mugele alzò lo sguardo. «Lo dica una volta per tutte» sbottò a un tratto. «Giochi a carte scoperte.»

«Di cosa parla?» domandò Cirillo.

«Avanti, lo dica apertamente che sono il suo principale indiziato! Posso impegnarmi quanto voglio, farmi il culo, rigare dritto, ma alla fine rimango sempre e comunque lo straniero del continente nero da cui guardarsi le spalle, un uomo pericoloso e potenzialmente capace di ogni crimine.»

«Il fatto è» disse Rizzi, «che allo stato attuale delle indagini lei è stato l'ultimo a vedere Elisa viva.»

«Sapevo che avrebbe provato a sfruttare le circostanze per danneggiarmi» gridò Mugele.

«Da quanto tempo conosceva Elisa prima che vi metteste insieme?» chiese Cirillo.

«Ma che domanda è?» replicò Mugele alterato. «Quando sono arrivato dai Constantini, Elisa era ancora un'adolescente immatura! È andata in America, si è sposata, e qui si vedeva poco.

Poi un bel giorno, all'improvviso, me la son trovata qui sotto nell'atrio.» Gli tremava il labbro inferiore, ma si sforzò comunque di parlare in tono pacato e obiettivo. «È stato un giorno di settembre» proseguì. Un giorno come tanti altri. Doveva discutere di affari con Raffaella. Elisa era lì con lei e dopo la riunione volle che Mugele le mostrasse l'azienda, cosa che lui fece ben volentieri. Era orgoglioso e lo divertiva vederla sorpresa di quanta strada avesse fatto da semplice raccoglitore di limone. Per lei era ancora l'uomo taciturno di un tempo, al quale era consentito sedere a tavola con i Constantini e mangiare in silenzio. Ma le cose erano cambiate. Elisa vide per la prima volta Simon Mugele per l'uomo che era. E lui non la vide più come l'adolescente che conosceva ma come una donna attraente. Nacque fra i due un'attrazione reciproca che sconvolse le loro vite. Con Elisa, Mugele conobbe momenti di leggerezza durante i quali la vita gli sembrò bella e spensierata. Poi cominciò a farsi strada l'idea di ricominciare daccapo, di costruire una grande famiglia allargata con fratelli e sorelle e una mamma per Jordan. Ma al tempo stesso una vocina dentro di lui gli diceva di non crederci. Sapeva che Elisa era ancora legata a Mario Pinta e che, tornando ogni volta a Benevento dal marito e dalle figlie, un giorno o l'altro non l'avrebbe più rivista a Capri.

Mugele scrollò la testa, e aggiunse meravigliato: «Però è sempre tornata da me, di nascosto, e insieme abbiamo fermato il tempo».

Quando alla fine stavano per andarsene, Cirillo chiese ancora: «Per quanto tempo ha vissuto dai Constantini?»

«Non vivevo dai Constantini» la corresse Mugele. «Ho lavorato da loro nei campi come caposquadra e ho lottato duramente per la mia posizione.»

«Ma i Constantini per lei non erano un po' come… una famiglia?» insistette Cirillo.

«No.»

«Non era un po' come essere a casa?»

Mugele scosse la testa. «Marcello è sempre stato buono con me. Mi manca. Ma non mi ha regalato niente, se è a questo che allude.»

«La ferita sullo stinco» domandò Rizzi, «come e quando se l'è procurata?»

«Quale ferita?» Mugele contrasse sorpreso le sopracciglia.

«La sua cicatrice.» Rizzi indicò la gamba di Mugele.

Mugele fece un gesto come per minimizzare. «Un piccolo incidente di lavoro. Risale a tanto tempo fa.»

12

Il successivo traghetto per Capri, stando all'orario, sarebbe partito tra poco più di un'ora, e prima della traversata Cirillo voleva assolutamente mettere qualcosa sotto i denti. Non era mai stata nel centro di Sorrento, per cui non conosceva piazza Tasso. Rizzi la portò al ristorante dove amava fermarsi a mangiare quando capitava da quelle parti.

Si sedettero in terrazza, la temperatura era gradevole. Cirillo ordinò le bruschette con i fagioli cannellini all'olio d'oliva e prezzemolo, che mangiò con il coltello e la forchetta, e una spremuta d'arancia. Rizzi si fece portare una birra piccola, un tramezzino al tonno e un doppio espresso con profiterole al cioccolato ripieno alla crema. I tassisti appoggiati ai cofani delle loro auto chiacchieravano in attesa dei clienti, e al bar, sotto le tende da sole, sedevano anziane signore che bevevano vino rosé e fumavano. Nel tiepido sole della sera, che illuminava con la sua luce color miele gli stucchi decorativi delle facciate, Rizzi maturò il desiderio di prendere Gina e portarla via, da qualunque parte purché lontano dall'isola, da Carlo e da tutti i problemi che l'affliggevano. La vecchia Fiat Cinquecento, se mai fosse ripartita, sarebbe stato il mezzo ideale con il quale realizzare quella fuga.

Pensava all'albero motore e ai bulloni a croce usurati, e al fatto che aveva urgente bisogno di occuparsi di quel pezzo di ricambio, quando, fra un morso e l'altro, Cirillo disse: «Credo che dovremmo esaminare più a fondo i rapporti di lavoro fra i Bellini e i Constantini».

Le due donne al tavolo accanto si chinarono sui loro Aperol Spritz, il genere di cocktail che ordinavano le turiste.

«Mi stai ascoltando?» disse Cirillo indispettita.

«Voglio finalmente quella dannata perizia per capire la dinamica dell'incidente e avere la conferma che non ci siamo inventati niente e davvero si è trattato di un omicidio» disse Rizzi mettendosi gli occhiali da sole. «Il tuo traghetto parte tra venti minuti» disse posando una banconota sul tavolo.

«E ora dove vai?» domandò Cirillo.

«Devo sbrigare una faccenda. Ci vediamo domani in ufficio.»

Andandosene, Rizzi augurò una bella giornata alle donne del tavolo accanto.

Davanti alla stazione c'erano ragazzi che urlavano, come sempre d'estate. Rizzi si sedette al finestrino sulla Circumvesuviana diretta a Napoli e prese il cellulare. Non era il canale ufficiale, ma altrimenti perché aveva l'interno?

Dopo il segnale di libero ci fu un clic, qualcuno rispose e con voce gracchiante disse che il commissario Serra non era in ufficio.

Rizzi guardò l'orologio. «Dovrei essere in questura fra un'ora circa» disse. «Pensa che lo troverò allora, o sarà già uscito?»

«Chi ha detto di essere?»

«Agente Enrico Rizzi della stazione di polizia di Capri.»

«E di che si tratta?»

«Preferirei parlarne di persona con il commissario.»

«Qui è la squadra omicidi» disse la voce. «Le è chiaro, sì?»
«Lasci detto al commissario Serra che ho chiamato.»
«Le suggerisco di richiamare domani. Si faccia dare un appuntamento e poi vedremo.»
«Da che ora è possibile parlare con il commissario?» domandò Rizzi, ma il collega all'altro capo aveva già riattaccato.

Appoggiandosi allo schienale, Rizzi guardò fuori. Vide sfilare olivi, antenne paraboliche sui balconi e sui tetti delle case, donne in tailleur ai binari, pensionati con abiti logori e grosse borse che frugavano nei secchi della spazzatura, uomini con barba folta all'ultima moda che fissavano il cellulare magari soltanto per giocarci. Da qualche parte dopo Pompei si appisolò, risvegliandosi soltanto quando il treno si riempì a San Giorgio a Cremano. Rizzi cedette il posto a un anziano signore e scese in via Gianturco, una fermata prima della stazione centrale. Prese le scale, attraversò il sottopassaggio dove c'era puzza di piscio e uscì nel piazzale con la pavimentazione rotta e l'erbaccia che cresceva negli interstizi.

Attraversò il parcheggio sino alla sbarra, dove i vasi di fiori con gerani e bossi erano in contrasto con la desolazione di quell'area, e proseguì lungo la rete metallica, passando accanto alla gente che senza licenza vendeva merce di contrabbando e gli ultimi averi. Quando squillò il cellulare si fermò a sinistra dei cassonetti della spazzatura. Il suo primo pensiero fu: il commissario Serra, ma rimase deluso.

«Perché non richiami?» lo rimproverò Barbara. Dalla voce capì che sua sorella era già uscita dal lavoro e si trovava in macchina. Disse che le era preso un colpo quando aveva sentito che Elisa Constantini era morta in un incidente stradale. «Scusa» disse, «ma non viveva a New York? Com'è possibile che muoia in un incidente a Capri, dove conosce ogni strada?»

«Non è stato un incidente» disse Rizzi, svoltando nella traversa successiva dove si trovavano delle fabbriche.

«E di che si è trattato allora?» Barbara assunse subito il tono del pubblico ministero. «E perché non è stata ancora aperta un'inchiesta?»

«Perché Napoli dorme. E nemmeno noi facciamo chissà quali progressi nelle indagini.» Raccontò di aver interrogato per quasi due ore Simon Mugele a Sorrento.

«Quello che faceva il raccoglitore di limoni?» chiese Barbara. «Che c'entra lui con la morte di Elisa?»

«Barbara, devo lasciarti.»

«Sei a Sorrento?»

«No, sono a Napoli, ma soltanto di passaggio.»

«Allora fai un salto da me. Compro qualcosa di buono e tu cucini.»

«Facile, eh.»

«Fantastico! A presto allora.»

Rizzi riagganciò. La strada era praticamente deserta. C'erano soltanto due ragazzi al campetto di calcio che strinsero la palla sotto il braccio e si irrigidirono quando videro arrivare Rizzi. Sul marciapiede c'erano auto senza targa, e il lungo muro a mattoni era pieno di graffiti, espressione della fantasia esplosiva, della creatività e della rabbia dei giovani dati per spacciati dalla società e bollati nel migliore dei casi come buoni a nulla e scansafatiche.

La saracinesca era a metà, e da qualche parte rimbombava musica a tutto volume. C'era odore di olio da motore e benzina, e sul retro, dove una porta conduceva a una stanza senza finestra, la luce era accesa.

«C'è nessuno?» gridò Rizzi dopo essere sgusciato sotto la saracinesca e aver girellato intorno a una Spider Fiat senza sportelli. Accanto c'era una Peugeot 304, come quella che aveva sempre sognato Alberto quando ancora voleva fare l'architetto, ma la carrozzeria era talmente arrugginita che vi si poteva aprire un varco nel cofano.

«Enrico!» gridò una voce dietro di lui. «E tu che ci fai qui?» Una sagoma dalle spalle larghe si avvicinò nell'oscurità. «Guai con la piccola? Qual è il problema stavolta?» Tullio si pulì le mani con uno straccio prima di salutare Rizzi.

«Il semiasse» disse Rizzi.

«Diciannove millimetri?»

«Preferibilmente con la guarnizione.»

Tullio aprì i cassetti dell'armadio degli attrezzi.

«Un tempo mi avresti avvisato. Torno ora da Pazzigno.»

«Non c'è alcuna fretta. È che mi trovavo nei paraggi.»

Da sotto la saracinesca spuntarono due ragazzi e una ragazza, con piercing e tatuaggi, e non appena videro Rizzi in divisa sparirono nel retro.

«La prossima settimana. Molla di compressione e anello di ritegno compresi.»

«Perfetto. Devo lasciarti un anticipo?» Rizzi prese un paio di banconote dalla tasca dei pantaloni.

«Lascia stare.»

«Ti volevo chiedere anche un'altra cosa...»

«L'auto di lusso là fuori? Non è mia. Diglielo ai tuoi colleghi. Vengono qui ogni due giorni.»

«Hai già un acquirente per la Peugeot? Altrimenti ti manderei un amico.»

«Mi dispiace, quel bestione è già prenotato. Ma il tuo amico può passare lo stesso, vediamo di trovargli qualcos'altro.»

Tornando verso la stazione della metro, Rizzi pensò che Tullio con la sua officina offrisse un servizio prezioso alla comunità, cosa di cui né lui né la società erano consapevoli. Ma i ragazzi che passavano di lì imparavano a riparare veicoli invece di ciondolare per strada, spacciare droga, scassinare auto e rapinare la gente. Non si poteva esser grati abbastanza a persone come lui. Avrebbero dovuto stanziare fondi a favore di iniziative del genere. Ma quando i soldi c'erano – stanziati dalla Provincia, dal governo o addirittura da qualche programma dell'Unione europea – finivano nella burocrazia e nelle tasche dei funzionari ministeriali, come tutto in quella regione. Le persone con le idee venivano ostacolate, le indagini intralciate e le nuove generazioni abbandonate a sé stesse, private di qualsiasi possibilità e opportunità, date per spacciate dalla società e dallo stato, e dunque perse per sempre.

Al Vomero, intorno a piazza Vanvitelli, con i suoi bar, le aiuole fiorite e gli spazi verdi, tutti quei problemi non c'erano, e questo, diceva Barbara, era anche il motivo per il quale si era trasferita lì dopo tutti gli anni trascorsi ai Quartieri Spagnoli. Non per la vista che si godeva dalla terrazza su Spaccanapoli e sul centro storico, ma perché a un certo punto si era stufata, rientrando dal lavoro la sera, di incontrare gente o familiari di persone che un tempo aveva arrestato. E non esagerava neanche un po' dicendo che gli amici di Roma potevano addirittura parcheggiare lì al Vomero senza ritrovare le gomme squarciate, di notte o in pieno giorno, per via della targa romana. Quel che non diceva era l'affitto che pagava, così alto che Rizzi ci avrebbe perso il sonno. Ma Barbara guadagnava molto più di lui, come lei stessa sottolineava ogni tanto con estrema disinvoltura.

Rizzi tolse la scatola di scarpe da sopra i fornelli, prese i bicchieri dal lavello, versò del vino bianco e chiese se preferisse della birra.

Appese la giacca della divisa alla sedia della cucina, recuperò le stoviglie e le pentole sporche che gli servivano e, mentre le rigovernava, raccontò di come quella notte sotto la pioggia battente fosse stato testimone involontario dell'ultimo viaggio di Elisa Constantini, e di come lei, prima di morire, con le ultime forze rimaste, gli avesse confidato che non si era trattato di un incidente.

«Era ancora viva quando l'hai trovata?» domandò Barbara scossa.

Rizzi iniziò a tagliare le cipolle rosse. «Procurati dei coltelli nuovi» disse. «Oppure porta quelli vecchi ad affilare. Fanno tutti schifo.» Mise le cipolle nell'olio bollente e prese dalla busta le salsicce che aveva comprato strada facendo in via Montesanto. Mentre liberava la carne dalla pelle, continuò a raccontare che i freni dell'Ape erano stati manomessi e che il veicolo, che all'inizio si pensava appartenere ai Constantini, era in realtà di Aurora Bellini, e veniva usato soprattutto dal genero Simon Mugele.

L'odore di soffritto si diffuse in tutta la stanza. Barbara aveva appoggiato il mento al ginocchio e ascoltava concentrata. Mentre apriva i pomodori in scatola Rizzi proseguì dicendo che le indagini si stavano concentrando su Simon Mugele e il suo ambiente. Essendo principalmente lui a usare l'Ape, era plausibile che fosse anche il vero bersaglio dell'attentato. Ma

Mugele – così riteneva Rizzi – non diceva tutto quello che sapeva, facendo sorgere il sospetto che volesse proteggere qualcuno. Ad ogni modo non scherzava quando aveva auspicato che le indagini venissero chiuse e che calasse il sipario sull'intera vicenda. Sembrava voler ignorare a tutti i costi l'esistenza di uno psicopatico che rappresentava un grave pericolo per lui, per la suocera Aurora e anche per il figlioletto.

«E perché la procura non si muove?» domandò Barbara mentre faceva roteare il vino nel bicchiere.

«Perché ufficialmente non esiste ancora alcun caso.» Rizzi aggiunse il rosmarino, l'alloro, i peperoncini e qualche scorza di limone, e mise a bollire l'acqua per i rigatoni. «Prima ci vuole la perizia degli esperti sul mezzo incidentato.»

«E perché non la eseguono?»

«Perché non è stato ancora recuperato. Senza quello non c'è perizia, e senza perizia non ci sono indagini ufficiali.» Rizzi assaggiò il sugo con un cucchiaio.

«E l'ispettore Lombardi cosa fa?»

«Si fa fotografare sul luogo dell'incidente per il giornale dell'isola, e oggi era tutto il giorno irreperibile perché impegnato a spassarsela a Posillipo con la sua signora Ivanova.»

«Temo» disse Barbara sorridendo comprensiva, «che questo caso sia troppo complicato per voi. Pensateci bene. Bisogna scavare nella vita di Simon Mugele prima del suo arrivo sull'isola dai Constantini. Dovrà pur avercelo qualche scheletro nell'armadio, conti da pagare, o magari qualcuno che voglia dargli una lezione. Elisa, quell'ingenua, si è trovata semplicemente al momento sbagliato nel posto sbagliato. Ma dove stava andando nel cuore della notte?»

«Anche questo è ancora da appurare.» Rizzi regolò la fiamma del fornello. «Probabilmente non è nemmeno un elemento utile per il caso.» Agitò la mano. «Puoi apparecchiare. E ora vorrei una birra, grazie.»

Mentre mangiavano cambiarono argomento, e Barbara raccontò che Zoe si era appena presa una "pausa di riflessione" dal rapporto, così l'aveva definita, "un po' di distanza", le solite sciocchezze che secondo Rizzi non portavano a niente, se non a costringere le persone a mettere le carte in tavola e trovare un modo per andare d'accordo.

Invece di controbattere, Barbara rimase in silenzio. Rizzi le chiese: «Per caso hai già un'altra?».

In effetti, Barbara confessò che aveva conosciuto all'Oktoberfest di Monaco una dottoressa della Svizzera italiana. Cominciò a parlarne con trasporto, come aveva già fatto in passato per Zoe, Samantha e tutte le altre di cui Rizzi ormai aveva dimenticato persino il nome, tutte superdonne che Barbara aveva sempre messo alla porta quando lui finalmente cominciava ad abituarsi e ad affezionarsi. E la stessa speranza, anche se restia ad ammetterlo, la nutriva Marta, sua madre, ancora segretamente fiduciosa che Barbara avrebbe trovato prima o poi l'uomo giusto.

«Come si chiama la tua nuova conquista?» domandò Rizzi per la terza volta, sorseggiando Ramazzotti e rollandosi una sigaretta mentre Barbara gli mostrava sul tablet foto di sé in un tendone dell'Oktoberfest circondata da gente allegra in costume tradizionale e volto rubizzo. Rizzi fumava ascoltando soltanto in parte i racconti della sorella pensando a Gina.

* * *

«Ti ho svegliata?» domandò teneramente al telefono quando alla fine si ritrovò da solo nel soggiorno di Barbara avvolto in una coperta sul divano.

«Che ore sono?» bisbigliò Gina nel sonno all'altro capo del telefono. «È successo qualcosa?»

«Volevo soltanto augurarti la buonanotte.»

Sospirò sembrando lontanissima.

«Giusto, tesoro» sussurrò, «sei a Napoli. Da Barbara. E domani vai dal commissario. Me lo hai scritto. Che carino a chiamare. Sai, ero talmente stanca...» Sbadigliò e poi sembrò lentamente svegliarsi. «Barbara come sta?»

«Benissimo» disse. «E tu? Tutto okay?»

«Mi è stato davvero di grande aiuto che tu abbia affrontato Carlo. Due uomini che giocano a fare Tarzan. Proprio quello che mi ci voleva.»

«Sì» concordò Rizzi, «era proprio necessario dare un avvertimento a quel pallone gonfiato.»

«E quindi? Ora vi siete finalmente chiariti?»

«In che senso?»

«Avete stabilito chi di voi è il più forte?»

«Quel che è certo, è che Carlo è un vigliacco; vedrai che se ne starà alla larga per un bel po'. Te lo garantisco.»

«Sarebbe bello» sospirò Gina. «Ma invece ora recita la parte del padre devoto, parla di avvocati e del fatto che vogliamo portargli via sua figlia.»

«Si sta soltanto leccando le ferite» la tranquillizzò Rizzi. «Non può neanche permetterselo un avvocato.»

«Ma l'avvocato questo non lo sa.»

«Vorrà dire che gli farò un'altra lavata di capo.»

«No, ti prego, lascia stare.»

«Non ti devi preoccupare, tesoro. Ci sono io che bado a te. Andrà tutto bene.» Le sussurrò parole tenere, inventandosene di sempre più affettuose sino a farla ridere.

Terminata la chiamata, si riaggiustò il cuscino, e allungandosi per quanto possibile su quel divano scomodo fissò il soffitto. Gli stucchi spiccavano persino al buio, griglie, rombi e forme con ghirigori che assomigliavano alle meringhe e alla panna montata. Che cosa aveva detto Barbara? Quel caso era troppo complicato per loro?

Non faceva altro che rigirarsi e il braccio era sempre d'intralcio. Troppo complicato… Che stupidaggine. Nessuno conosceva Capri meglio di lui, e soltanto lì si poteva arrivare alla soluzione del caso. E poi le indagini condotte sino a quel momento avevano già dato i loro esiti, anche se le tracce seguite sembravano perdersi nel nulla. Ma faceva parte del gioco, no? Si alzò e uscì in terrazza con la coperta sulle spalle. Vide le luci della città vecchia. Spaccanapoli divideva il centro storico, e i lampioni illuminavano via Toledo e corso Umberto I come perle messe in fila. Dietro alle grandi navi, oltre il porto, c'era Capri. Laggiù, da qualche parte, restava una porta chiusa a chiave che doveva assolutamente aprire.

Il cellulare sul tavolo del soggiorno emise un bip. Il display si illuminò al buio. «Ti amo» aveva scritto Gina. «Abbi cura di te.»

13

Dopo aver salutato Rizzi, Cirillo lo aveva seguito con lo sguardo mentre, prima di sparire in direzione della stazione, come c'era da aspettarsi, aveva adocchiato le ragazze del tavolo accanto, che per tutto il tempo non avevano fatto altro che mostrargli la scollatura generosa. Non riusciva a capire che cosa ci trovassero nel suo collega; per un istante pensò addirittura di chiederglielo. Magari lo fissavano per la divisa aderente o gli occhiali da sole con le lenti a specchio blu, non poteva trattarsi soltanto dei riccioli scuri e della fossetta sul mento.

Ma ovviamente non aprì bocca, restò seduta al suo tavolo in piazza Tasso e tirò fuori il taccuino per studiare gli appunti dell'interrogatorio a Mugele. La sua attenzione venne di nuovo catturata dal fatto che l'uomo aveva dichiarato di non aver mai vissuto dai Constantini ma di aver soltanto sgobbato nei campi di loro proprietà.

Richiuse il taccuino, si strinse il berretto sotto il braccio, andò dai tassisti e domandò: «Quanto dista la piantagione dei Constantini?».

Venti minuti al massimo dissero tutti all'unisono, mentre uno di loro già le metteva a disposizione l'auto per accompagnarla.

La proprietà dei Constantini, riferì l'uomo strada facendo, si estendeva su un territorio molto vasto e su diversi terrazzamenti, almeno sino all'orizzonte a giudicare dai movimenti ampi della sua mano. Durante la stagione dava lavoro a operai provenienti da tutto il mondo, e la fattoria era presa d'assalto da orde di turisti; l'autista non ebbe difficoltà ad ammettere che non si capiva cosa andassero a vedere.

«Limoni?» azzardò Cirillo.

L'uomo rise come se l'agente avesse appena fatto una battuta esilarante, poi si fermò a bordo strada accanto a un'insegna di legno con su scritto a lettere colorate "Happy Fruits".

Il tassista si scusò, ma doveva farla scendere lì perché in fondo non c'era abbastanza spazio per girare, poi le dette il suo biglietto da visita per farsi richiamare non appena fosse voluta tornare indietro.

«Segua la strada sterrata» le gridò dal finestrino aperto. «È gente perbene.»

Gente perbene, pensò Cirillo, quanto di peggio ci fosse in giro.

Il sentiero era fiancheggiato da una staccionata che terminava circa duecento metri dopo con un cancello spalancato. Il piazzale davanti alla casa era lastricato, due piccole utilitarie erano parcheggiate accanto a un monte di ghiaia, e sotto un pergolato di vite selvatica e glicine c'erano tavoli grezzi in legno e panchine dove avrebbero trovato posto almeno una cinquantina di persone. Un muretto di media altezza separava il piazzale dal retro, dove erano accatastate cianfrusaglie: reti, cassette da trasporto e soprattutto legno, rami sottili e tronchi leggermente più spessi.

La casa, dietro, era fatta con la stessa pietra grezza del muretto, roccia o tufo della regione, riparata in parecchi punti e stuccata con il cemento. Era una costruzione quadrata disadorna composta da un pian terreno e un primo piano. Né gradevole né tanto meno bella, la casa aveva soprattutto un pregio: era lì da qualche secolo, e sarebbe rimasta in piedi per i secoli a venire. Soltanto il tetto di tegole rosse era stato rifatto di recente.

Al piano superiore c'erano le persiane aperte, ma sotto, al pian terreno, era tutto sbarrato, anche la porta d'ingresso; due alberi di giada rinsecchiti in vasi di terracotta l'affiancavano. Il campanello non c'era, come in quasi tutte le case di campagna. La tenda di perline con cui d'estate si tenevano a distanza le mosche e gli insetti era leggermente smossa dal vento, e da qualche parte arrivavano note di musica classica, un concerto per pianoforte.

«Ehilà?» gridò Cirillo scrutando verso l'alto le finestre dai vetri scuri con traverse massicce dietro alle quali non si muoveva niente. Unì le mani intorno alla bocca e gridò: «C'è nessuno?».

Come se fosse stato tutto frutto della sua immaginazione, la musica tacque all'istante. Cirillo aspettò, ma non successe niente. Quella casa sembrava disabitata. Soltanto in lontananza si sentivano il traffico della strada e il cinguettio di qualche passerotto.

Cirillo fece il giro dell'edificio e decise di seguire il sentiero che scendeva giù per il pendio in piccoli tornanti sino alla limonaia con i filari di alberi non sempre diritti ma comunque ben conservati. Alle forcelle dei rami erano appesi dei ganci, a distanza regolare, con dei secchi attaccati che probabilmente venivano impiegati per la raccolta. Pur non vedendo alcun frutto in giro, Cirillo ne sentiva l'odore. Soltanto a un esame più attento si notavano tra le foglie scure protuberanze grosse come palline da golf che, per Cirillo, avrebbero potuto essere qualunque cosa, anche avocado. Era strano, ma all'ombra di quegli alberi si sentiva piacevolmente protetta, come se fosse in ottima compagnia, e avrebbe potuto camminare all'infinito respirando quell'aria profumata e salubre, ma doveva stare attenta a non perdere la strada.

Prese un sentiero a sinistra che conduceva a una scaletta su una terrazza rialzata. Tre gradini di pietra grezza e una piccola ringhiera di legno a cui aggrapparsi, e si ritrovò in un nuovo ambiente completamente diverso. Lì fra i limoni c'erano pali conficcati a terra a sorreggere l'intelaiatura di traverse con reti a maglie strette che, correndo in verticale e in orizzontale sopra le cime degli alberi, proteggevano i frutti dalle intemperie – pioggia intensa, grandine, ma anche sole rovente – e ne favorivano la lenta maturazione in un clima il più possibile temperato. Così le aveva spiegato Rizzi quando con il collega di Sorrento erano sfrecciati sull'autopattuglia accanto a quei campi coperti di reti.

Da qualche parte sentì un ronzio. Non un insetto ma una voce.

«Ehilà?» gridò Cirillo.

«Che cosa c'è?» replicò qualcuno molto indaffarato, a giudicare dal tono, senza che Cirillo riuscisse a vedere nessuno.

Il ronzio continuò. Cirillo abbassò la testa sotto la traversa e vide con la coda dell'occhio un topo che sparì nel fogliame. Un po' più avanti c'era una scaletta di alluminio che sembrava per bambini. Sulla traversa superiore vide due scarpe da ginnastica sporche con sopra pantaloni sformati e infine una pancia simile a un'anguria avvolta da una maglietta grigio scuro. Fece capolino tra le foglie un volto abbronzato con molte rughe e la barba grigia.

«Polizia?» domandò l'uomo sorpreso.

«Mi chiamo Antonia Cirillo. Della stazione di polizia di Capri.»

L'uomo la guardò incuriosito e domandò: «Sicura di essere nel posto giusto?».

«Ho qualche domanda da farle su Simon Mugele.»

La testa dell'uomo sparì di nuovo tra le foglie. «Allora l'hanno indirizzata male. Deve parlare con il capo, e non lo troverà qui.»

Da un buco nel tetto di foglie Cirillo riuscì a vedere l'uomo che avvolgeva il fil di ferro intorno al legno collegando palo e traversa per formare un'intelaiatura stabile, che pur sembrando un'operazione primitiva, doveva richiedere grande perizia.

«Sono appena stata dal signor Mugele alla fabbrica Bellini» disse Cirillo, «e ho pensato, trovandomi da queste parti, di fare un salto anche dai Constantini.»

Si sentì il rumore del fil di ferro reciso.

«Lo conosce?» domandò Cirillo.

«Simon?» Si sentì un altro scatto. «Certo che lo conosco.» Altri tre scatti di seguito. «Ha lavorato qui da noi.»

Cirillo aspettò che l'uomo aggiungesse qualcosa, invano. Si sporse invece un'altra volta verso di lei, come se volesse guardare più da vicino la persona che gli stava facendo quella domanda.

«È un interrogatorio?» domandò l'uomo.

Cirillo fece spallucce. «Lo chiami come meglio crede. Conosce Mugele da tanto?»

«Dalla prima volta che ha messo piede su questi terreni.» L'uomo ripose le pinze e il fil di ferro nelle tasche dei pantaloni e scese gli scalini. «Dunque lei è di Capri» disse scrutando Cirillo con malcelato interesse. «Non originaria, però, questa non me la dà a bere. Belle donne come lei in genere vengono dal Nord.» Contrasse le sopracciglia. «Tiro a indovinare: Lombardia.»

«Bergamo» replicò Cirillo. «Ma questo adesso non è pertinente. Mi dica di Mugele.»

L'uomo prese un pacchetto di sigarette dal taschino. «Per prima cosa mi chiamo Renato.» Dette la mano a Cirillo. «Lavoravo qui già da bambino. Ci crede?» Offrì a Cirillo una sigaretta, ma lei rifiutò.

«Dunque, veniamo alla sua domanda.» Renato fumava e rifletteva. «Cosa posso dirle di Simon? La prima cosa che mi viene in mente è che era sempre affidabile, diligente e puntuale, e con lui il raccolto non presentava mai scarti. E non cosa da poco, se penso a tutti i raccoglitori che si sono avvicendati qui negli anni, e ne ho visti passare parecchi.» Renato dette un tiro alla sigaretta. «Tutte le volte che restavamo a corto di forza lavoro, Marcello diceva: su dài, riproviamoci. E così andavamo a prenderne un altro.»

«E dove andavate?»

«A Foggia. Tutto nella più piena legalità, e li abbiamo sempre trattati bene. Soltanto quando qualcuno non lavorava o non si comportava in modo corretto era mio compito cacciarlo via. Non è bello, lo so. Ma era così. Che cosa vuole farci? Quando le cose non vanno, non vanno, e noi qui non facciamo mica beneficenza.»

«Ma Simon Mugele era diverso dagli altri?» chiese Cirillo.

«Come le dicevo prima, non ha mai prodotto scarti, e inoltre era uno che imparava in fretta. Persino il nostro dialetto. Gli abbiamo sempre detto: Simon, se ti buttassimo nella farina, nessuno si accorgerebbe che non sei uno di noi.» Renato seguì con lo sguardo il fumo della sua sigaretta e disse: «Già, e poi se n'è andato.»

«Sì, ma perché?» chiese Cirillo.

Renato scrollò le spalle. «In ogni caso fu un errore lasciarlo andare.»

«Un errore? E di chi?»

«Be', secondo lei di chi?» Renato spense il mozzicone di sigaretta e lo rimise dentro al pacchetto. «Allora, ai tempi di Marcello – che Raffaella rammenta oggi con disprezzo come "il periodo del ristagno" – ognuno rimaneva al suo posto e sapeva cosa c'era da fare.»

«E oggi non è più così?» domandò Cirillo.

Renato la guardò con espressione beffarda. «Sempre nuovi giovani, nuove idee, nessuno sa più dove andremo a finire. No, Simon aveva l'istinto giusto, e ha fatto il salto al momento giusto.» Renato ammiccò in lontananza. «A volte mi chiedo se sia felice nella sua fabbrica, e quando sia stata l'ultima volta che ha colto un limone.» Con passi decisi risalì sulla scala. «La prego, tenga per sé ciò che le ho detto sui nuovi progetti. Raffaella sa come la penso, ma non c'è bisogno che lo venga a sapere anche da altri. E adesso devo rimettermi al lavoro.» Sparì con la testa tra le foglie.

Cirillo osservò le sue scarpe da ginnastica, le incrostazioni e le crepe nella gomma, e disse: «Dovesse tornarle in mente qualcos'altro che magari dovrei sapere, mi avvisi. Le lascio il mio numero di telefono, per ogni evenienza». Gli mise il biglietto da visita sulla scala. «Arrivederci.»

* * *

Quando tornò alla casa, Cirillo trovò parcheggiato sul vialetto d'ingresso un furgone con il logo di una ditta di noleggio auto. C'erano in giro valigie metalliche con equipaggiamento tecnico, borse della spesa stracolme, casse di bibite e due tamburi per cavi. Non c'era anima viva. Cirillo seguì il cavo della corrente, che dalla presa di casa correva dietro l'angolo lungo un sentiero lastricato accanto ai rovi di more. Poi, attraverso un terreno incolto, forse un orto prima di allora, finiva in una zona con una fitta rete di corsie in cui ogni limone era recintato singolarmente. Da lì il cavo continuava fino al punto in cui Josh Wilcox stava montando una macchina fotografica sul cavalletto.

Ad assisterlo una giovane donna in abito lungo, mentre un uomo con i pantaloni corti, la barba folta e i capelli raccolti in una crocchia sfogliava un opuscolo impartendo istruzioni che Wilcox evidentemente non condivideva.

Cirillo andò incontro ai ragazzi, li salutò e chiese: «Che cosa state facendo?».

Wilcox si girò di scatto. «E lei da dove spunta così all'improvviso?»

«Questa non è una risposta alla mia domanda, Mister Wilcox.»

«È un progetto pilota» balbettò schiarendosi la voce incerto. «Vogliamo installare una webcam.»

«E voi sareste i copiloti?» chiese Cirillo rivolta alla giovane donna e all'uomo, che si presentarono rispettivamente come Sarah Neumann e Jerôme Dubois. Si ricordarono di aver già parlato al telefono con lei per confermare che Elisa Constantini quella domenica pomeriggio, alla fine del workshop di Capri, voleva salire sul traghetto ma poi era rimasta a terra.

«Non andatevene. Torno subito da voi» disse Cirillo dirigendosi verso gli alberi, dove una sagoma stava piantando alcune targhette per terra. Raffaella Constantini indossava una salopette e aveva i capelli legati con un foulard colorato. Fotografava le targhette e le riguardava sul suo smartphone.

Cirillo la raggiunse e la salutò. Raffaella alzò a malapena lo sguardo e continuò a controllare, penna alla mano, una lista sulla sua cartellina.

«C'è anche Erri?» domandò distratta, non appena Cirillo la salutò. Prese poi dalla tasca laterale della salopette altre targhette, nere con sopra il nome in lettere bianche, e una dopo l'altra le infilò a terra davanti a ciascun albero: JULIETTE, EILEEN, DETLEF.

«Sono venuta da sola» rispose Cirillo informandosi poi sul significato di quei nomi.

«Sono tutte persone che hanno adottato un albero» spiegò Raffaella facendo delle spunte sulla sua lista e andando avanti.

Cirillo la seguì nel percorso lungo gli alberi, nessuno particolarmente alto ma tutti carichi di frutti verdi o, in minima parte, già tendenti al giallo. Anche lì c'era profumo di limoni, e Cirillo ebbe la sensazione di inalare a ogni respiro una buona dose di vitamina C.

«Posso esserle di aiuto?» domandò Raffaella. «Cerca qualcosa in particolare?» Raddrizzò le targhette in modo che il nome fosse perfettamente leggibile, arretrò di qualche passo e scattò alcune foto.

«Sono stata da Simon Mugele alla fabbrica di Limoncello, e allora ho pensato di dare un'occhiata anche qui da lei.»

Mentre si avvicinavano a un tavolo pieghevole camminando tra gli alberi, Raffaella si prodigò in spiegazioni sul nuovo concetto di crowdfarming: il consumatore pagava tutto l'anno un importo mensile. Potevano essere persone singole, intere famiglie, a volte anche aziende. I frutti maturi venivano poi colti su ordinazione, imballati e spediti via terra. Al più tardi nel giro di tre giorni potevano raggiungere le tavole in Francia, in Germania, in Finlandia o in qualsiasi altro Paese di residenza del crowdfarmer, e senza la necessità di un dispendioso sistema di stoccaggio e raffreddamento. Così si risparmiavano tempo, soldi ed energie, e in più si rispettava l'ambiente. Non c'erano intermediari, rivenditori, sconti sul prezzo. C'erano invece coltivazione biologica, sostenibilità, ottima qualità, salari equi e buone condizioni di lavoro. Si percepiva entusiasmo nelle parole di Raffaella, ma anche orgoglio per i risultati raggiunti. «Vuole dire che d'ora in avanti farà soltanto crowdfarming e che darà tutti gli alberi in adozione?» domandò Cirillo. «Così i Bellini perderanno i loro più importanti fornitori di limoni.»

«Il signor Mugele si è forse lamentato?» Raffaella posò la cartellina sul tavolo e sembrò compiere uno sforzo per mantenere la calma, come se Cirillo avesse toccato un nervo scoperto. «Devo dirle una cosa» proseguì Raffaella abbassando il tono di voce: «Lo abbiamo trattato per anni con i guanti di velluto. Riceve la merce migliore al prezzo più vantaggioso. Ne ha avuto di tempo per guardarsi intorno e cercare nuovi fornitori». Agitata si scostò i capelli dal viso. «Deve scusarmi, ma al momento sono un po' suscettibile.» Si chinò a raccogliere le targhette che le erano cadute. Cirillo l'aiutò provando a riordinare le informazioni messe insieme sino ad allora. Era sempre più convinta che quella piantagione nascondesse dei segreti.

«C'è una cosa che non capisco» riprese Cirillo incurante dell'espressione scocciata di Raffaella, che evidentemente non vedeva l'ora di metter fine a quella conversazione. «Perché vuol rinunciare a un acquirente all'ingrosso? L'enorme giro di affari della fabbrica Bellini le garantisce la vendita di un'ingente quantità di limoni. Se perde un cliente così prezioso, la concorrenza si leccherà le dita.»

«Lo so» la interruppe Raffaella Constantini. «Molti ci prendono per pazzi, ma io credo fermamente nel nostro progetto. Il crowdfarming è il futuro. Soltanto così abbiamo qualcosa da contrapporre al mercato della grande distribuzione. Abbiamo cercato di tenere il passo per un po', ma il dumping alla lunga non regge. Adesso che ce ne stiamo liberando, tiriamo la cinghia, facciamo prezzi onesti, e ciononostante la domanda cresce lo stesso. Perché la gente non è stupida, vuole conoscere la provenienza del prodotto e le condizioni di produzione. Sembra che chiuderemo il bilancio in attivo l'anno prossimo.» Raffaella Constantini riprese a piantare le sue targhette a una a una – FAMIGLIA BÖTTINGER, TANJA, JENS E KERSTIN – con un'aria quasi di sfida.

«Come si è procurato la cicatrice Simon Mugele?» domandò Cirillo.

«Quale cicatrice?»

«Non l'ha mai notata?»

«Parla della cicatrice alla gamba?»

«Sì, proprio quella.»

Raffaella fece spallucce con aria indifferente. «Non ne ho idea. Gli sarà successo qualcosa in Africa. Quando è arrivato da noi ce l'aveva già. Perché non lo chiede a lui?»

«Glielo abbiamo chiesto. Ha minimizzato la cosa.»

«Se Simon ha delle rimostranze, che venga pure a lamentarsi con me di persona.» Raffaella raccolse cartellina, penna e targhette. «Venga con me, devo mostrarle una cosa.» Senza aggiungere altro si incamminò verso casa. Cirillo la seguì.

La stanza con le travi a vista era buia e il tavolo al centro talmente grande che avrebbe potuto sedervisi mezzo personale o una famiglia numerosa. La scala stretta sulla quale sparì Raffaella era nascosta da un pilastro dall'altro lato della stanza.

Al primo piano, in fondo al corridoio, c'era la porta spalancata.

Entrando, Cirillo notò sulla scrivania una pila di fogli e un portatile chiuso. Raffaella Constantini stava armeggiando a un armadio a muro che sembrava essere lì da sempre, come se la casa gli fosse stata costruita intorno. Aprì le ante scricchiolanti mostrando su più ripiani raccoglitori per documenti stipati gli uni accanto agli altri ed etichettati ordinatamente.

Raffaella aprì un cassetto in basso, tanto grande da contenere tutti gli averi di Cirillo, e prese un album con una copertina verde scuro e ornamenti dorati logori. Lo maneggiava senza particolare cautela, anzi in modo piuttosto distratto, come se fosse un prosciutto pronto per essere finalmente affettato.

Sgomberò i fogli dal tavolo, ci posò sopra l'album e indugiò all'improvviso come se avesse timore. O magari era semplicemente un rituale, e allora le erano tornate in mente tutte le regole e le prescrizioni che le avevano inculcato sin da bambina: sii prudente, non con le dita, lavati le mani. Raffaella aprì l'album.

Foto in bianco e nero, antenati dei Constantini davanti alla casa con il vestito buono della domenica, abiti neri e facce serie perché l'immagine immortalata per l'eternità fosse la migliore possibile. Raffaella sfogliò quelle foto finché non trovò quelle a colori.

«Mia nonna, morta.» Riprese a sfogliare. «Mia mamma, morta. Mio padre Marcello, morto. Ed ecco qui mia sorella Elisa, morta anche lei.» Iniziò a sfogliare sempre più veloce. «Morto» diceva. «Morto, morta, morte. Tutti morti.»

Richiuse l'album, si lasciò cadere sulla sedia e si appoggiò esausta allo schienale. «Ma cosa si era messa in testa Elisa?» domandò disperata. «Andare a letto con Simon okay, ma perché mettersi alla guida dell'Ape? Dove diavolo stava andando?» Guardò Cirillo con aria di sfida. «Ha mai provato a dare una risposta a questa domanda?»

«Ancora non sappiamo dove fosse diretta. Mi dispiace.» Cirillo si avvicinò una sedia. «Elisa le aveva detto di essere incinta?»

Raffaella fissò il tavolo impietrita. «No» rispose, aggiungendo poi dopo una lunga pausa: «Non mi aveva detto niente. Ma era tipico di lei». Scosse la testa incredula. «Non soltanto al momento sbagliato nel posto sbagliato, ma pure incinta. Tanto per non farsi mancare niente.» Raffaella si alzò, prese l'album e si diresse verso l'armadio.

«Ha notato che mancano delle foto tra quelle a colori?» domandò Cirillo.

Raffaella Constantini posò l'album nel cassetto e lo richiuse con il piede. «Si sbaglia.»

«Come se qualcuno le avesse tolte.»

Raffaella richiuse l'armadio e girò la chiave. «Le foto le ha fatte mio padre con la sua vecchia Rolleiflex e le ha incollate di persona a una a una, tutte quante. Ha deciso lui quale inserire nell'album e quali invece scartare.» Raffaella Constantini era a braccia conserte davanti all'armadio. «La prego, adesso vada.»

«Certo.» Cirillo alzò le mani. «L'ho trattenuta abbastanza. Un'ultima domanda: da dove posso uscire velocemente?»

«Da laggiù.» Irritata, Raffaella Constantini le indicò la direzione con un cenno del mento.

* * *

Cirillo si richiuse rumorosamente la porta alle spalle e si fermò lì dietro, in ascolto. Raffaella Constantini passò per il corridoio, scese le scale e i suoi passi si spensero a poco a poco. Non volava una mosca.

Cirillo aspettò un altro po', dopo di che aprì senza far rumore, si mise ancora una volta in ascolto e in silenzio sgusciò di nuovo in camera. Le vecchie cerniere dell'armadio scricchiolarono con un cigolio acuto. Cirillo aprì le ante di scatto, con un rumore assordante, e trattenne il fiato.

Si udivano delle voci davanti alla casa. Cirillo si schiacciò al muro accanto alla finestra e con circospezione lanciò uno sguardo di sotto.

Wilcox e Dubois stavano caricando i lunghi cavi sul furgone a noleggio, mentre le due donne, Raffaella Constantini e Sarah Neumann, chiacchieravano.

Senza perdere tempo, Cirillo aprì il grande cassetto, prese l'album e iniziò a sfogliarlo. Le interessava soltanto l'ultima parte, quella con le foto a colori. C'erano immagini di chiunque, anche di Renato, e persino di Aurora Bellini fra i limoni con indosso una lunga gonna nera e sguardo diffidente. Ma non c'era nemmeno una foto di Simon Mugele. Cirillo contò tre spazi vuoti. Che le foto di Mugele fossero state incollate nell'album insieme alle altre e poi tolte?

Di sotto sentì mettere in moto. Gli uomini si scambiavano istruzioni a voce alta. Cirillo richiuse in fretta l'album, lo rimise a posto, ma quando cercò di richiudere rapidamente il cassetto, quello si inceppò. Facendolo avanzare a scatti, lo spinse con le mani e le ginocchia più forte che poté sin quando non si richiuse finalmente con un tonfo sordo.

Fece un respiro profondo, poi le cadde lo sguardo su un raccoglitore dello scaffale, l'unico con la targhetta orizzontale e sulla cui etichetta ingiallita si leggeva una sola parola: *Bellini*.

Senza indugiare, tirò fuori il raccoglitore, lo aprì e iniziò a sfogliarlo. Cifre, tutte annotate a mano. Nient'altro che colonne di cifre, linee tracciate meticolosamente con il righello come ai tempi in cui non c'erano né computer né Excel. Conteggi fatti probabilmente dal vecchio Marcello, niente di strano, dopotutto Aurora Bellini con il suo ingente fabbisogno di limoni per la produzione del Limoncello era già all'epoca una cliente importante.

Stava per richiudere il raccoglitore e l'armadio per poi sparire, quando sentì qualcosa di plastica in fondo alla copertina del fascicolo. Prese tutto il pacco di fogli e, sfogliandolo, di colpo si imbatté in una vecchia cartellina di plastica trasparente ingrigita con all'interno una busta.

«Che cosa ci fa lei qui?» sentì dire dietro di lei.

Cirillo, con il raccoglitore sulle ginocchia, chiuse gli occhi imprecando a bassa voce.

«Sta curiosando» constatò Wilcox.

Cirillo non ebbe il tempo di riflettere. «Wilcox» disse optando per un tono risoluto. «Ma cosa le salta in mente? Mi ha spaventata.»

«Ha forse un mandato di perquisizione?» domandò lui indispettito.

«Non la faccia tanto lunga, Wilcox» disse Cirillo supponente. «Lei non è italiano, e non sa niente di come funzionino le cose qui da noi. Venga. Su, avanti.»

Irritato e riluttante Wilcox le si avvicinò.

«Guardi qui» disse Cirillo con voce smorzata, dando un colpetto alla copertina del fascicolo. «Questi documenti potrebbero mettere il suo stimato capo in una posizione compromettente. Mi segue?»

Wilcox scosse il capo senza capire.

Cirillo sospirò spazientita. «Se do in mano questi documenti alla guardia di finanza, cosa che sarei tenuta a fare, qui va tutto all'aria. Capisce? A quel punto sarà la fine di Happy Fruits. È questo che vuole?»

Wilcox fissò il raccoglitore incerto e in preda al panico. «Non saprei» balbettò. «Non capisco esattamente...»

«Certo che no» lo interruppe Cirillo. «E come potrebbe?» Lo tenne sulle spine per qualche altro istante, poi riprese a dire in tono pragmatico: «Mi stia a sentire attentamente. Adesso io richiudo questo fascicolo e faccio finta di non aver mai controllato il materiale all'interno. Non voglio che la guardia di finanza venga qui a indagare e che scoppi un casino. Perché in tal caso non resterebbe più nemmeno il ricordo del vostro simpatico progetto.»

Wilcox guardava fisso davanti a sé. Cirillo lo scrutò a fondo.

«Ora dobbiamo stare dalla stessa parte. Lei non rivelerà a Raffaella ciò che ha visto e scoperto qui, e anch'io terrò la bocca chiusa con i superiori. Siamo d'accordo?»

Wilcox annuì. «Può contare sulla mia discrezione.»

«Mi creda, è la cosa migliore per tutti.» Cirillo rimise il fascicolo al suo posto e chiuse l'armadio.

Il furgone partì; Raffaella Constantini e Sarah Neumann erano sedute sotto il pergolato entrambe con la testa china sul portatile.

«Vuole che Josh le chiami un taxi?» disse Raffaella quando Cirillo uscì di casa e si congedò.

«Già fatto» disse Cirillo alzando il cellulare.

«Il listino prezzi» le ricordò Raffaella. «Nel caso volesse diventare anche lei crowdfarmer.» Si rivolse a Wilcox, che era sgusciato fuori di casa alle spalle di Cirillo. «Josh, cosa c'è? Stampale velocemente un listino prezzi. Così lo porta via subito.»

«Me lo manda per mail, non si preoccupi» disse Cirillo. «Ne parlavamo proprio ora. A proposito, signora Constantini: magnifico concetto quello del crowdfarming.» Cirillo alzò il pollice in segno di apprezzamento. «Non si lasci dissuadere. Da nessuno.»

Raffaella Constantini annuì sorpresa. «Grazie.»

Quando Cirillo arrivò in strada, salì sullo stesso taxi con il quale era arrivata. Aprì il finestrino e l'aria fresca le soffiò sul viso.

«Tutto bene?» Il tassista guardò preoccupato nello specchietto retrovisore.

«Benissimo» disse lei tastando la busta sottile nella tasca della divisa.

L'aprì soltanto quando, scelto un posto in fondo, l'aliscafo salpò per Capri con meno di una decina di persone a bordo.

La busta non era sigillata, il foglio all'interno, grigiastro, era stato strappato da un quaderno a quadretti e piegato in quattro.

Aprì il foglio scritto a mano con calligrafia incerta, quasi scarabocchiata, e lo mise contro il finestrino per riuscire a leggerlo meglio. Titolo: «*Le mie ultime volontà.*» Seguiva una lunga frase. Luogo, data. Firma: Marcello Constantini.

Cirillo si appoggiò allo schienale. La penisola sorrentina sparì lentamente nella luce caliginosa e al suo posto spuntò Capri: il profilo dell'isola, le rocce scoscese del salto di Tiberio, il monte Solaro e, estesa in lunghezza, Anacapri. Quasi incastonata lì in mezzo, Capri città.

Quel documento cambiava tutto. Era la prova che il suo istinto non l'aveva ingannata, e che avevano indagato tutto il tempo nella direzione sbagliata.

14

Napoli, ore 9.05 del mattino. Rizzi si annunciò al portiere della questura in via Medina dicendo di essere l'agente Enrico Rizzi della stazione di polizia di Capri e di voler parlare con il commissario Serra.

«Stanza 301» disse l'uomo con uno stuzzicadenti in bocca dietro lo sportello.

Le persone che Rizzi incontrò per le scale erano probabilmente poliziotti in borghese con delle facce ingrugnite che gli fecero molta compassione. Erano tutte piccole ruote di un enorme ingranaggio, e nessuna di quelle, da sola, era in grado di muovere niente.

L'atmosfera cupa e la gente scostante probabilmente erano un riflesso di quell'edificio tetro di epoca mussoliniana, con i soffitti alti, il granito nero, il marmo marrone e la luce artificiale. Quando Rizzi salutava per le scale, il massimo che otteneva erano sguardi di stupore.

Mentre il cellulare vibrava nella tasca dei pantaloni, sentì qualcuno gridare nell'atrio: «Agente Rizzi! Che cosa ci fa lei qui?».

In cima alla balaustra il commissario Serra in completo grigio topo e cravatta rosso scuro chiese: «Cercava forse me?».

«Devo parlarle.» Rizzi guardò il display del cellulare prima di rimetterlo in tasca. «Ha cinque minuti per me?»

«Anche dieci, se vuole. Prendiamo un caffè? Sembra proprio che ne abbia bisogno.» Serra dette a Rizzi un colpetto sulla spalla. «Vada pure. Sono subito da lei.»

Lo stava cercando la stazione di polizia. Percorrendo il corridoio verso l'ufficio di Serra, Rizzi stava per richiamare, quando Teresa Villa lo avvertì con un messaggio che la riunione con l'ispettore Lombardi era rinviata alle 15.30. *Perfetto*, rispose Rizzi. Quel cambiamento di programma inatteso gli dava modo di chiarire in tutta calma la situazione con il commissario.

Il suo ufficio nella stanza 301 – paragonato a quello arioso dell'ispettore Lombardi a Capri – era uno scherzo del destino, un buco verdognolo in cui già la mattina tremolavano i neon. Mentre l'ispettore Lombardi godeva di una magnifica vista panoramica sul golfo di Napoli, sul Vesuvio e sulla terraferma, lì c'era una finestra che dava su un cortile interno popolato di piccioni.

Dietro a una porta accostata c'era un collega impegnato al telefono. Rizzi sollevò una mano per salutarlo e fece un gesto come per dire: continua pure a fare il tuo lavoro, io aspetto qui il commissario.

«Ti richiamo fra un momento» disse l'uomo e riagganciò. «Lei è l'agente di Capri?» domandò irritato facendo il giro della scrivania per avvicinarsi. Aveva una barba curata e sulla camicia azzurra la cintura da torace per la pistola. «Mi sembrava di essere stato sufficientemente chiaro. Non può presentarsi qui così.»

In quel momento sulla soglia della porta dietro a Rizzi

comparve il commissario Serra. «Vi siete già presentati?» domandò. «Il collega Scotto, arrivato di recente, incaricato di formare una commissione straordinaria. Enrico Rizzi dell'isola dei beati.» Serra prese la giacca dal gancio. «Venga.» Fece cenno a Rizzi di uscire dalla stanza e disse a Scotto: «Mi tratterrò per un'oretta circa al Gambrinus, e non ci sono per nessuno.»

«E il ministero delle Finanze?» domandò Scotto.

«Prendi Nicola.» Serra afferrò il cappello. «Ma non vi perdete, e non vi impelagate. Intesi?»

Uscirono dall'edificio e presero via Toledo. Rizzi provò a illustrare al commissario il caso e la sua richiesta. «È un po' complicato» iniziò, ma Serra, col cellulare all'orecchio, lo interruppe: «Sono subito da lei, Rizzi. Devo prima occuparmi di un'altra faccenda, o sono nei guai».

Serra impartiva ordini lapidari al telefono: parlava di biancheria sporca, diceva di chiudere le finestre e di mettere le chiavi dentro la cassetta della posta.

«Tutto bene?» domandò Rizzi non appena il commissario ebbe riattaccato.

«Mio figlio» disse Serra con un gesto della mano che alludeva ironicamente a un principino.

«Quanti anni ha?»

«Diciotto. Vive con la mia ex a Firenze. È stato qui una settimana e abbiamo fatto vita da uomini, ma adesso la pacchia è finita.»

«Le somiglia?»

«Sì, un po'» annuì Serra, e Rizzi avvertì una fitta tra il cuore e il diaframma. Il piccolo Vito avrebbe compiuto undici anni se fosse stato ancora vivo, e lui e il commissario avrebbero potuto parlare dei loro figli. Se ne sarebbero vantati, mostrandosi a vicenda delle foto. Ma il destino aveva deciso diversamente, e il Signore si era ripreso il bambino poco dopo la nascita. Che avesse scelto proprio suo figlio, come aveva asserito Padre Ivano, non era mai stata per lui una consolazione, e tuttora si tormentava domandandosi che aspetto avrebbe avuto, sentendone accanto la presenza, come in quel momento. Avrebbe avuto anche lui la fossetta sul mento che Rizzi aveva ereditato da suo padre, o avrebbe preso più da Matilda? Tutti pensieri oziosi, privi di senso.

Il cameriere al Gambrinus li accompagnò a un tavolo appartato vicino alla finestra – che poi si rivelò il posto preferito di Serra – e domandò: «Il solito?».

«E qualcos'altro» rispose Serra, posando il cappello sulla sedia accanto e passandosi una mano sulla testa calva come se avesse da sistemarsi i capelli. «L'ho interrotta, agente» disse. «Vada pure avanti. Domenica notte...»

Rizzi riferì del presunto incidente in via Grotta Azzurra, del dado di serraggio allentato, della scarsa quantità di liquido per i freni nel serbatoio e di una persona innocente che era morta, presumibilmente perché finita nel posto sbagliato al momento sbagliato, e di un colpevole che, avendo mancato il bersaglio, magari stava già pianificando il prossimo attentato.

«Capisco» disse Serra pensieroso, mentre il cameriere serviva il caffè, cornetti profumati e un'alzata di media grandezza con sfogliatelle e cannoli ripieni alla crema di pistacchio. «Prima di entrare in polizia ha fatto per caso un tirocinio da meccanico di auto?» si informò Serra, cominciando a spalmare il suo cornetto di confettura all'arancia.

Rizzi negò e disse: «Ci serve il prima possibile una perizia della scientifica per ufficializzare finalmente la mia tesi di omicidio colposo, e per far sì che la squadra omicidi, cioè lei, dichiari aperte le indagini.»

«Con il suo intervento fattivo, voglio sperare.»

«Ovvio» annuì Rizzi. «Siamo a disposizione» disse pensando per un istante all'ispettore Lombardi e a come si sarebbe stropicciato le mani soddisfatto.

«Dove ha detto che si trova l'Ape?» Serra prese il cellulare che aveva posato accanto al piatto e digitò un numero. «Via Grotta Azzurra?»

«La strada è molto lunga» spiegò Rizzi, «e il luogo dell'incidente è a Damecuta. Il terreno lì è piuttosto accidentato e il relitto non si vede dalla strada. In realtà» aggiunse, «era già stata inviata una richiesta di recupero.»

«Ciao, Paolo» disse Serra al cellulare. «Ascolta, ti mando subito i recapiti di un collega di Capri. Dovete andarci. È una questione importante. Si tratta di un'Ape. Giusto. Ce la fate oggi stesso?» Serra guardò Rizzi alzando fiducioso le sopracciglia. «Domani mattina presto? Fantastico. Per il resto è meglio se parli direttamente con l'agente della polizia locale. Si chiama Rizzi. La firma seguirà a breve.» Serra chiuse la chiamata e tagliò a metà una zeppola. «Nient'altro?»

«È necessario sottoporre la vittima ad autopsia.»

«Altri pii desideri?» Serra riprese in mano il cellulare mentre Rizzi riferiva che la vittima era probabilmente incinta e che la paternità era ancora poco chiara, come il motivo del perché la giovane donna quel lunedì mattina presto stesse procedendo con il mezzo in via Grotta Azzurra. «Vorrei sapere se la vittima aveva fatto uso di droghe o di alcol, e cosa aveva mangiato. Dobbiamo ricostruire le sue ultime ore di vita senza trascurare niente, così da escludere ogni eventualità, compresa l'ipotesi del semplice incidente stradale.»

«Va bene» borbottò Serra. «Avrà la sua autopsia.» Digitò un altro numero sul suo smartphone. «Il nome della vittima?»

«Elisa Constantini.»

Serra fece segno al cameriere che voleva pagare e disse: «Bel lavoro, Rizzi». Mise via il cellulare e si appoggiò allo schienale della sedia. «Vorrei proporla per un corso di aggiornamento all'accademia di polizia di Rapallo» disse. «Sarebbe eventualmente interessato?»

«Al centro di formazione?» Rizzi posò il tovagliolo sul piatto. «Ne sarei davvero lusingato, commissario.»

«Bene.» Serra incrociò soddisfatto le braccia sul petto e guardò Rizzi come si guarda un cespuglio o un albero prima di stabilire quale ramo o quale germoglio vada potato per primo. «Allora vedrò cosa posso fare.»

«Quando sarebbe il corso di aggiornamento?» domandò Rizzi.

«A marzo.» Serra ritirò fuori lo smartphone.

«Così avanti?»

Serra annuì.

«Okay, ma soltanto con riserva.»

«Perché?» Il commissario riprese a digitare sul display. «All'ispettore Lombardi ci penso io, non deve preoccuparsi.»

«In realtà è per gli orti che mi preoccupo. A marzo c'è un sacco di lavoro.»

Serra lo guardò perplesso. «Mi auguro che stia scherzando.»

«So che le sembrerà strano, ma per come vanno le cose adesso, non posso lasciare mio padre a lavorare da solo. So cosa sta per dire, commissario.» Rizzi alzò la mano. «Ma un aiuto a pagamento che si renda subito indipendente senza bisogno di venir affiancato di continuo non piove così dal cielo.»

«Sta a lei decidere cosa vuole, agente Rizzi» disse Serra. «E anche in fretta: intende far carriera o preferisce far la muffa a Capri e, prima o poi, come massima aspirazione diventare ispettore?» Lo guardò con malcelato scherno negli occhi. «Bella prospettiva per il suo futuro, mi verrebbe da dire. Siamo seri: smistare denunce e sanzioni, truccare un po' le statistiche e per il resto starsene lì a girarsi i pollici… Certo, esistono prospettive ben peggiori.» Serra si sporse in avanti sul tavolo. «Dia retta a me, agente Rizzi, ci rifletta attentamente: è davvero questo che vuole?»

15

«Ma che diavolo vi è saltato in mente?» ringhiò l'ispettore Lombardi non appena Rizzi mise piede nel suo ufficio. «Ve ne andate tranquillamente in trasferta a Sorrento e nessuno dei due si preoccupa di scrivere i verbali?» Batté il pugno sul tavolo. «Sulla vostra operazione notturna da Raffaella Constantini in via Castiglione, sull'arresto di Mario Pinta, sul suo interrogatorio e sul suo rilascio... nemmeno una parola nel fascicolo dei verbali!» Si appoggiò allo schienale e, cercando di riprendersi dall'accesso d'ira di pochi istanti prima, posò le mani sulla pancia. «Agenti, così proprio non ci siamo» disse. «Come dovrei farmi un quadro generale del caso?»

«Anch'io avrei qualcosa da ridire sul modo di lavorare qui alla stazione di polizia» disse Cirillo in piedi alla finestra. «Qualcosa di fondamentale.»

«Non ora» disse Lombardi chiudendole la bocca. «Sapete quanto costa una traversata con la barca della polizia? Dovrò giustificare i vostri bagordi all'ufficio contabilità. Cari miei, i giorni delle gite per divertimento e delle piccole ispezioni intorno all'isola come diversivo sono finiti. Non abbiamo più le stesse risorse di un tempo. Da oggi in poi non ci sarà più niente di tutto questo.»

«Occorreva agire in fretta, ispettore.» Rizzi lanciò un'occhiata a Cirillo perché lasciasse parlare solo lui, e così fece il punto della situazione. Senza spiegarne il motivo e contro il parere del medico, Simon Mugele aveva lasciato l'ospedale. In un caso ingarbugliato come quello, e con probabile rischio di inquinamento delle prove, erano stati costretti a rinunciare ai saggi consigli e ai modi accorti dell'ispettore Lombardi, irreperibile perché impegnatissimo in appuntamenti improrogabili sulla terraferma.

L'ispettore Lombardi sospirò e annuì comprensivo, e il solo pensiero del suo imperdibile appuntamento sulla terraferma, probabilmente con i seni della signora Ivanova, attenuò ancora di più i già morbidi tratti del volto. «Ben fatto, agente Rizzi» disse infine in tono conciliante. «Mi rendo conto: avete dimostrato dinamismo, senso di responsabilità e, in una situazione tanto ingarbugliata come lei ha descritto, avete mantenuto i nervi saldi. Vada avanti. Come si è conclusa l'operazione? Siete riusciti a prendere il signor Mugele e a metterlo subito sotto torchio?»

«Certo, ispettore.»

«E ha confessato?»

«Confessato?» Rizzi guardò l'ispettore con aria interrogativa. «E cosa avrebbe dovuto confessare? Che aveva una relazione intima con la vittima, Elisa Constantini? Come lei sa, non è punibile per questo.»

«Ma cosa va farneticando? Deve confessare di aver trascurato la sua Ape lasciandola cadere a pezzi. Che quel veicolo infernale non era a norma di sicurezza, e che non ha impedito che qualcuno ci viaggiasse sopra finendo all'obitorio. Che cos'ha da guardare in quel modo, agente? Era suo preciso dovere!

Mugele deve ammettere questa sua negligenza così che noi possiamo finalmente chiudere il fascicolo e tornare ai nostri compiti quotidiani. Perché Dio solo sa quanto abbiamo da fare.» Lombardi guardò il suo orologio d'oro da polso.

«Temo» disse Rizzi, «che il caso in questione sia un po' più complicato...»

«Il caso è chiarissimo» obiettò Lombardi, «e noi non lo renderemo inutilmente più complicato.» Lanciò a Rizzi uno sguardo tagliente. «Mi ha capito?»

Rizzi non ribatté. «Domani verranno a recuperare l'Ape. L'ordine viene dall'alto, dal commissario Serra in persona. Dopo di che gli esperti eseguiranno una perizia sulle cause dell'incidente, e si spera che i risultati vengano resi disponibili entro il fine settimana. A quel punto sarà ufficiale che qualcuno ha manomesso intenzionalmente i freni dell'Ape. Prima cosa. La prego, ispettore, mi lasci finire. Seconda cosa: Napoli ha disposto l'autopsia del cadavere.»

«E perché io non ne sapevo niente?» lo interruppe Lombardi armeggiando nervosamente al nodo della cravatta. «Perché all'improvviso tutto questo esagerato attivismo? Ha tramato alle mie spalle a Napoli? Ha forse parlato con il commissario?»

«È capitato per caso, ispettore» ammise Rizzi, «per di più sapevo che lei avrebbe approvato.»

«Maledizione!» Lombardi batté di nuovo il pugno sul tavolo. «Ha già sollevato un bel polverone! Tutta Capri ormai non parla d'altro che della relazione di Elisa Constantini con Simon Mugele, e il marito in lutto è già diventato lo zimbello di tutta l'isola. Ma ha una vaga idea di cosa stia passando quel pover'uomo? Starà patendo le pene dell'inferno! Mostri almeno un po' di compassione.»

«Con rispetto parlando, ispettore, tutta l'isola parla della morte di Elisa Constantini e del fatto che nel cosiddetto incidente c'è ancora qualcosa che non quadra.»

«Perché avete dato questa storia in pasto al mondo!»

«Perché rientra in quel genere di casi dove io non mi sogno proprio di nascondere la polvere sotto il tappeto.»

«Qui nessuno nasconde niente sotto il tappeto, agente, e non tollero simili insinuazioni.» Lombardi agitò la mano in aria. «O sarò costretto a farle un richiamo. Per me ne va unicamente della pace sull'isola, che – se continua così – a lungo andare verrà irrimediabilmente compromessa.»

«La pace sull'isola tornerà senza problemi non appena sarà fatta piena luce su questo caso» lo corresse Rizzi.

«Ma lei vuole sempre avere l'ultima parola?» gridò Lombardi voltandosi irritato verso Cirillo, che all'improvviso era arrivata alle sue spalle e, senza dire niente, stava appoggiando sulla scrivania un foglio strappato da un quaderno a quadretti.

«E questo cosa diavolo è?» ringhiò l'ispettore. Cercò gli occhiali, e dopo averli trovati sotto il berretto accanto al telefono se li mise con fare impacciato. «Che cos'è?» domandò. «Dove lo ha preso?»

«Lo legga.» Cirillo se ne stava accanto alla scrivania di Lombardi come se sorvegliasse qualcuno in libertà vigilata.

Lombardi obbedì, mormorando pochi istanti dopo: «Non può essere vero». Raddrizzandosi ancora una volta sulla sedia, sembrò concentrarsi per rileggere il tutto, parola per parola, riga per riga, muovendo le labbra senza emettere alcun suono. Dopo di che, con il foglio in mano e la fronte imperlata di sudore guardò dritto davanti a sé.

«Posso?» Rizzi si sporse in avanti e tolse il foglio di mano a Lombardi senza che l'ispettore reagisse o cambiasse anche soltanto la posizione delle dita. Il testo era scritto a mano. *Le mie ultime volontà*, lesse.

Il sottoscritto, Marcello Emanuele Constantini, con la presente dichiara che l'80 per cento della nostra raccolta di limoni, di qualità Ovale di Sorrento, verrà consegnata ad Aurora Bellini e alla sua azienda Casa Bellini, e che a ogni consegna verrà garantita a Casa Bellini uno sconto del 20 per cento sul prezzo di mercato. Questo dalla morte del sottoscritto fino a quella di Aurora Bellini, finché l'azienda resterà in suo possesso.

Firma: Marcello Constantini.

Rizzi rimise il documento sul tavolo e disse: «Questo ovviamente cambia tutto».

«Eccome.» Cirillo aveva incrociato le braccia sul petto e guardava la testa calva di Lombardi.

«Abbiamo indagato finora nella direzione sbagliata» disse. «Capita, ma ora dobbiamo affrontare la situazione di petto. L'attentato non era diretto a Simon Mugele ma ad Aurora Bellini.»

«Dove hai preso questo foglio?» domandò Rizzi.

«Nell'ufficio di Raffaella Constantini a Sorrento» disse Cirillo, «da un fascicolo con l'etichetta che riportava il nome "Bellini".» Guardò irritata prima Rizzi poi Lombardi. «Avete capito di cosa si tratta? Le disposizioni testamentarie del padre mettono un cappio al collo di Raffaella, obbligandola dopo la sua morte a garantire vantaggi all'amata Aurora Bellini finché resterà in vita. Così Aurora ottiene dai Constantini la massima qualità a un prezzo scontato.»

«È una follia» borbottò Rizzi. «Insomma, dove ci porta tutto questo?»

«Assolutamente» concordò Cirillo. «Ai tempi di Marcello Constantini l'affare deve aver funzionato, soprattutto per Aurora Bellini, che si è arricchita, ma evidentemente anche per lui, che così si assicurava un grosso acquirente per i suoi limoni. E dal momento che funzionava così bene, dovevano consolidarlo mettendolo per iscritto e rendendolo valido il più a lungo possibile.» Cirillo tornò alla finestra. «Ma funziona soltanto» proseguì come se stesse pensando ad alta voce, «fino a quando le cose non cambiano e ognuno rimane al proprio posto. Raffaella però si sta già muovendo per rivoluzionare l'azienda. La vuole completamente diversa, e questo vecchio obbligo la priva di qualsiasi spazio di manovra per nuovi e redditizi investimenti. Raffaella invece ha bisogno di investire... nel suo nuovo progetto, nella sua creatura, come la chiama lei».

«Be', ha tutta l'aria di un chiaro movente» disse Rizzi. «Per inficiare la validità di quell'accordo, Aurora Bellini deve sparire.»

«Pensi che Raffaella abbia le competenze tecniche per manomettere un'Ape?» domandò Cirillo.

«Certamente» annuì Rizzi. «E ha anche avuto l'occasione di svignarsela dal workshop del fine settimana senza che nessuno se ne accorgesse.» Che situazione del cazzo, disse dentro di sé per poi alzarsi. «Okay. In concreto questo cosa significa? Le risorse finanziarie di Raffaella sono vincolate dalle ultime volontà del padre finché Aurora Bellini resterà in vita. E quindi manomette i freni dell'Ape e il problema si risolve da sé?»

«È andata così» concluse Cirillo. «Soltanto che al posto di Aurora sull'Ape ci è salita sua sorella Elisa.»

Rizzi scosse la testa. «C'è qualcosa che non mi quadra, però. Dimentichi il fatto che Raffaella conosce Aurora sin da quando era bambina. Non per questo deve volerle bene, ma di certo la rispetta.»

«Il tuo problema è che non hai il dovuto distacco» obiettò Cirillo spazientita. «Soltanto perché conosci Raffaella da una vita credi di sapere che cosa le passi per la testa. Ma non è così che funziona. Raffaella tiene al suo progetto probabilmente più che a qualsiasi altra cosa, e quell'accordo che la vuole legata a doppio filo ad Aurora finché sarà viva minaccia di stroncarlo sul nascere.»

«Basta così» li interruppe Lombardi, come se si fosse ripreso soltanto allora dallo shock. «Le ultime volontà di Marcello Constantini, che lei ha dissotterrato da qualche fascicolo polveroso non valgono la carta a quadretti sul quale sono scritte» disse. «Gli scarabocchi su quel foglio non obbligano Raffaella a un bel nulla, e lei lo sa perfettamente. Quella donna ha la testa sulle spalle.»

«Probabilmente ha ragione, ispettore» concordò Rizzi. «In un tribunale quel pezzo di carta, un testamento senza autenticazione notarile, non ha alcun valore legale. Ma ne ha per le famiglie coinvolte.» Rizzi tamburellò con le dita sul pezzo di carta. «Insomma, sono pur sempre le ultime volontà di Marcello, le volontà di un capofamiglia che per delibera del tribunale possono essere cancellate, ma restano pur sempre le sue ultime volontà.»

«E che cosa significa?» Cirillo guardò indispettita prima Rizzi e poi Lombardi. «Il fatto è che Raffaella ci è dentro fino al collo. Pur affermando di essere a un passo dalla svolta con la sua nuova attività, e non sapendo nemmeno più come far fronte alle sempre più numerose richieste dei clienti, ha comunque ammesso di non essere ancora in attivo con il crowdfarming. Mi ha detto di voler continuare a investire e a rendere disponibili per l'adozione nuovi alberi che verrebbero usati per coprire il fabbisogno di limoni dei Bellini.»

«Ma di cosa sta parlando?» domandò Lombardi senza capire. «Adozione? Crowdfarming? La nostra Raffaella è per caso entrata in una setta?»

«Crowdfarming» spiegò Rizzi, «è un concetto di agricoltura completamente diverso. Ogni albero viene adottato, il raccolto viene mandato direttamente a casa del padrino o della madrina, e questi durante le vacanze possono persino fargli visita. È un'idea folle ma affascinante, e io stesso non avrei mai creduto che una roba simile potesse funzionare.»

«Adesso, per favore, torniamo con i piedi per terra.» Stremato, Lombardi si asciugò la fronte con un fazzoletto. «Le dico una cosa soltanto. Se noi adesso preleviamo Raffaella Constantini per sospettato omicidio e coinvolgiamo il commissario Serra e la squadra omicidi di Napoli, qui sull'isola scoppia un pandemonio. A quel punto non ci sarà più alcun freno. È una storia sin troppo invitante per la gente dell'isola.»

«E questo che cosa vorrebbe dire?» domandò Cirillo allarmata. «Che cosa sta suggerendo?»

«Aspettiamo prima l'esito della perizia di Napoli.» Lombardi si appoggiò allo schienale. «E se la tesi dell'agente Rizzi dovesse venir confermata ufficialmente, cioè che i freni dell'Ape sono stati manomessi, allora penseremo a come procedere.» Lombardi alzò la mano come per stoppare Cirillo, e senza nemmeno guardarla le intimò: «Non un'altra parola, agente Cirillo. Conosce il regolamento, la prego dunque di attenersi a quello. Fin quando non sarà stata eseguita la perizia, non interverremo più in alcun modo in questo caso». Lanciò a Rizzi un'occhiata tagliente. «Questo vale anche per lei, agente Rizzi!»

* * *

Dopo quella riunione Cirillo si sarebbe aspettata che Rizzi condividesse la sua opinione dicendo che Lombardi era fuori di testa e che dovevano mettersi subito alle calcagna di Raffaella Constantini. Perché aspettare? La donna aveva un movente, la capacità e la possibilità di manomettere l'Ape, e l'attentato non era diretto a Simon Mugele ma alla suocera Aurora Bellini.

Ma invece di passare all'azione, Rizzi le porse un biglietto che aveva trovato sulla scrivania. *Silvia Lazzeri chiede di essere richiamata*, c'era scritto con la grafia di Teresa, e sotto un numero di telefono.

«Passa da lei domani e senti cosa vuole» disse. «Una volta era amica intima di Elisa Constantini, e magari lo è stata fino all'ultimo. Ma per oggi puoi far festa.»

Cirillo stentava a crederci. Rizzi non doveva darle ordini ai quali lui stesso evidentemente non aveva alcuna voglia di sottostare, né poteva dirle quando fare festa e quando no. E lo faceva anche con la massima naturalezza. Gli sembrava normale.

Ma ancora peggio era il fatto che lo avesse sopravvalutato sperando di andare insieme a lui a prelevare Raffaella. Rizzi non era diverso dai soliti scansafatiche buoni soltanto a scaldare la sedia, che si trovavano di solito in stazioni di polizia come quella. Tenere la bocca chiusa, attenersi al regolamento, obbedire ai vertici come cagnolini ammaestrati. Il pessimo programma a scartamento ridotto della polizia di provincia. E se qualcosa stonava con l'immagine idilliaca di Capri, occhi chiusi e acqua in bocca.

Andò alla Vespa, alzò la sella e tirò fuori il casco. Aveva la nausea. Avrebbe voluto urlare, e invece piegò la testa all'indietro e guardò in silenzio il cielo della sera. Tutto ciò che viveva lì le sembrava incredibile.

Perché doveva prendersela in quel modo? Non era lei a condurre le indagini. Si era ripromessa di non uscire dai ranghi, di non commettere passi falsi in modo da andarsene senza annotazioni sul fascicolo personale, con la divisa immacolata, il più in fretta possibile, nel giro di due anni al massimo. Si sarebbe sforzata di rigare dritto e di attenersi alle regole.

«Posso fare qualcosa per te?» Alberto era fuori dal suo bar, il Roxy, con lo smartphone in mano.

Lasciarmi in pace, pensò Cirillo mettendosi il casco senza una parola.

«Non posso permettere che la poliziotta più bella che conosca abbia uno sguardo così cupo.» Mise via il cellulare. «Racconta» disse. «Ha a che fare con il tuo collega Rizzi? Anche lui è stato qui poco fa, e non sembrava affatto di buonumore quando se n'è andato. Dimmi cosa è successo, così la prossima volta che lo vedo gli do una bella strigliata.»

«Risparmiami la sceneggiata» replicò Cirillo allacciandosi il casco sotto il mento. «Lo so che siete amici per la pelle.» Si tirò su la cerniera della giacca.

«Posso darti un consiglio?» Alberto le si avvicinò lentamente. «Non devi prenderlo così sul serio. A volte dice cose che non pensa.» Si piazzò proprio davanti a lei e cercò il suo sguardo. «A giudicare dalla tua faccia hai bisogno di distrarti un po'.» Appoggiò le mani sul manubrio della Vespa senza curarsi del fatto che lei stesse già mettendo in moto. «Sai cosa? Ti preparo un cocktail» disse, e rientrò nel bar.

Cirillo lo guardò allontanarsi, e con un sospiro spense di nuovo il motore. Rimase sorpresa quando entrò nel bar dietro di lui dicendo: «Magari una spremuta d'arancia».

Alberto prese una bottiglia di Gin dalla mensola. «Hai avuto una brutta giornata, ma ormai te la sei lasciata alle spalle. Ora sei libera e ti meriti un bel Negroni. Il mio è famoso. Lo adorerai.» Lanciò in aria un'arancia, la riprese al volo e la divise esattamente a metà.

Cirillo lo guardò in silenzio spremere l'arancia e pensò che non aveva mai assistito, o forse soltanto di rado, alla preparazione di un cocktail da parte di un barman con mani abbronzate come quelle di Alberto, pur avendone osservati, in vita sua, di baristi al lavoro.

«Lo dico sempre: per un buon cocktail ci vuole tanta passione» disse Alberto. «Non mi credi?» Aprì una bottiglia di Campari. «Vuoi che te lo dimostri?»

«Adesso cambiamo argomento.» Cirillo appese il casco alla sbarra del bancone. «E dimmi cos'ha che non va il tuo migliore amico. È sempre così vigliacco? Abbiamo tutti gli elementi che ci servono su un piatto d'argento, ma siccome a lui non piacciono, si volta dall'altra parte.»

«Dimentica Erri.» Alberto le fece cenno con la mano di lasciar perdere e preparò due bicchieri. «Gli voglio bene come a un fratello, parola d'onore, ma della maggior parte delle cose non ha la minima idea.»

«E cosa significa?» Cirillo si ravviò una ciocca di capelli dietro l'orecchio. «Di cosa, ad esempio, non ha idea? Pensavo che il tuo Erri fosse perfetto.»

«Perfetto?» Alberto fece la faccia di uno che stava ormai per mettere tutte le carte in tavola. «Allora non hai mai assaggiato la sua pomarola.»

«Come, scusa?»

«Quando la preparo io la pomarola, metto in conto tre giorni di lavorazione. Minimo. Tre giornate intere. Quello sì che è un sugo, non te lo dimentichi più. Non come quello di Erri, che viene fatto al volo, come del resto tutto ciò che prepara lui in cucina. Nessuna passione! Non mi credi? Vieni a trovarmi, ti farò assaggiare una pomarola come non hai mai mangiato in vita tua. Come questo cocktail.» Mise un tovagliolino sul bancone e servì il Negroni con eleganza, come se fossero in piazza del Duomo a Milano invece che su un incrocio di Capri.

Cirillo lo sorseggiò, si passò la lingua sulle labbra, e Alberto, al quale per lo zelo era caduta sul viso una ciocca di capelli neri impomatati, la guardò carico di aspettativa.

Lei bevve con calma un altro piccolo sorso, assaporò il retrogusto amarognolo, posò il bicchiere e disse: «Chi è Silvia Lazzeri?»

«La figlia di Lorenzo» rispose Alberto. «Perché?»

«E chi è Lorenzo?»

«È il proprietario del ristorante giù a Gradola. Perché ti interessa?»

«E Silvia Lazzeri, sua figlia, cos'ha a che vedere con Elisa Constantini?»

«Non saprei. E nemmeno mi importa saperlo.»

«Perché siete sempre tutti così reticenti e riservati quando si parla dei vostri compaesani?» domandò Cirillo. «Elisa Constantini e Silvia Lazzeri dovevano essere legate da una profonda amicizia.»

«Probabile» rispose Alberto, «ma perché devo star qui a parlare di Silvia Lazzeri di Gradola quando ho davanti una donna stupenda, che se mi specchio nei suoi occhi mi si apre un mondo, e che però non mi fa nemmeno un complimento per il mio Negroni?»

Cirillo tamburellò con l'indice sul bancone. «Le domande qui le faccio io!»

«No» obiettò Alberto. «Al bando la poliziotta. Qui non sei in servizio.»

«Io sono sempre in servizio» obiettò Cirillo stringendo il bicchiere con entrambe le mani.

«Allora guardati intorno.» Alberto fece un passo indietro e allargò le braccia. «Il mondo ha così tanto da offrire, ci sono tante di quelle opportunità, ti basta soltanto coglierle.»

Cirillo finì di bere il suo cocktail, si pulì la bocca con il dorso della mano. «Io sono una poliziotta, e non mi faccio dire da nessuno come fare il mio lavoro. Men che meno da un pallone gonfiato come il tuo migliore amico Rizzi.» Prese il casco e si rivolse un'ultima volta ad Alberto. «Se Raffaella ha tentato di sbarazzarsi di Aurora Bellini, allora è lei la responsabile della morte di sua sorella.»

«Non capisco di cosa parli.» Alberto fece un bel sorriso.

Cirillo si avvicinò. «Ha mandato all'altro mondo l'ultima persona che le rimaneva in famiglia. E sai cosa significa?» Guardò Alberto negli occhi screziati di azzurro come il mare e alzò un dito. «La vita che Raffaella aveva, con la sorella, l'azienda e tutto ciò che ha costruito, sta per sgretolarsi.»

«Continuo a non capire» insistette Alberto. «Ma vai pure avanti. Quando parli così, potrei stare ad ascoltarti per ore.»

* * *

Arrivata a casa, Cirillo gettò la giacca della divisa sulla sedia, si sedette sul letto che scricchiolò sotto il suo peso come una branda del carcere, e nascose il viso fra le mani.

C'era freddo in camera. Se la signora Spirelli, quella vecchia megera, non le attivava il riscaldamento entro le successive ventiquattr'ore, Cirillo ci avrebbe pensato da sola, attaccando una stufa elettrica al massimo, giorno e notte, detraendo i costi della corrente dall'affitto.

Frugò nel comodino e trovò un pacchetto di sigarette aperto e i fiammiferi, poi si accorse che le tremavano le mani.

Fumò sul balcone, guardando il buio e credendo di udire il mare. Da qualche parte in quella direzione c'era la Svezia, Stoccolma, e laggiù, da qualche parte, c'era Oscar. Magari stava guardando il suo smartphone o gli occhi di una ragazza... oppure di un ragazzo. Che ne sapeva lei? Sapeva così poco di quel che accadeva nella vita di suo figlio, ma si augurava che fosse felice e che magari in quel momento pensasse un po' alla sua mamma. Lottò con le lacrime. La nostalgia fu come una coltellata in pieno petto.

«E dài, mamma» avrebbe detto Oscar in quell'istante. «Rilassati.» E probabilmente avrebbe avuto anche ragione. Spense la sigaretta.

La bottiglia di rosé stava ancora sotto il lavello, dove l'aveva messa insieme ai detersivi per i piatti. Per qualche settimana aveva resistito. Si versò un bicchiere di vino, ne bevve la metà in un sorso: era disgustosamente caldo. Riempì il resto con dell'acqua fredda e ripose la bottiglia. Era felice che fossero ripartiti anche gli ultimi villeggianti con cui doveva dividere la cucina. Prima che ripartisse la stagione, si ripropose di cercare qualcosa di decente, soltanto per sé, e di prendere un appartamento con una stanza in più per Oscar. Sperava che così sarebbe finalmente venuto a trovarla.

Si mise a scorrere sul cellulare l'elenco dei messaggi in arrivo. Si imbatté – per puro caso – in quelli di Davide, che dopo quella notte non aveva smesso di mandarle. Erano dodici i messaggi d'amore che aveva salvato e che in momenti di disperazione come quello erano come cioccolatini che le si scioglievano in bocca. Non aveva mai risposto, non voleva attaccarsi a storie che non avevano futuro, per evitare di soffrirci e pentirsene prima o poi. No, avrebbe conservato nel cuore solo il ricordo di quella notte.

Riprese la bottiglia, la finì e la fece sparire nel secchio della spazzatura come se non fosse mai esistita. *Adieu*, Davide. Peccato, quell'uomo era davvero simpatico. E per di più carino. Estroso, anche. Pieno di sorprese, non si poteva dire qualcosa di diverso di lui.

Si stese sul letto con la mente annebbiata, chiuse gli occhi, e tutto cominciò a girare… il che non era affatto piacevole. Avrebbe potuto abituarsi a quello stato, pensò, e all'improvviso non poté fare a meno di sorridere senza saperne il motivo, e un istante dopo ebbe di nuovo voglia di piangere.

Evidentemente si era addormentata, perché si risvegliò dopo qualche ora al suono del cellulare. Fuori si era già fatto giorno, e lei aveva ancora indosso la divisa. Cercò a tentoni quella bestiola molesta. Era Rizzi.

«Che cosa vuoi?» domandò dopo aver accettato la chiamata, spaventandosi per il suono rauco della sua voce.

«Devi venire subito in via Castiglione» disse Rizzi.

«Da Raffaella?» Cirillo si tirò su seduta sul letto. «Che cosa è successo?»

«Un altro morto.»

16

Dopo aver smontato dal servizio, Rizzi aveva provato a chiamare Raffaella la prima volta mentre andava agli orti in Vespa, con la tanica di alcol tra le gambe. E non aveva ottenuto risposta. La seconda volta quando con la cicoria, i pompelmi, le arance e i kiwi sottobraccio aveva aperto la porta di casa scavalcando scarpe da ginnastica, stivali da bambina e uno zainetto.

Mentre andava in cucina, aveva cercato su Google il numero fisso dell'azienda di Raffaella a Sorrento, Happy Fruits, e posata l'insalata sul lavello aveva dato un bacio a Gina, che con Francesca contava gli errori sul quaderno di scuola.

Quando ebbe trovato il numero, premette sul tasto "connetti" e andò in camera da letto. Non si era ancora tolto la giacca della divisa quando all'altro capo del telefono sentì la voce di Josh Wilcox: «Happy Fruits. Come posso aiutarla?».

Rizzi disse di voler parlare con Raffaella. Wilcox gli riferì che stava tornando da Capri e che presumibilmente era ancora sull'aliscafo.

«È meglio se prova a chiamarla sul cellulare» suggerì Wilcox.

«Nel caso tu la sentissi prima di me» disse Rizzi, «riferiscile che ho provato a chiamarla e che deve ricontattarmi.»

«Va bene, sarà fatto.»

Sotto la doccia, con il getto dell'acqua sulla nuca e sulle spalle, si accorse di quanto fosse teso. Se per l'arco di tempo in cui era stato commesso il crimine Raffaella non aveva un fottutissimo alibi, avrebbe dovuto arrestarla e informare Napoli, dove con tutta probabilità sarebbe stata tradotta. Avrebbe dovuto consegnarla alla squadra omicidi. Detestava anche soltanto l'idea, ma non c'era modo di sottrarsi al suo dovere.

Invece di uscire di nuovo e andare ad aspettare Raffaella al porto, Rizzi si era messo a cucinare decidendo di lasciarla in pace almeno quella sera, concedendole una breve tregua prima che l'intero corpo di polizia iniziasse a metterla sotto torchio.

Quella notte non riuscì a dormire. Nubi sottili e traslucide si muovevano in fretta nella pallida luce lunare, il fresco vento spazzava via le foglie. Le temperature notturne ora si avvicinavano ai dieci gradi. Incapace di prendere sonno, se ne stette seduto in terrazza a fumare e a bere vino bianco, domandandosi cosa avrebbe detto il vecchio Marcello di tutta quella situazione. Sarebbe stato fiero del tentativo di sua figlia di trovare la sua strada, o magari si stava già rigirando nella tomba perché le sue ultime volontà avevano innescato un'escalation di violenza?

* * *

L'indomani mattina si sarebbe lasciato velocemente alle spalle l'arresto di Raffaella Constantini. Il cielo sopra Capri era coperto di nuvole di un grigio intenso. Non si vedevano né la cima del monte Cappello né l'orizzonte: l'isola sembrava separata dal resto del mondo. Non c'era la terraferma, non c'erano navi in movimento, come se il mondo intorno a Capri si fosse ritirato.

Il cancello davanti al vialetto d'ingresso era aperto, l'auto di Raffaella parcheggiata accanto alla piccola scala. I sacchi dell'immondizia erano spariti dalle sedie da giardino, così come l'agrifoglio rinsecchito e il posacenere. Era tutto cosparso di foglie rosso fuoco, giallo chiaro e arancio, che il vento aveva strappato dai rami della vite selvatica.

La cucina era stata riordinata, non c'era alcun portatile, né bicchieri lasciati in giro né fogli sparsi sul tavolo.

«Raffaella?» chiamò.

C'era un tale silenzio che Rizzi cercò di non fare rumore per le scale... che sciocchezza. Al contrario, avrebbe dovuto pestare i piedi a ogni singolo passo perché lei lo sentisse. «Raffaella!» gridò ancora una volta. «Ci sei? Sono io. Enrico.»

La porta del bagno era aperta. Anche lì evidentemente nessuno aveva toccato niente. Si incamminò per il corridoio e bussò alla porta della camera di Raffaella. L'avrebbe forse strappata a un sonno profondo, ma non poteva fare diversamente. Era lì per ragioni di servizio, non in visita di piacere.

Si tolse il berretto, bussò più forte e in modo sempre più insistente. Non sapeva perché, ma gli batteva forte il cuore quando aprì con cautela uno spiraglio.

Un copriletto con disegnato un prato di fiori sparsi era sul letto, e non sembrava che ci avesse dormito qualcuno. Aprì le ante dell'armadio, perlustrò i ripiani della biancheria e l'asta appendiabiti, ma non sembrava che se ne fosse andata. Però non era in casa. Richiuse le ante dell'armadio con un tonfo. Sapeva che sarebbe arrivato. Wilcox l'aveva informata, e quindi si era data alla macchia. Lo aveva preso in giro. Ma se era un mandato di cattura quello che voleva, allora avrebbe ottenuto anche quello. Con tutto ciò che ne derivava.

Tornando indietro nel corridoio buio, aprì tutte le porte. Ovunque la solita scena: non c'era anima viva. La casa era completamente abbandonata, anche la stanza di Wilcox, e non sembrava nemmeno che qualcuno sarebbe rientrato presto.

Si avvicinò alla finestra e guardò il vialetto d'ingresso di sotto. Il cielo del mattino si era oscurato, e presto sarebbe piovuto. Magari con un po' di fortuna poteva arrivare alla stazione di polizia senza bagnarsi.

Scese le scale di corsa, attraversò la cucina e a un tratto ricordò di aver notato poco prima qualcosa di strano. Oppure se l'era soltanto immaginato?

Ritornò indietro, girò intorno al grande tavolo e varcò la porta che dava sull'ingresso con i gradini che portavano su al primo piano, mentre una scala ripida scendeva giù in cantina. E lì, in effetti, c'era qualcosa. Aveva visto giusto.

Si inginocchiò, raccolse da terra un paio di occhiali e tentò di ricordare dove avesse già visto quella montatura. Erano occhiali da vista, di colore nero, niente di speciale. A quel punto si sentì un rombo di tuono, segnale di inizio di un violento acquazzone.

Con gli occhiali in mano cercò un interruttore, ma non lo trovò; scoprì invece in fondo alle scale qualcosa che luccicava al buio, un paio di sneakers bianche.

Accese la torcia del cellulare, vide le gambe, un busto e una testa senza vita piegata penzoloni all'indietro sull'ultimo gradino.

* * *

Quando Cirillo arrivò, bagnata fradicia, c'era già il medico di guardia. Disse che il corpo ancora non si era del tutto raffreddato. Da un primo cauto esame poteva stimare che dal momento del decesso fossero passate due o tre ore al massimo. Quanto alla causa, almeno da come era distesa la vittima, poteva supporre che si trattasse della rottura dell'osso del collo. Dati più precisi li avrebbero forniti i colleghi di medicina legale di Napoli, che stavano già arrivando.

«Crede che sia caduto dalle scale da solo?» domandò Rizzi consegnando a Cirillo la carta d'identità che aveva trovato perquisendo il corpo della vittima. Josh Wilcox, nato a Manchester. Ventiquattro anni.

«Di testa?» Il medico di guardia scosse la testa perplesso. «Lo escluderei categoricamente. Qualcuno deve averlo spinto.»

Wilcox giaceva a terra con gli occhi chiusi e la bocca aperta come se avesse gridato. «Dov'è Raffaella Constantini?» domandò Cirillo furibonda. «Tiro a indovinare? Sparita senza lasciare alcuna traccia? L'avevo detto io che dovevamo starle addosso e metterla con le spalle al muro. E invece Wilcox ci ha preceduti.»

Il medico di guardia tacque atterrito, e Rizzi non disse niente. Era pallido come un lenzuolo.

Cirillo si chinò sulla vittima. Avrebbe voluto mettersi a piangere. Se non si fosse sottomessa agli ordini ricevuti e non avesse ceduto, probabilmente Josh Wilcox in quel momento sarebbe stato ancora vivo. Ma aveva tentennato, come tutti gli altri, soltanto perché aveva dubitato di ciò che era evidente: Raffaella Constantini aveva allentato il dado di serraggio dell'Ape per liberarsi di Aurora Bellini. Magari Wilcox l'aveva vista e, dopo aver rimesso insieme tutti i pezzi, aveva fatto quel che la polizia aveva invece trascurato, ovvero affrontare Raffaella. Ed era scoppiata una lite che aveva avuto esito fatale.

Rizzi disse di aver incaricato Teresa di informare l'ispettore Lombardi e la squadra omicidi di Napoli perché venisse emanato un mandato di arresto per Raffaella, sospettata dell'omicidio di due persone: sua sorella e il suo più valido collaboratore.

«E se fosse ancora da qualche parte sull'isola?» Cirillo seguì Rizzi in cucina, dove lui si lasciò cadere su una sedia.

«Tutto bene, agente?» domandò Savio preoccupato. «Vorrebbe magari un caffè?»

«Invece di preparare il caffè» disse Cirillo rivolta a Savio, «suggerisco che tu vada immediatamente al porto a cercare Raffaella e a chiedere ai marittimi e al personale della biglietteria se qualcuno l'ha vista salire a bordo e, se sì, su quale nave.»

Savio si rigirò il berretto in mano titubante, al che Cirillo disse: «Hai sentito cosa ho detto? Che cosa aspetti?».

«Credo di sapere dov'è» disse Rizzi all'improvviso. Si alzò. «Uno di voi rimanga qui a sorvegliare il luogo del delitto e non si muova finché non arriveranno i colleghi di Napoli.» Si calcò in testa il casco, aprì la porta e uscì sotto la pioggia battente.

Cirillo gli corse dietro. «Potresti coinvolgere anche me una volta tanto?» gridò. «Dove stai andando?»

«Monta» disse togliendo il cavalletto alla Vespa e mettendo in moto.

Non ci fu tempo di riflettere: Cirillo non si era ancora messa il casco e non aveva neppure trovato il poggiapiedi o un altro appiglio che Rizzi aveva già dato gas. Sarebbe caduta a terra se all'ultimo momento non fosse riuscita ad aggrapparsi alla cintura di pelle di Rizzi.

Era furiosa e tuttavia costretta a stringersi a lui come se fosse la sua donna. Senza badare alla forte pioggia e alle condizioni precarie della strada, Rizzi sfrecciò giù per via Castiglione, percorse via Roma passando davanti al bar Roxy, ma alla rotatoria non prese l'uscita per il porto come Cirillo si sarebbe aspettata, imboccò invece a tutta velocità la strada che portava ad Anacapri.

La carreggiata aveva ormai assunto le sembianze di un torrente, e mentre l'acqua la bagnava sino alle ginocchia, Cirillo pregava che gli pneumatici si mantenessero aderenti al suolo. Non vedeva niente, soltanto le spalle di Rizzi che la proteggevano un minimo dalla pioggia e dal vento sferzante sul viso. Mentre guardava il mare alla sua destra, simile a una massa indistinta color nero grigiastro schiumoso, dall'aspetto sinistro e impenetrabile, pensando che non avrebbe voluto morire in un incidente stradale su quell'isola di merda, aggrappata come una scimmia al suo collega di merda senza nemmeno sapere dove stessero andando, all'improvviso Rizzi girò di scatto il manubrio e prese la curva a sinistra, piegandosi così tanto da farle quasi toccare terra con il ginocchio.

Su per i tornanti sobbalzarono sulla Vespa da una buca all'altra. Con i pantaloni bagnati appiccicati alle gambe e la pioggia che la sferzava, anche se avesse urlato a Rizzi di fermarsi immediatamente e di farla scendere per proseguire a piedi ovunque fossero diretti, il vento le avrebbe spento le parole sulle labbra e Rizzi con il casco non avrebbe sentito niente. Così, invece di gridare, chiuse gli occhi e tenne la bocca chiusa cercando di farsi il più possibile piccola dietro la schiena di Rizzi.

A un tratto lui frenò e si fermò.

Il motore continuò a scoppiettare qualche istante, poi intorno si sentì soltanto il fragore della pioggia incessante.

A dieci metri da loro, dove finiva la strada, fra i sassi e gli arbusti, come piovuta lì dal cielo, videro una Vespa. Come Rizzi avesse intuito che Raffaella si sarebbe recata proprio lassù in mezzo al nulla restava per lei un mistero.

Rizzi mise la Vespa sul cavalletto e tolse le chiavi dal blocchetto d'accensione. Davanti era bagnato fradicio. Con il casco in testa avanzò a fatica affondando nel terreno, Cirillo dietro di lui. Sotto l'impermeabile stava al caldo. Non sapeva se fosse sudore o pioggia che le correva sulla fronte e sulle tempie e le gocciolava dal naso. Sentì le vesciche che le si stavano formando dentro gli stivali. Aveva imparato a condurre le indagini con mente lucida e sangue freddo, procedendo secondo logica, passo dopo passo e non inseguendo un collega alla cieca, senza un piano né una visione d'insieme. Cominciò lentamente a capire dove volesse andare. Si diresse verso la croce in vetta, che fra le pietre e i massi marcava il punto più alto dell'isola, ma lei, dannazione, non era una capra di montagna. Si fermò. Quel misto di rabbia, sforzo fisico e troppo ossigeno la mandò quasi in iperventilazione. Puntò le mani sulle ginocchia, riprese fiato e guardò in avanti.

Sotto la pioggia scrosciante c'era un unico luccichio davanti a loro, una luce abbagliante. Sul mare il cielo si stava aprendo. Con mano invisibile la coltre di nubi sembrò una coperta che, metro dopo metro, veniva arrotolata. Cirillo non credeva ai propri occhi. Vide emergere un blu intenso e il sole trasformare gradualmente il mare in un tappeto luccicante. Migliaia di luci iniziarono a danzare sulla superficie dell'acqua, mentre lassù sul monte Cappello, il secondo monte più alto di Capri, la pioggia scrosciava ancora.

Procedette nella direzione in cui era sparito Rizzi, scese in un avvallamento perdendo per poco di vista la croce in vetta sin quando, arrivata in cima, a neanche cento metri di distanza, fu vicina a uno scheletro arrugginito fatto di vari pezzi saldati fra loro, una scultura più che un simbolo cristiano, e lì accovacciato a terra c'era qualcuno. Raffaella.

Rizzi si era tolto il casco. Sotto la pioggia che si andava attenuando sembravano due sagome alla fine del mondo. Cirillo indugiò. Si sentì come un'intrusa, accidenti, una presenza invadente più che una poliziotta che svolgeva il proprio lavoro.

* * *

Rizzi posò la sua giacca bagnata fradicia sulle spalle di Raffaella. Fu un gesto goffo, ma non gli venne in mente di meglio per manifestare ciò che non sapeva esprimere a parole: orrore per un'escalation di violenza che avrebbe potuto evitare, e sollievo perché a Raffaella non era capitato nulla di male. Tremava, ma era incolume.

Da un lato c'era il golfo di Napoli, dall'altro il golfo di Salerno, e nel mezzo la penisola sorrentina con la costiera amalfitana. Dopo la tempesta il cielo era limpido, sgombro dalle nuvole, come se al mondo tutto fosse perfetto, senza nessuna disgrazia, nessun crimine, nessun dado allentato, nessun liquido dei freni sottratto e nessuno improvvisamente morto in fondo alle scale di una cantina.

Rizzi si accucciò accanto a Raffaella e disse: «Non mi ricordo proprio quand'è stata l'ultima volta che sono venuto quassù.» Doveva essere passato un secolo da allora, probabilmente c'era venuto insieme a Matilda, quando all'epoca, al tramonto del sole, aveva deciso di chiederle di sposarlo. Si era immaginato tutta la scena in modo estremamente romantico, ma poi erano arrivate le nuvole, e del tramonto non avevano visto più nulla.

In silenzio seguirono con lo sguardo un aliscafo in viaggio da Ischia verso Procida.

«È stato lui» disse a un tratto Raffaella. «A manomettere i freni dell'Ape.»

«Chi, Josh Wilcox?» Rizzi la guardò sorpreso.

«E sai quando l'ho capito?» Raffaella ricambiò il suo sguardo. «Dopo che la tua collega, l'agente Cirillo, è stata da noi ieri. Quando se ne è andata, Josh ha iniziato a comportarsi in modo molto strano. Invece di festeggiare per la riuscita del video grazie al quale ciascun crowdfarmer potrà andare sul nostro sito e osservare da casa il proprio limone, se n'è completamente disinteressato. A cose normali, avrebbe dovuto fare anche lui i salti di gioia. Capisci?» In preda ai brividi, Raffaella si strinse la giacca di Rizzi sulle spalle. «Da diverso tempo ormai aveva sposato il mio progetto, il mio sogno, e con il suo approccio pacato e analitico mi aveva sgombrato il campo da ogni ostacolo. Da quando è entrato a far parte della nostra squadra, due anni fa, non abbiamo fatto altro che progredire. Quello con Mugele era l'ultimo grosso problema sul nostro cammino, e Josh voleva risolvere anche quello. L'ho capito ieri notte.»

«Che tipo di problema hai con Mugele?» domandò Rizzi.

«Nessuno» rispose Raffaella. «O almeno nessuno che non si possa risolvere. Abbiamo sempre lavorato bene con i Bellini, e stiamo cercando una nuova formula dalla quale ognuno possa trarre il proprio tornaconto economico. Ma per una cosa del genere ci vuole tempo, soprattutto dopo così tanti anni in cui non si è più messo nulla in discussione.»

Raffaella rifletté come per trovare le parole giuste. «Simon Mugele» continuò, «rappresenta gli interessi dei Bellini in modo molto aggressivo. Ed è giusto così. È persino suo dovere, al suo posto farei anch'io come lui. Ma per Josh certe cose sono difficili da comprendere, e ancor più difficili da accettare. Per questo non facevo altro che ripetergli: Josh, stanne fuori.»

«Gli hai parlato del tuo sospetto?» domandò Rizzi. «Lo hai messo alle strette accusandolo di aver manomesso i freni dell'Ape provocando la morte di Elisa?» Rizzi scosse la testa sconcertato. «Non avresti dovuto farlo. Inventarti teorie simili e servirtene per attaccare Josh Wilcox. Questo è il mio lavoro. Avresti dovuto lasciar fare a me.»

«Sì, hai ragione» disse Raffaella a bassa voce, «ma in quel momento non ci ho pensato. All'improvviso ho visto tutto con chiarezza. Gli ho subito telefonato. Ha risposto immediatamente. Tipico di Josh. Sempre a disposizione.» Aveva i brividi. «Ha detto che anche lui mi stava per chiamare. Questa è la sua forza: dai a Cesare quel che è di Cesare. Non appena si è reso conto che le cose si mettevano male per lui, è subito passato dall'altra parte della barricata spacciandola per propria. Questo lo si impara in qualunque seminario da manager, ma lui ce l'aveva nel sangue, credo.»

«Lo ha confessato?» domandò Rizzi.

«Confessato?» Raffaella rise amaramente. «Confessare avrebbe implicato ammettere di aver commesso un errore. E Josh Wilcox non commette errori. Non li fa perché pondera sempre tutto attentamente. Ma stavolta non ha pensato proprio a tutto. Ha fatto male i conti.»

«Raffaella, ti è chiaro cosa è successo? Josh Wilcox è morto. È a casa tua rotolato in fondo alle scale che portano in cantina. Raffaella, che cosa è successo?»

Lei sembrò non sentirlo o non volerlo sentire. Si guardò le unghie delle dita. «Gli ho chiesto di raggiungermi» proseguì in tono pacato, «perché quel che avevo da dirgli, il mio sospetto, non potevo comunicarglielo al telefono. Si è subito detto disponibile, ha preso la prima nave e poco dopo le sette e mezza del mattino era alla mia porta.» Raffaella guardò in lontananza. «Mi sono sforzata di restare calma» disse, «però mi conosci. Nel giro di pochi istanti ho cominciato ad aggredirlo e a rinfacciargli tutto. Il fatto di essere sgattaiolato dai Bellini e di aver manomesso i freni dell'Ape per liberarsi di Mugele, gesto assolutamente folle che io non gli ho mai chiesto di compiere. E l'ho anche accusato di avere sulla coscienza Elisa.» Guardò Rizzi di sottecchi. «Si è spinto troppo oltre. Ha perso il senso della misura, superando ogni limite. Ecco, guarda.» Si tirò su le maniche. Aveva lividi sui polsi e sulle braccia. «Mi ha afferrata come se volesse tapparmi la bocca. Non pensavo che avesse tutta quella forza. Ho avuto paura, sul serio. "Non sai di cosa parli" ha gridato. "Hai perso la testa." È stato orribile.»

«Avresti potuto morire» disse Rizzi. «A quest'ora potresti esserci tu in fondo alle scale della tua cantina con l'osso del collo spezzato.»

Raffaella si soffiò il naso. «Ha cercato di cambiare le carte in tavola. Era pieno di odio. Ha detto che lui avrebbe fatto qualsiasi cosa per l'azienda, persino vendere l'anima, e che io invece avrei rovinato tutto quello che avevamo costruito. Mi ha afferrata, mi ha afferrata così, Erri.» Raffaella si massaggiò i polsi. «Dovevo ammetterlo, ripeteva in continuazione che dovevo ammetterlo. Ma io non sapevo assolutamente di cosa stesse parlando; ho provato a farlo ragionare e a calmarlo, ma non ha funzionato.» Si coprì il viso con le mani. «E all'improvviso ecco la scala dietro di lui.» Alzò la testa e fissò il mare. «Non so più se sono stata io a spingerlo. Volevo soltanto liberarmi della sua presa. Lui si è voltato, ha visto le scale e ha allentato la stretta. Io mi sono divincolata spingendolo via da me. Capisci, Erri? Gli ho dato una spinta. L'ho fatto rotolare giù per le scale.» Scoppiò in lacrime. Rizzi le mise una mano sulla spalla. «È stata legittima difesa.»

«No, Erri» pianse. «Volevo che morisse. L'ho fatto per Elisa.»

All'improvviso si avvicinò Cirillo. Rizzi non si spiegava da dove fosse sbucata, dove fosse stata sino a quel momento e se avesse sentito tutto. Si era completamente dimenticato della sua presenza.

«Credo» disse Cirillo, «che lei non ci stia dicendo tutta la verità, signora Constantini. Sta mentendo.»

Sorpresa, Raffaella alzò lo sguardo. «Ma di cosa parla?»

Cirillo fece un altro passo in avanti. «Crede davvero che Josh Wilcox fosse in grado di manomettere i freni di un'Ape? Io francamente ne dubito.»

«Certo che era in grado di farlo» ribatté Raffaella piccata. «Non è poi così difficile allentare un dado di serraggio. Sappiamo tutti come si fa.» Guardò Rizzi in cerca di aiuto. «Josh voleva liberarsi di Simon Mugele. Lo ha fatto per me, in un accesso di follia. E questo è tutto, non ho nient'altro da aggiungere.»

«Che cos'ha in mano Simon Mugele che può costituire una

minaccia così grave per lei e per la sua azienda?» domandò Cirillo.

«La faccenda è complicata» rispose Raffaella in modo evasivo. «Ho un impegno con lui. Per vari motivi.»

Cirillo estrasse dalla tasca interna della giacca la cartellina di plastica trasparente con il foglio a quadretti. «È questo il motivo?» Cirillo mostrò a Raffaella il foglio con le ultime volontà di suo padre. «Essere stata obbligata da suo padre, quando è morto, a rifornire i Bellini di limoni a un prezzo scontato?»

«Dove lo ha preso?» Raffaella sembrò più stupita che spaventata.

«Dal fascicolo Bellini nel suo ufficio» disse Cirillo. «Wilcox mi ha sorpreso a sfogliarlo. Così gli ho inventato una storia su presunte irregolarità nel bilancio della vostra azienda, forse è per questo che ha perso le staffe, mi dispiace. Mi serviva semplicemente un po' di tempo per capire meglio la rilevanza di quel documento autografo di suo padre.»

«Non sapevo nemmeno che quel foglio esistesse ancora.»

«Ne è proprio sicura?» Cirillo ripose la cartellina di plastica dentro la giacca. «Ho la netta sensazione che voglia affibbiare a Wilcox la colpa di qualcosa di cui invece è lei la sola responsabile. Non era Simon Mugele che voleva eliminare ma Aurora Bellini, la donna che lei odiava per aver saputo manipolare suo padre in modo così astuto, imponendogli persino le ultime volontà. Magari è stata Aurora stessa a dettargliele. Era lei che, forte di quell'accordo che le toglieva la terra di sotto ai piedi, doveva sparire di circolazione.»

«Lei è pazza, straparla» disse Raffaella. «Sopravvaluta completamente il significato di quel pezzo di carta pieno di assurdità.»

«Raffaella Constantini, la dichiaro in arresto per l'omicidio di Josh Wilcox e per essere sospettata di aver manomesso i freni dell'Ape di Aurora Bellini rendendosi così responsabile della morte di sua sorella.»

17

I colleghi di Napoli erano arrivati con l'autopattuglia dell'ispettore Lombardi, e appoggiati al cofano si stavano facendo qualche selfie con il mare sullo sfondo. Quando spuntarono Rizzi e Cirillo, andarono loro incontro, presero Raffaella, le girarono le braccia dietro la schiena e, abbassandole la testa, la caricarono sul sedile posteriore.

«Bel lavoro, agenti» disse uno dei due in vena di complimenti, mentre l'altro, quello più basso, fissava Cirillo come se non avesse mai visto una poliziotta dalle gambe lunghe.

Chiusi gli sportelli, misero in moto e in pochi secondi sgommarono via sul terreno bagnato schizzando fango. Rizzi tenne lo sguardo fisso sull'autopattuglia e sugli stop che si illuminarono un'ultima volta prima di sparire dopo l'incrocio.

Cirillo abbassò il cappello sulla testa e domandò: «Perché credi che Raffaella sia innocente?».

«Che cosa significa innocente?» Rizzi chiuse il vano portaoggetti e asciugò il sellino. «Si dichiarerà colpevole per la morte di Josh Wilcox. Ma con l'Ape non c'entra niente.» Si mise il casco e lo allacciò. «Conosco Raffaella da molti anni. Se ci fosse lei dietro la morte della sorella, a quest'ora lo avrebbe già confessato. Puoi scommetterci. Sarebbe stata un fiume in piena. Ma non è andata così. È stata assolutamente sincera, di conseguenza ne sono certo: lei non c'entra.»

* * *

Quando Rizzi ripartì con la Vespa, ricominciò a piovere. In cielo si formò di nuovo una coltre di nubi fitta e impenetrabile, e come sempre quando il sole nascondeva i suoi colori, l'isola più bella del mondo si trasformava in una terra desolata. Le case erano state costruite ovunque senza un criterio, deturpando il paesaggio, e senza i fiori rigogliosi delle bouganville, degli oleandri e degli ibischi non si poteva più sperare che la natura, con la sua bellezza, rimettesse tutto a posto.

L'acqua veniva giù a catinelle, il bus doveva essere lì da un momento all'altro ma non arrivava, e il ricovero sotto il quale Cirillo si era rifugiato offriva poco riparo. Aveva due possibilità: restar lì a inzupparsi o correre al prossimo negozio e inzupparsi ugualmente. Prese in considerazione la terza possibilità e, in preda a un impulso istantaneo, fermò un taxi che le passava accanto e ci salì sopra di corsa.

«Buongiorno, agente Cirillo» la salutò il tassista quando lei piombò sul sedile del passeggero tirandosi dietro lo sportello con le due mani come a chiudere fuori una belva inferocita.

Non conosceva il tassista, o almeno, nella concitazione del momento, non le venne in mente chi potesse essere, tanto più che gli uomini con il volto abbronzato e segnato dalle intemperie, che si riunivano in gruppetti nel tempo libero, sembravano tutti uguali, anche perché a partire dal primo novembre circa indossavano più o meno tutti lo stesso berretto di lana.

«Allora?» La guardò in attesa. «Dove vuole che la porti?»

«Al ristorante Da Lorenzo.» Cirillo si scostò dal viso i capelli bagnati. «Conosce il locale?»

«Ottima scelta» annuì l'uomo. «Fanno degli arancini particolarmente buoni. Ma non credo che sia aperto.»

«Di questo non si preoccupi.»

Il tassista procedette a venti chilometri all'ora, mentre il tergicristallo andava a tutta velocità e la strada scompariva nel diluvio. Cirillo gli fu grata di non farle domande, non le chiese niente della sua vita privata né le raccontò niente della propria o cercò di impressionarla con la sua abilità nella guida; al contrario condusse il taxi in modo coscienzioso e prudente in mezzo al temporale.

Cirillo si appoggiò allo schienale pensando a quanto fosse comoda quella situazione per Raffaella Constantini. Josh Wilcox era morto, e ora poteva affibbiargli la colpa di ciò di cui lei era responsabile. Cirillo era convinta che fosse stata Raffaella a manomettere i freni dell'Ape, e non avrebbe permesso che Josh Wilcox diventasse il suo capro espiatorio.

Sentiva ai piedi un tepore gradevole, e quando l'autista mise la freccia, Cirillo si rese conto all'improvviso che era la stessa strada percorsa da Elisa Constantini la notte dell'incidente, e che magari proprio lì, su quella curva, si era accorta che qualcosa non andava: l'Ape aveva continuato ad accelerare in discesa nonostante i freni tirati. Disperata aveva iniziato a sfarettare, e al buio Rizzi le era andato incontro sulla sua Vespa nella speranza di salvarla e di riuscire in qualche modo a fermare il veicolo.

Ecco l'ultima curva. Era successo lì.

Il tassista frenò, e piegato sul volante sussurrò: «Madonna santa».

Davanti a loro l'Ape capovolta, anzi, ciò che ne rimaneva, ovvero ancor meno di quel che Cirillo aveva creduto di vedere tre giorni prima tra le rocce. L'abitacolo in pratica non c'era più, era infatti talmente schiacciato che si stentava a credere che lì dentro ci fosse stato il corpo di una persona. Mentre per qualche imprevedibile ragione la superficie di carico sul retro era rimasta completamente integra.

Videro l'autogrù con il lampeggiante acceso e un poliziotto con il braccio teso e la paletta che intimò loro l'alt. Era Matteo Savio.

Cirillo abbassò il finestrino. «Non ci posso credere» esclamò. «Finalmente va in scena il recupero del relitto?»

Savio, con l'acqua che dalla tesa del berretto gli scorreva in piccoli rivoli sull'impermeabile, una mano sul tetto dell'auto e il tono autoritario di chi dirigeva l'operazione, disse: «Per ora procede tutto bene. L'Ape verrà imbarcata oggi stesso per Napoli. Come Raffaella. È vero? Ho sentito dire...»

«Dopo» lo interruppe Cirillo.

Savio annuì e salutò il tassista accanto a Cirillo: «Ciao, Michele. Tutto bene?».

«Tutto bene, ragazzo mio» rispose il tassista. «L'agente Cirillo vuole andare da Lorenzo. Ce la facciamo a passare?»

«Nessun problema.» Savio batté un colpo sul tetto dell'auto e disse a Cirillo: «A proposito, credo che Raffaella sia innocente. Insomma, è pur sempre una di noi». E riprese a camminare a fatica nella pioggia, alzando la paletta e dirigendo il traffico.

* * *

Il ristorante Da Lorenzo era cinquecento metri dietro il luogo dell'incidente. La facciata di legno, i gerani arruffati alle finestre e la grondaia rotta gli conferivano l'aria di una baracca in stato di abbandono. Non c'era la luce accesa all'interno, ma nella semioscurità si mosse un'ombra che sgusciò via dalla finestra e sparì nel retro.

Alla porta d'ingresso nell'atrio era appeso un cartello decorato con una ghirlanda colorata: "Auguri, zio Edoardo!" I tavoli erano stati avvicinati alla finestra in un allestimento a festa con posate, bicchieri e tovaglioli. Da qualche parte, probabilmente in cucina, c'era una radio accesa.

«Buongiorno!» gridò Cirillo.

La tenda a quadri dietro al bancone era stata tirata da parte liberando la vista su un corridoio con casse di bibite e una porta a vento da cui si entrava in cucina. A sinistra si vedeva l'ufficio, la cui porta con la targhetta "Privato" era spalancata e metteva ben in vista la scrivania – illuminata da una lampada da ufficio – con sopra una cassetta per i soldi.

«Ehilà?» gridò Cirillo, ma nessuno rispose; ebbe anzi l'impressione che alzassero il volume della musica in cucina. «Ma non è possibile» bisbigliò, facendo il giro del bancone, bussando alla porta dell'ufficio e aprendo la porta. «C'è qualcuno?»

Sulla parete con pannellature in legno erano appese pin-up in posa a seno scoperto, con mutandine striminzite e tacchi alti. Una patina copriva il calendario e il poster accanto alla finestra con l'inferriata, sul quale era raffigurato lo skyline notturno di New York.

Cirillo prese la cassetta dei soldi, con la chiave infilata nella serratura, mentre in cucina una voce femminile iniziò a intonare il ritornello della canzone:

Mi chiede come va, come va, come va
Sai già come va, come va, come va

Cirillo urtò con la spalla la porta a vento con la targhetta "Accesso vietato". La donna al piano di lavoro le dava le spalle, al ritmo della musica iniziò a muovere i fianchi cantando:

Volevi solo soldi, soldi
Come se avessi avuto soldi, soldi
Lasci la città ma nessuno lo sa
Ieri eri qua, ora dove sei, papà

«Mi scusi se la disturbo.» Cirillo posò rumorosamente la cassetta dei soldi sul tavolo accanto ai vasi di basilico. «È lei Silvia Lazzeri?»

La giovane donna si voltò sorpresa. Aveva l'impasto e la farina sulle dita, una forchetta in mano e sul grembiule, a caratteri cubitali, la scritta "Ragazzi, a tavola!".

«Sì, sono io» disse.

«Posso?» Cirillo si aprì la cerniera della giacca. «Avrei potuto prendere la sua cassetta dei soldi e portarmela via tranquillamente!»

«Oh, santo cielo» sbottò la giovane donna.

«A quel punto sareste corsi alla stazione di polizia a gridare al ladro.»

«La rimetta subito a posto» disse Silvia Lazzeri. «O a papà prenderà un colpo.» Continuò a ritagliare gli gnocchi dall'impasto e a rigarli con i denti della forchetta. Rapidamente mise uno gnocco dietro l'altro sulla tavola impolverata di farina e disse senza guardare Cirillo: «È qui per la mia richiesta?».

Cirillo chiese di poter spegnere la radio, e quando la musica cessò, rispose: «Sono qui proprio per questo. Voleva fare una deposizione?».

«Volevo parlare con Enrico» disse Lazzeri piccata. «Che cosa c'è? Non ha tempo per me?»

Cirillo osservò il viso morbido, le guance arrossate, il leggero doppio mento e disse: «Mi dispiace, dovrà accontentarsi di me».

«Ma io non voglio.» Lazzeri arrossì. «E a ripensarci bene, non è poi così importante.»

«Adesso mi ascolti attentamente.» Cirillo si avvicinò. «Punto primo: Elisa Constantini è uscita di strada a circa mezzo chilometro da qui perdendo la vita perché qualche pazzo ha allentato il dado di serraggio e ha sottratto il liquido dei freni. Punto secondo: il veicolo incidentato è l'Ape di Aurora Bellini, che vive sotto lo stesso tetto di Simon Mugele, il quale, punto terzo, aveva una relazione intima con Elisa. Questa la situazione quando lei ha chiamato e detto di voler rilasciare una dichiarazione. Se dunque ha qualcosa da dire, la dica adesso.»

Silvia Lazzeri si era voltata, le tremavano le spalle.

«Che cos'ha?» domandò Cirillo allarmata.

«Povera Elisa» disse singhiozzando. «Se soltanto le avessi detto resta dove sei, ci incontriamo domani, forse a quest'ora sarebbe ancora viva! E invece...»

Cirillo prese dal tavolo la carta assorbente da cucina e ne strappò due fogli. «Si calmi» disse, «e mi racconti che cosa è successo.»

La giovane donna si soffiò il naso.

«Mi ha chiamata.»

«Quando?»

«Domenica notte. Direi verso le undici e mezza. Pensavo che fosse a Benevento, e invece era sull'isola.»

«Che cosa voleva?»

«Parlando a bassa voce, mi ha detto: Silvia, posso venire da te? E io: in che senso? Ora? E lei: sì, ora. Subito.» Lazzeri tirò su col naso. «Aveva le idee chiare e sapeva cosa fare. Okay, ho detto, vieni.»

«E poi?»

«Niente.» Silvia Lazzeri guardò Cirillo sconcertata. «Non è venuta.»

«Ha idea di cosa volesse dirle Elisa?»

«No.» Silvia Lazzeri sospirò. «Elisa spesso era terribilmente volubile. Oggi convinta di qualcosa, il giorno dopo guai a parlarne.»

«Si trattava della sua gravidanza?»

«Ne è al corrente?» Lazzeri era sorpresa. «In realtà voleva tenere la cosa per sé ed era intenzionata ad abortire. L'appuntamento era fissato per il lunedì a Benevento. Ma adesso mi viene da pensare che avesse cambiato idea.»

«Voleva lasciare suo marito?»

«Adesso la smetta!» Lazzeri iniziò ad agitare le mani. «Le ho sempre detto: Elisa, nessuno ti ama alla follia come Mario. Pensa bene a quello che fai. Ma lei...» Le salirono di nuovo le lacrime agli occhi.

Cirillo posò lo sguardo sulle pentole che bollivano e su una zuppiera con della crema bianca, tra pacchi aperti di farina, zucchero e cacao, e domandò: «Tutto qui quello che voleva dichiarare?».

«In realtà volevo sapere se fosse vera la storia dei freni e dell'Ape che aveva qualcosa fuori posto.» Appallottolò i fogli di carta assorbente che aveva in mano.

«Sì, è tutto vero» disse Cirillo.

«Ma chi può aver fatto una cosa simile?» domandò Lazzeri allibita.

«Ci sono alcune teorie sul caso, e c'è un arresto» disse Cirillo. «E se lei sa qualcosa che può tornare utile alle nostre indagini, se Elisa gliene ha fatto anche soltanto un accenno, di qualunque cosa si tratti, lo dica. E mi raccomando, se dovesse ricordarsi un dettaglio che l'ha colpita, la prego di informarmi.»

«Non saprei.» Lazzeri sembrò riflettere. «Con Elisa era tutto un casino. Mario si era accorto che aveva un altro, e a un tratto era diventato particolarmente premuroso. E infatti Elisa non sembrava più così convinta di volerlo lasciare per Simon Mugele. E poi, come se non bastasse, è rimasta anche incinta.» Prese il canovaccio che Cirillo le stava porgendo. «Grazie» disse.

«Da quanto tempo conosceva Elisa?»

«Siamo andate a scuola insieme.» Lazzeri si guardò intorno come se stesse cercando qualcosa. «Perché?»

«Ha mai sentito parlare di un incidente capitato a Simon Mugele?» domandò Cirillo.

«Incidente?» Lazzeri scosse il capo.

«Ha quella grossa cicatrice sulla gamba.»

«Ah, quella. È stata Raffaella.»

«Come, scusi?»

«Sì, Raffaella.»

«Intende proprio Raffaella Constantini? Sa che cosa è successo?»

Silvia Lazzeri fece la faccia di una che avrebbe preferito rimangiarsi quel che aveva appena detto: a un tratto sembrava spaventata. «Non lo so» balbettò. «Ma è così importante?»

«Sì» disse Cirillo irritata. «È importante. Deve dire tutto quello che sa.»

«Dev'essere stata Elisa una volta a dire qualcosa in proposito.» Lazzeri alzò le mani. «Ma per caso, e poi sarà passato un secolo da allora. Adesso non mi ricordo tutti i dettagli della storia. Insomma, quanti anni avevamo allora? Quindici?»

«Ne ha mai fatto cenno a Elisa o a Raffaella?»

Lazzeri scrollò la testa.

«E con Mugele ne ha mai parlato?»

«Quello neanche lo conosco.» Gli occhi di Lazzeri si riempirono di nuovo di lacrime. «Mi è sempre sembrato inquietante.» Gesticolò agitata. «E non lo dico perché sono razzista.» Dopo essersi soffiata il naso, disse in tono malinconico: «Era sempre tutto così folle con Elisa. Senza di lei niente sarà mai più come prima».

Quando Cirillo uscì dal ristorante, aveva smesso di piovere.

Prese il cellulare, fece il numero del tassista che l'aveva accompagnata sin lì e disse: «Michele? Sono in via Grotta Azzurra. Ce la facciamo ad arrivare al porto per prendere l'aliscafo delle 14.30 per Sorrento?».

18

Dopo aver lasciato la collega alla fermata del bus, Rizzi affrontò a velocità sostenuta le curve che conducevano ad Anacapri in modo da arrivar lì il prima possibile.

Non parcheggiò la Vespa davanti alla casa di Aurora Bellini, in traversa Caposcuro, ma in vicolo Portico. La via stretta fra la proprietà dei Marchetti e il terreno delle sorelle Benzoni finiva, come aveva detto Mugele, nella sterpaglia recintata con un buco nella rete. Rizzi non avrebbe mai pensato che la proprietà dei Bellini arrivasse sin lì. Elisa Constantini faceva quel sentiero tutte le volte che sgattaiolava di nascosto nella camera di Simon Mugele. E anche Mugele per tanti anni si era servito di quel sentiero per introdursi in casa di Anna Bellini, dove i due, al riparo da occhi indiscreti, avevano iniziato la loro relazione. Ma si trattava di un passato ormai lontano.

Senza essere visto dalla strada, passando in mezzo ai limoni, Rizzi arrivò alla scala di pietra dove fino a poco tempo prima Aurora Bellini era solita parcheggiare l'Ape. Salì i gradini, infilò le mani tra le sbarre del cancello, girò la chiave nella serratura e lo aprì.

Sotto il pergolato c'erano ancora le sedie coperte di foglie, dove lui e Cirillo si erano seduti con Aurora Bellini tre giorni prima, lunedì, alla ricerca di un indizio per capire perché qualcuno avesse pianificato un simile attentato, e del perché su quell'Ape fosse salita proprio Elisa Constantini. Aurora Bellini non aveva saputo dare spiegazioni.

Rizzi non si diresse verso il passaggio dove la scala esterna portava al primo piano da Aurora Bellini, ma uscì dal sentiero davanti alla cisterna, ritrovandosi poco dopo all'estremità opposta della casa, dove c'era una porta di legno aperta.

Era lì la scala di legno di cui aveva parlato Mugele, quella che portava al piano superiore, direttamente in camera sua. Sotto la scala, accanto a una lavatrice, c'erano stivali di gomma, décolleté, sneakers e più avanti, coperto in parte da una tenda, un ripiano di vecchie bottiglie di varia misura con vecchi tappi a vite ammaccati, dove probabilmente le donne Bellini un tempo avevano imbottigliato il loro primo Limoncello. Dietro l'angolo trovò altre cianfrusaglie: mastelli, botti, un torchio per olive, attrezzi da giardino ormai inservibili, vecchie sedie. I Bellini buttavano via ancor meno roba dei Rizzi.

Nel silenzio gli parve di udire voci riecheggiare stranamente in lontananza, come provenissero dall'Aldilà, pensò. Alzò lo sguardo sul soffitto a volta dello scantinato, sugli archi costruiti ad arte pietra su pietra. Sopra c'erano stanze abitabili. Si avvicinò al muro, dove c'era una poltrona di vimini rotta, con un cuscino, sopra, e un tavolino con una candela annerita. Appoggiò l'orecchio alla colonna, probabilmente un vecchio tubo del riscaldamento ormai inutilizzato.

«... ma io voglio andare in Africa» risuonò lontano una voce, come da un altro mondo, una voce di bambino, presumibilmente quella del piccolo Jordan. «Voglio andare a trovare gli elefanti.»

La voce cupa di un uomo, quella di Simon Mugele, disse: «E alla nonna, qui, chi ci bada poi? A questo non ci ha pensato il tuo elefantino Giacomo, vero?».

Quelle voci vennero soffocate da alcuni rumori, uno sferraglio come di bussolotti.

Rizzi decise di salire su da Mugele a informarlo dell'arresto di Raffaella, quando dall'altro lato della cantina si affacciò Aurora Bellini: «Ciao, Erri» disse. Aveva la voce spezzata e al tempo stesso molto energica. Ma nella luce rarefatta che penetrava dal vetro di una finestra coperta di ragnatele non vide nessuno. Soltanto scatole di cartone, casse di compensato e sacchi. A guardar bene, però, uno dei sacchi che vedeva era in realtà una lunga gonna nera con una sciarpa di lana anch'essa nera, lavorata a maglia, avvolta intorno alla testa e alle spalle esili di Aurora. L'anziana donna sedeva su uno sgabello, immobile come un pezzo d'inventario.

«L'ho saputo» disse. «Tornando da fare la spesa, Xenia mi ha messa al corrente delle ultime novità.» Aurora parlava con voce sprezzante. «Aveva i nervi a pezzi, ho dovuto rispedirla subito a casa.» Scosse la testa sdegnata. «Hai visto se ha avviato almeno la lavatrice?»

«La lavatrice» ripeté Rizzi guardando nella direzione da dove era entrato, «credo che sia ferma.»

«Xenia invecchia a vista d'occhio» constatò Aurora Bellini. «Bisogna sempre controllarla e ripeterle le cose almeno tre volte.» Sospirò. «Sai, Erri, le seccature non finiscono mai.»

«In realtà ero venuto a darvi la notizia di persona.» Con il piede Rizzi spostò di lato uno scatolone e si avvicinò. «Ma ovviamente il passaparola mi ha preceduto anche stavolta.»

Aurora fece una smorfia come se avesse appena addentato

un limone della concorrenza. «Prendi uno sgabello e siediti.»

Non appena Rizzi si fu seduto accanto a lei, Aurora iniziò a dire: «Tu sei un buon poliziotto. Vito può andar fiero di te. Ma c'è una cosa che devo dirti: aver arrestato Raffaella Constantini e averla tradotta a Napoli» scosse il capo con aria di biasimo, «è una sciocchezza. Lei non ha fatto niente di male.»

«Ha spinto un suo collaboratore giù per le scale» disse Rizzi, «probabilmente nella concitazione di una lite. L'uomo è sospettato di aver allentato il dado di serraggio dell'Ape e di aver sottratto il liquido dei freni.»

«Sul serio?» domandò Aurora sorpresa. «E perché lo avrebbe fatto? Neanche ci conosce.»

«Non potrà più dircelo ormai» asserì Rizzi. «È morto. Raffaella in questo momento è sotto interrogatorio a Napoli. Così stanno le cose. Ma non sono qui per questo. C'è un'altra ragione.»

«Qualunque cosa sia successa» Aurora strinse la mano a pugno con gesto combattivo, «i Constantini e i Bellini resteranno uniti.»

«Fammi finire di parlare.» Rizzi si avvicinò trascinando lo sgabello. «Mi devi una spiegazione. Perché non mi hai detto che tuo genero Simon aveva una relazione con Elisa Constantini? Insomma, ci lambicchiamo il cervello per capire come mai sia salita sull'Ape di notte, e tu non dici neanche una parola su quella storia. Questo è intralcio alle indagini di polizia. Per cui ti chiedo di vuotare finalmente il sacco. Che cosa sai? Cos'altro ci hai tenuto nascosto?»

Aurora guardò Rizzi con volto inespressivo. «Simon ed Elisa Constantini avevano una relazione?» Scosse il capo divertita. «Non ne sapevo niente.»

«Raccontalo a qualcun altro» disse Rizzi spazientito. «Chi vuoi che ti creda?»

«Adesso finiscila, ragazzo mio.» Aurora appoggiò una mano sul ginocchio e si sporse in avanti. «Ciò che fa Simon in privato non mi riguarda. Sono affari suoi. Gli ho detto chiaramente che, finché non rischia di mandare l'azienda a sbattere contro un muro e finché mi aiuta a provvedere al bambino, io non mi intrometto nella sua vita privata. E rispetto la parola data. Non mi interessa chi va e viene dalla sua camera... davvero, Erri. Presumo che non si tratti soltanto di Elisa Constantini. Ma, come ho appena detto, non voglio saperne niente. È normale che abbia delle storie. Non è mica fatto di legno.»

«C'è un'altra cosa.» Rizzi si tolse il berretto. «In un fascicolo nell'ufficio di Raffaella abbiamo trovato un documento del vecchio Marcello. Le sue ultime volontà, scritte di proprio pugno, prive di autenticazione notarile, tipico di Marcello. In quel foglio dispone che per tutta la tua vita tu abbia diritto a uno sconto del venti per cento sull'intera produzione di limoni dei Constantini.»

«Conosco quel documento» ammise Aurora annuendo.

«E quindi?»

«Raffaella non si è mai attenuta alle volontà del padre.»

«Non lo ha fatto?» domandò Rizzi stupito.

«Ovvio che no.» Aurora alzò lo sguardo al soffitto. «Il mio caro Marcello» disse. «Mi ha concesso quello sconto in un momento in cui ero con l'acqua alla gola. Sì, ci sono stati anche tempi difficili. Non è sempre tutto oro quel che luccica. Ho impiegato parecchio ad ammortizzare l'investimento del nuovo capannone, mi serviva liquidità per allestire il parco macchine, e al contempo gli interessi aumentavano... ma che importa. Il guaio è che avevo fatto il passo più lungo della gamba. A un certo punto non sapevo più come andare avanti, e ho pensato che fosse arrivato il momento di vendere. Paolo Moretti, quello sciacallo, era già pronto ad approfittarsi della mia situazione. Ma poi sono riuscita a riportare il carro fuori dal fango, e Marcello mi ha aiutata. Quando non avevo più nessuno... Marcello era lì al mio fianco. E ha voluto assicurarsi che dopo la sua morte non dovessi più ritrovarmi senza via d'uscita. Gliene sono ancora debitrice. È il gesto che conta. Ma, mio caro Enrico» alzò il dito, «Raffaella non ha niente da regalare. Nessuno lo capisce meglio di me. E noi abbiamo sempre trovato un modo per trarre ciascuno il proprio vantaggio. L'hai visto con i tuoi occhi, no? Il negozio funziona. Da quanto mi ha detto Simon, ci sei stato e l'hai visitato da cima a fondo. E ora dimmi.» Aurora si raddrizzò sullo sgabello, come se proprio allora venisse il bello. «Che ne pensi? Ti ha fatto vedere la nuova linea di riempimento? Sai quanto ci è costata? Indovina.»

«Alt. Un momento, per favore.» A Rizzi frullò in testa qualcosa. «Mi stai dicendo che tuo genero ha più relazioni e che probabilmente Paolo Moretti mira ancora alla vostra azienda? O è ancora tutto fumo e niente arrosto? No, Aurora, tu adesso devi starmi a sentire.» Rizzi si alzò. «La squadra omicidi di Napoli giungerà alla conclusione che è stato l'inglese Josh Wilcox a manomettere i freni dell'Ape, dopo di che il fascicolo verrà chiuso. Di questo sono certo come del fatto che mi chiamo Enrico. Tuttavia, credo che Josh Wilcox sia innocente. A uno straniero come lui, che non conosce bene l'Ape, non viene certo in mente di allentare un dado di serraggio. Dev'esser stato qualcuno dell'isola. E se il vero colpevole è ancora a piede libero, colpirà di nuovo, e chi sarà il prossimo a farne le spese? Appiccherà un incendio? Manometterà la Vespa? Quel che intendo dire, e che ti ostini a non capire, è che voi tre – tu, Simon e Jordan – siete ancora in pericolo di vita.»

«Solo a pensarci» disse Aurora con voce cupa, «finisci con l'impazzire. Ed è proprio a questo che punta il colpevole. Capisci? Qualcuno là fuori vuole distruggerci. Ma io non lo permetterò.»

«E questo che cosa significa?» domandò Rizzi. «Che ti sei finalmente decisa a collaborare?»

Aurora scosse ostinatamente la testa. «Continuare a scavare nel passato... a cosa serve, me lo spieghi? Quel che è successo, è successo. Che ti piaccia o no, Erri, non intendo assolutamente lasciarmi turbare, e nemmeno Simon.»

«Ma che razza di logica è mai questa?» sbottò Rizzi. «Due persone sono morte, e ciononostante voi insistete a far finta che non sia successo niente?»

«Se dovesse capitarmi qualcosa» disse Aurora Bellini, «Simon può farcela anche senza di me. Ne sono certa. Finora ce l'ha sempre fatta, non si lascerà cacciare di nuovo. Difenderà con le unghie e con i denti tutto ciò che ha conquistato con fatica.»

«E se capitasse qualcosa al bambino?» disse Rizzi. «Hai preso in considerazione anche questa possibilità?»

Fuori si sentì il tintinnio di una chiave per dadi. «Maledizione!» gridò Simon Mugele sul vialetto d'ingresso. Si sentì sferragliare. «Te l'ho detto un migliaio di volte: non devi giocare con la cassetta degli attrezzi!»

Mentre si sentiva rovistare nella cassetta, alle spalle di Rizzi si aprì la porta d'ingresso, e dallo spiraglio fece capolino

Jordan. Indossava pantaloni corti, una maglietta e un finto berretto della polizia troppo grande per lui.

Rizzi si scostò il suo berretto dalla fronte. «Ultimamente siamo diventati colleghi?» domandò.

Jordan imitò titubante il gesto di Rizzi, scostandosi anche lui il cappello dalla fronte, quando dietro di lui spuntò Simon Mugele.

«Agente» disse, lasciando intuire dal tono di non essere particolarmente lieto di rivederlo. «Da dove sbuca così all'improvviso?»

«Dal cancello del giardino.» Passando accanto a Jordan, Rizzi uscì nel vialetto d'ingresso, dov'era parcheggiata la Vespa. «In realtà ero venuto semplicemente per comunicarvi che Raffaella è stata arrestata e che il suo collaboratore è morto. Ma sapevate già tutto.»

«Raffaella è innocente» si affrettò subito a dire Simon Mugele. «Dovete rilasciarla.»

«Gliel'ho detto anch'io.» Aurora Bellini si era alzata dallo sgabello e d'un tratto sembrò completamente vulnerabile. «Non possiamo più aiutarti, Erri. Stai soltanto sprecando il tuo tempo.»

Rizzi raccolse una vite da terra e la posò sulla sella di cuoio della Vespa. «Dopodomani è sabato» disse. «Avete già pensato a come andrai al cimitero senza l'Ape? Con la Vespa? Montando dietro a Simon?»

Aurora si mise le mani sui fianchi. «Questa, mio caro Enrico, è davvero l'ultima delle mie preoccupazioni.»

«Susciterebbe un bel po' di scalpore» disse Rizzi, «se, proprio ora che la figlia di Marcello è morta e l'altra è stata arrestata, tu saltassi la visita alla sua tomba al cimitero. È mai successo in passato? Per il colpevole – o la colpevole – probabilmente sarebbe già una piccola vittoria: Aurora Bellini costretta a cambiare le sue abitudini.»

Aurora Bellini non replicò, guardava il cielo assorta nei pensieri, come se fosse da tutt'altra parte.

Rizzi aprì il cancello, uscì fuori in traversa Caposcuro e si richiuse la porta alle spalle, talmente forte che poterono sentirlo in tutto il vicinato.

19

Cirillo arrivò con l'aliscafo nel porto di Sorrento. Il collega Andrea Izzo, che aveva contattato più di un'ora prima, era pronto ad attenderla. Contrariamente al loro primo incontro di due giorni prima, fu molto più gentile e si comportò da gentiluomo, tenendole aperto lo sportello dell'autopattuglia e informandosi su come stesse e sul corso delle indagini. Cirillo lo liquidò con frasi di circostanza. Non voleva essere sgarbata, ma non aveva nemmeno voglia di chiacchierare, tuttavia Izzo non sembrava in alcun modo farci caso. Mentre percorrevano la superstrada, disse che non era originario di quelle parti ma del Nord, e più precisamente della Valle d'Aosta, e che la gente del posto, testarda e dall'orizzonte limitato, gli dava fortemente sui nervi.

Cirillo non rispose, diresse invece lo sguardo sui pendii coperti di reti nere e verdi, sotto le quali maturavano milioni di limoni, e ritornò con la mente al mistero della ferita di Simon Mugele, la cicatrice alla gamba di cui, secondo Silvia Lazzeri, era responsabile Raffaella Constantini. Nessuno voleva parlarne, nemmeno Mugele. Cosa avevano da nascondere lui e Raffaella Constantini? Quale storia li accomunava? O forse era proprio quella vicenda che li separava? Una persona soltanto probabilmente era in grado di darle le risposte che cercava. Ragionando su una possibile domanda con cui rompere il ghiaccio, Cirillo pensò all'eventualità che la situazione diventasse pericolosa o finisse addirittura per degenerare, ma alla fine giunse alla conclusione che, come sempre, la cosa migliore fosse fidarsi del proprio istinto.

Quando l'agente Izzo si fermò davanti al cartello "Happy Fruits", affermò che precisione, affidabilità e incorruttibilità erano i principi a cui si ispirava, e che ben presto lo avrebbero ripagato. In effetti, stava già aspettando una promozione che sarebbe arrivata a breve.

«Congratulazioni» disse Cirillo ringraziando e scendendo dall'auto. Prima che se ne andasse, il collega le propose di prendere qualche volta un caffè o di andare a mangiare qualcosa insieme. Una gita a Capri non gli sarebbe affatto dispiaciuta.

«Vedremo» tagliò corto Cirillo, poi richiuse lo sportello e, senza voltarsi, si incamminò per il sentiero sterrato.

Con l'ultima pioggia il glicine sotto il pergolato aveva perso quasi tutte le foglie. Le persiane erano sbarrate, ma al piano terra dietro alla tenda di perline la porta d'ingresso era aperta.

«C'è qualcuno in casa?» Cirillo entrò camminando lungo a una serie di stivali di gomma e gridò: «Polizia! C'è nessuno?».

Sul grosso tavolo nella stanza c'erano diversi portatili, fascicoli e documenti, come se ci fosse stata una perquisizione. Ma non c'era anima viva.

«Ehilà!» gridò di nuovo.

Si sentì un rumore, come una sedia spostata a scatti. Cirillo guardò nell'angolo dietro la scala.

Sarah Neumann e Jerôme Dubois erano seduti con i loro smartphone e le cuffie alle orecchie al tavolo di cucina, e Sarah

Neumann sembrava che avesse pianto. Entrambi alzarono lo sguardo sorpresi.

«Perché non rispondete?» domandò Cirillo.

«Che cosa vuole ancora?» Neumann incrociò le braccia al petto con atteggiamento ostile, mentre Dubois l'accolse con un: «È un bene che sia arrivata». Si tolse le cuffie. «Quando rilasceranno Raffaella?» domandò con voce rauca.

«Non deve chiederlo a me, mi spiace» rispose Cirillo. «Il caso ora è passato sotto la giurisdizione di Napoli.»

«Fantastico» sbuffò Neumann, e Dubois le mise una mano sul braccio per rabbonirla. Ma lei se lo scrollò di dosso e riprese a dire agitata: «Lei arriva qui e rovina tutto. Ma non se ne rende conto? Joshy è morto e Raffaella è in prigione». Cercò le parole adatte, poi esplose: «Come faremo ora ad andare avanti? Sa dircelo lei, per caso?».

«Dov'è Renato?» chiese Cirillo.

Dubois fece un gesto con la mano come per dire che non ne avevano idea, e con un braccio cinse la vita della tedesca per consolarla: non smetteva più di singhiozzare.

«Senza Joshy... siamo fregati» disse piangendo e gridando dietro a Cirillo: «Che ne direbbe di un po' di umana compassione? O forse la polizia italiana non conosce quest'espressione?»

Cirillo scese giù per il pendio cercando di ricordarsi in quale angolo della limonaia aveva incontrato Renato. Erano passati due giorni da allora. Vide i secchi nelle forcelle, i punti luce sul muschio, ma forse aveva sbagliato strada subito all'inizio.

«Renato?» gridò.

In risposta un uccello spiccò il volo allontanandosi. Si arrampicò senza sapere dove andare su per i gradini di una terrazza rialzata, camminò sotto le reti in mezzo a limoni troppo cresciuti e superò varie scale di alluminio gridando: «Renato?». Ma ebbe come l'impressione che la voce venisse assorbita dal fogliame e che l'orto provvedesse a suo modo a mantenere il silenzio.

Svoltò a destra, affrontò un pendio in salita e perse definitivamente l'orientamento in quel labirinto di limoni. Inciampò in alcune radici, cambiò terrazza e all'improvviso si trovò in una zona completamente diversa.

Dalle targhette con i nomi sotto gli alberi si rese conto di essere arrivata nella zona dei crowdfarmer provenendo dal lato opposto. Dopo aver camminato per un tratto, trovò il tavolo pieghevole e qualche metro più avanti Renato. Era seduto su una sedia con il busto in avanti, i gomiti sulle ginocchia, la testa bassa, come se non fosse in mezzo ai limoni ma nella sala d'aspetto di un medico.

«Si sente bene?» gridò Cirillo già da lontano.

L'uomo alzò lo sguardo, fece gli occhi a fessura, ma non sembrò né felice né irritato di vederla.

«La rilascerete presto, vero?» domandò quando Cirillo gli fu davanti un po' a corto di fiato.

«Si riferisce a Raffaella?» Cirillo si infilò la camicetta nei pantaloni, si tolse il berretto e si dette una sistemata ai capelli. «Sono qui proprio per questo» disse. «Dipende proprio da lei.»

L'uomo sembrò confuso. «Da me?»

«Mi dica semplicemente la verità.»

La guardò con aria stanca. «E io che ne so? Se vuole sapere qualcosa, deve rivolgersi ai giovani.» Accennò in direzione della casa. «Tedeschi, belgi, inglesi o di dovunque siano, hanno preso il timone da tempo qui. Io so soltanto una cosa.» Si raddrizzò sulla sedia. «Raffaella è innocente. Dovete rilasciarla.»

Cirillo si accovacciò accanto a lui. «Intendevo dire un'altra cosa» precisò. «Vorrei sapere cosa è successo all'epoca in cui Mugele lavorava ancora qui come raccoglitore di limoni. Parlo della cicatrice sulla gamba, voglio sapere come se l'è procurata. Perché tutti si rifiutano di parlarne?»

Renato fece un gesto come a voler accantonare l'argomento. «Ancora con quella vecchia storia? Ma la smetta.»

«No, non la smetto. Lei è l'unico che già all'epoca lavorava qui e sa come è andata. Marcello è morto, Raffaella è in stato di fermo. È giunto il momento di parlare.»

L'uomo non disse niente, limitandosi a fissarla con sguardo inespressivo.

«Lo so» riprese Cirillo, «che Raffaella Constantini ha qualcosa a che vedere con la ferita di Simon Mugele. Che cosa ha fatto?»

Renato si passò una mano sul volto solcato da rughe come se iniziasse lentamente a prendere coscienza del significato e della portata di quella vecchia storia. Si alzò e iniziò a riflettere, e senza dire una parola lasciò lì Cirillo e si incamminò giù per il sentiero da dove era arrivata lei.

«Si fermi» gli gridò dietro Cirillo sorpresa. «Aspetti. Non abbiamo ancora finito.»

L'uomo si chinò a sollevare un secchio, lo appese all'albero e proseguì per la limonaia.

«La prego, si fermi!» gridò ancora Cirillo. «O ha forse paura? Non può più tacere semplicemente perché all'epoca è stato Marcello a ordinarglielo.» Corse dietro a Renato furibonda. «Non ha più senso ormai. Marcello è morto, Elisa è morta,

Raffaella è stata arrestata con l'accusa di omicidio. Cos'altro deve succedere ancora?»

Renato non rispose, e fingendo di essere sordo continuò ad andare avanti.

«Vuole che tutto quello che Marcello ha costruito con lei vada distrutto?» gridò Cirillo. «La prego, lei qui è l'ultimo a spegnere la luce.» Lo afferrò da dietro per una spalla, costringendolo a fermarsi e a guardarla negli occhi. «È quello che vuole? Sul serio vuole questo?»

Renato socchiuse gli occhi e alzò lo sguardo al cielo come se da lassù il vecchio Marcello potesse suggerirgli la risposta. O forse stava soltanto pensando che non avrebbe voluto avere niente a che fare con tutto quello schifo.

Cirillo lo seguì senza sapere dove stesse andando o se volesse mostrarle qualcosa. Con lo sguardo incollato al suolo, Renato camminava a fatica ma così risoluto da dare l'impressione di aver preso una decisione dalla quale non si sarebbe tirato indietro. Lei si limitò ad andargli dietro scendendo per il sentiero, sempre dritto attraverso la limonaia, sin quando all'improvviso non svoltò dietro a una siepe e sparì.

Cirillo indugiò cercando di capire perché si comportasse in quel modo. Sbirciò attraverso i cespugli e vide una fossa, alcune pietre ammucchiate e una capanna fatta di assi con appoggiati un piccone e diverse pale.

Renato iniziò ad armeggiare a un chiavistello che non era così facile da aprire. Dopo qualche martellata riuscirono a oltrepassare il cancello. Nella semioscurità comparve un'Ape, un modello vecchissimo con un solo faro rotondo. La carrozzeria era macchiata di ruggine e il parabrezza incrinato da una crepa.

Renato sgombrò le casse di limoni, aprì lo sportello del passeggero, scivolò sul lato del conducente e accese il motore, che all'inizio rantolò, poi tossì e infine iniziò ad avanzare a singhiozzi, mentre tutto intorno si diffondeva odore di benzina.

«Venga» la sollecitò con un gesto della mano. «Salga su. O preferisce fare marcia indietro?»

Non appena Cirillo si fu seduta ed ebbe richiuso lo sportello, l'Ape partì con uno scatto. Sul fondo c'era un buco grosso come un pugno da cui si poteva vedere la strada. L'abitacolo era stretto, le braccia e le gambe si toccavano, sentiva il calore del corpo di Renato, il suo odore e un profumo di limone di cui erano impregnati la camicia di flanella e i capelli.

La strada portò a un vicolo, e il vicolo a un bivio che immetteva nella carreggiata principale. Cirillo ebbe la sensazione che Renato guidasse con il piede premuto sull'acceleratore, forse a causa della rabbia e della sua determinazione. Provò a reggersi, ma non c'erano appigli. Il suo timore era di fare troppa pressione con il corpo sullo sportello e di venir scaraventata fuori. Si immaginò Rizzi e Lombardi torcersi le mani domandandole perché, per la miseria, dopo tutto quello che era successo, fosse salita di sua iniziativa su quel rottame consegnandosi a un pazzo che, a giudicare da come guidava, non aveva più niente da perdere. Le venne subito in mente il tragitto infernale di Elisa Constantini e, in preda al panico, a quel punto si domandò se avesse appena commesso il più grave errore della sua vita.

«Dove stiamo andando?» chiese sforzandosi di sembrare calma mentre chiudeva gli occhi a ogni curva. «C'è ancora molto?»

Renato non rispose e prese la curva successiva alla massima

velocità. Quando con un gran fracasso lasciò la strada principale, Cirillo avrebbe avuto voglia di gridare e strappargli il volante di mano, ma un istante dopo si rese conto che la situazione era sotto controllo. Proseguì imperterrito fra buche e pozzanghere fino in fondo al sentiero qualche centinaio di metri dopo. L'Ape si fermò scoppiettando sotto un gruppo di alberi e infine si spense con un ultimo rantolo rauco.

La prima impressione di Cirillo fu quella di essere approdata in una discarica. C'erano lì intorno due rottami di auto di cui una completamente carbonizzata. C'erano reti arrugginite, materassi ammuffiti e pezzi di metallo e di cartone che un tempo dovevano esser stati armadi o mensole.

Quando scese dall'Ape, ancora contratta per la tensione e la scomodità, Renato era già sparito all'interno della baracca, un edificio basso e fatiscente tra la discarica e la strada. Ammesso che lì un tempo ci fossero state finestre vere e proprie, il vetro era stato sostituito con pellicola di plastica, ma in modo piuttosto posticcio, e la porta era così storta che probabilmente non si chiudeva.

Nella semioscurità si sentiva odore di umido e di muffa. Dal soffitto pendevano vecchi fili per il bucato e su uno di quelli oscillava un panno grigio per le pulizie.

Al di là di una tenda bucata si entrava in una stanza che faceva da cucina, soggiorno, camera da letto e ripostiglio. Accanto ai materassi sventrati e ceste che probabilmente erano serviti per sedersi, c'erano stoviglie ammaccate, un fornello sporco e un tubo della stufa. Mancavano alcune assi dal pavimento, e in un angolo sembrava esserci stato un incendio.

«Dove siamo?» chiese Cirillo.

«I raccoglitori di limoni vivevano qui» spiegò Renato. «Non

è sempre stato in queste condizioni, almeno non all'inizio. Volevamo portarci anche la luce e l'acqua corrente, ma poi non l'abbiamo mai fatto.» Guardò un buco nel soffitto e dette un calcio a una cassa rovesciata. «Se vuole sapere la mia opinione, è iniziato tutto sotto una cattiva stella.»

«Di che parla?»

Renato le girò le spalle e, rivolto alla parete, disse: «Voleva sapere cos'è successo allora».

Cirillo si avvicinò. Ciò che a prima vista poteva sembrare una carta da parati ingiallita era in realtà una serie di ritagli di giornale. La foto al centro mostrava un furgone rovesciato mezzo distrutto. Forse quello dietro l'edificio. La data indicava che l'incidente era avvenuto quattordici anni prima.

«Che cosa rappresenta?» domandò Cirillo. «E chi lo ha attaccato qui al muro?»

«Credo che siano stati i raccoglitori che un tempo lavoravano per noi, magari Simon Mugele stesso. Come protesta silenziosa o per non dimenticare, non saprei.» Renato lasciò vagare lo sguardo sulla parete. «Erano anni che non ci mettevo più piede, e questa carta da parati l'ho scoperta soltanto parecchio tempo dopo, quando gli uomini se n'erano già andati.» Renato si infilò le mani nelle tasche dei pantaloni. «Questa storia è un capitolo buio. Lo sanno tutti, anche Raffaella. Sebbene con lei non ne abbia più riparlato. Nemmeno Simon ha più speso una parola sull'argomento. Come se fra lui e Raffaella ci fosse un accordo segreto. Legga» disse a testa bassa. «Qui c'è tutto quello che vuole sapere.»

Cirillo andò al muro, e illuminandolo con la torcia del cellulare lesse riga per riga. Raccontava di un minibus che a grande velocità era uscito di strada precipitando nella scarpata. Un bracciante somalo era rimasto ucciso nell'incidente, mentre un ghanese aveva riportato gravi ferite. Gli altri sedici passeggeri del bus – omologato in realtà per otto persone – se l'erano cavata con un bello spavento, qualche graffio e qualche livido.

«Il ghanese in questione era Simon Mugele?» domandò Cirillo. «La cicatrice alla gamba se l'è procurata in quell'incidente?»

«Questa informazione non l'ha avuta da me» disse Renato.

Cirillo continuò a leggere. Il minibus, diretto all'alloggio dei raccoglitori, stava tornando dai campi dove gli uomini lavoravano per Marcello Constantini. Impossibile stabilire se alla guida del veicolo ci fosse la figlia, Raffaella Constantini, perché i braccianti non avevano rilasciato alcuna dichiarazione, né avevano parlato con i giornali delle loro condizioni lavorative. La voce secondo la quale ricevevano venti euro al giorno di paga da cui venivano detratti i costi di vitto, alloggio e trasferimento ai campi non aveva mai trovato conferma ufficiale.

Mentre osservava la foto sul giornale con il minibus quasi completamente distrutto, Cirillo pensò che se era vero, come si diceva, che la responsabile della cicatrice di Mugele era Raffaella, allora non poteva che esserci stata lei alla guida del veicolo coinvolto nell'uscita di strada. Era lei ad avere sulla coscienza l'incidente e le sue tragiche conseguenze. Ma perché Mugele non aveva sporto denuncia?

Cirillo era assorta nelle sue riflessioni, cercava di capire la possibile dinamica dell'incidente. «C'è una cosa che mi deve spiegare» disse voltandosi, ma Renato era sparito.

Uscì dalla baracca e vide che anche l'Ape non c'era più.

20

Rizzi si sentì scrollare la spalla bruscamente. Trasalì. Gina era china su di lui, e dalla mimica della faccia si capiva che stava trattenendo il fiato.

«Che cosa c'è?» All'improvviso era sveglissimo.

Gina si portò un dito sulle labbra. «C'è qualcuno» sussurrò.

Rizzi si mise in ascolto. Niente. Silenzio assoluto. Non era giorno ancora. Guardò l'orologio. Le quattro e mezza.

«Hai sognato» bisbigliò attirando Gina a sé, dopo di che si sentì un tonfo, come se qualcuno bussasse alla porta con entrambi i pugni.

«Siete sordi?» Era la voce della madre di Rizzi. «Enrico, svegliati. Su, muoviti!»

Rizzi imprecò scalciando via la coperta, a malapena si infilò i boxer in corridoio e spalancò la porta di casa.

Il raggio di luce della torcia tascabile lo colpì in pieno viso. «Ma che vi succede?» domandò Marta stizzita. «Avete preso un sonnifero?»

«È successo qualcosa a papà?» Allarmato, Rizzi fece per scansare sua madre e precipitarsi di sotto. «Hai chiamato il dottore?»

«Tuo padre sta bene» disse abbassando la voce. «Fuori c'è qualcuno.»

«E chi dovrebbe esserci?»

«Non ne ho idea. Prendi la pistola. E sbrigati! Quello ci tira i sassi!»

«Alle vostre finestre?»

«Che cosa aspetti?»

Tornò in camera da letto, si infilò i pantaloni della tuta e il vecchio golf senza dire una parola. Gesticolò quando Gina chiese preoccupata: «Che cosa è successo?».

In preda al panico Marta fece luce intorno a sé con la torcia, fermandola più volte sulla persiana di Francesca e tornando poi a illuminare il viso del figlio.

«Dalla a me.» Rizzi le tolse la torcia di mano. «Così sveglierai anche la bambina.» Scese le scale imbattendosi in suo padre in pigiama nel cortile che, armato di pala, aspettava davanti al cancello e sembrava pronto a tutto.

«Sparisci, papà» disse Rizzi. «Vai di sopra.»

«Non lo avete ancora arrestato quel pazzo di Benevento?» domandò Vito irritato. «Sai chi intendo, quello che ha spaccato la faccia al raccoglitore di limoni dei Constantini. Se proprio vuoi saperlo, non avresti dovuto rimetterlo in libertà. Chiama i tuoi colleghi» disse quando Rizzi aveva già la mano sulla sicura della pistola. «Non andare là fuori da solo, Enrico. Mi senti? Te lo proibisco...»

Rizzi fece luce dallo spiraglio della porta. Due occhi di gatto scintillarono nel buio, per il resto non c'era anima viva.

Fece capolino, uscì in strada, e un istante dopo con la coda dell'occhio vide un'ombra.

«Non volevo spaventare nessuno» disse Simon Mugele.

«Ma sei impazzito?» Rizzi afferrò l'uomo per un braccio.

«Come ti salta in mente di aggirarti intorno casa mia nel cuore della notte?»

«Non volevo chiamare la stazione di polizia» si difese Mugele. «E il numero che mi ha dato Aurora...» L'uomo era completamente fuori di sé. «Devi aiutarmi» sbraitò disperato. «Jordan, mio figlio...»

«Cosa gli è successo?»

«È sparito.» Mugele stava quasi per piangere. «Non è più nel suo letto. Non so che sia successo. Ma non c'è più.»

Rizzi guardò Mugele incredulo, aveva la fronte imperlata di sudore, gli occhi rossi e tremava tutto. Gli mise un braccio sulla spalla e lo accompagnò al cancello. «Entra» disse. Gli indicò il vialetto davanti a loro e le scale che salivano al piano superiore.

Vito ripose la pala e li precedette andando a informare Marta, che nel frattempo si era messa un cardigan sopra la camicia da notte e aspettava in ansia sul pianerottolo: «È Simon Mugele» disse Vito. «Suo figlio è sparito.»

«Sparito?» Marta si mise una mano sul fianco. «Che cosa significa? Qui sull'isola non sparisce nessuno.» Fece strada a Mugele dalla porta di casa fino in cucina. «Siediti» disse.

«Quando ti sei accorto che non c'era più?» domandò Rizzi mentre Marta smontava la moka e Mugele si sedeva al banco della cucina.

«Verso l'una e mezza. Ero andato a controllare che fosse coperto bene. Il lenzuolo, la coperta e il cuscino erano sul pavimento, e il letto...» A Mugele venne meno la voce. Si schiarì la gola e con voce roca continuò: «Sono corso subito da Aurora. Lo abbiamo cercato ovunque».

«Che cosa indossava?» Rizzi prese il cellulare.

«Il pigiama. Turchese con gli elefantini rossi. E manca un golf. Beige.»

«Quanti anni ha Jordan?» domandò Rizzi. «Cinque?»

«Cinque e mezzo.»

«Sono io» disse Rizzi al telefono. «Abbiamo bisogno di tutta la squadra al completo. Di chiunque sia disponibile. È sparito un bambino. Jordan, il figlio di Simon Mugele, dalla casa di Aurora Bellini in traversa Caposcuro ad Anacapri.» Descrisse il bambino e ordinò: «Cercate in tutte le vie e in tutti i vicoli. A cominciare da traversa Caposcuro».

Marta mise la moka sul tavolo. Rizzi disse: «Riflettiamo con calma. Dove potrebbe essere andato?».

«Ci siamo lambiccati il cervello tutta la notte» sbottò Mugele, massaggiandosi nervosamente le mani.

«Ha un luogo preferito?» domandò Rizzi. «Una grotta, un nascondiglio, magari una casa sull'albero?»

Mugele guardò sul tavolo in cerca di qualcosa. «Ho già perlustrato i soliti posti in casa e fuori, nel terreno di proprietà e nei dintorni. E più di una volta. Anche Aurora si sta scervellando per capire dove possa essersi cacciato. Ma finora non è servito a niente.»

«Potrebbe averlo rapito qualcuno» borbottò Vito. «Il tizio che vi ha messo fuori uso l'Ape. Magari ora si è preso anche il bambino.»

«Chi potrebbe fare una cosa del genere?» chiese Mugele. «E perché? Per chiedere un riscatto?»

«Qualcuno vuole distruggervi.»

«Avete litigato?» domandò Rizzi.

«Magari è andato dal suo migliore amico» intervenne Marta mentre versava il caffè nelle tazze.

«Ha un migliore amico?» domandò Rizzi.

Mugele scrollò la testa. «Sta sempre attaccato alle gonne della nonna.» Guardò con aria cupa la tazza che Marta gli mise davanti. «Se gli succede qualcosa» bisbigliò, «impazzirò dal dolore.»

«Vedrai che lo troveremo.» Rizzi controllò i messaggi in arrivo sul cellulare. Oltre a Savio si fecero vivi anche Gatti e Cirillo, che stava andando in traversa Caposcuro. Rizzi guardò Mugele un po' pensieroso. «Non diceva di voler andare in Africa?»

«Giusto» confermò Mugele sorpreso.

«Sa dov'è il porto?»

«Certo.» Mugele si batté la fronte. «Perché non ci ho pensato prima: come nella storia del topolino.»

«Quale topolino?» domandò Rizzi.

«Quello che sale a bordo di una grossa nave da clandestino.» Mugele si alzò. «A Jordan piace quella storia. Gliel'abbiamo letta e riletta almeno un migliaio di volte seguendo la rotta del topolino sull'atlante.»

* * *

Nemmeno quindici minuti dopo Rizzi era già sulla Vespa con Mugele dietro in sella, in direzione Marina Grande. Arrivati a destinazione, si fermò davanti alla biglietteria che era ancora chiusa a quell'ora. Il primo aliscafo per Napoli sarebbe salpato nel giro di un'ora.

Attaccarono i caschi al manubrio e si guardarono intorno. C'erano in giro soltanto due cani che vagabondavano per il molo, alcuni passeri sulla grondaia sopra il bar Espresso e alcuni piccioni che beccavano a terra davanti alla saracinesca abbassata per il resto non si vedeva anima viva.

Cercarono in spiaggia fra gli scogli, controllarono i vicoli e l'accesso alla funicolare, anche quella ancora chiusa, e andarono al porto degli yacht.

Sul Vesuvio cominciava già ad albeggiare. La luce fioca del nuovo giorno iniziava a diffondersi senza che di Jordan si fosse trovato traccia. E aumentava il timore, anche per Rizzi, che al bambino potesse esser capitato qualcosa di brutto. Rizzi provò a nascondere il suo nervosismo simulando di avere tutto sotto controllo, ma mentre si muovevano con gli occhi aperti in cerca di Jordan, lui scorreva i messaggi sul cellulare. Del bambino nessuna traccia.

Il personale del porto e della nave, così come quello della funicolare, disse Rizzi in tono rassicurante, era stato avvisato per primo dalla centrale, ed era già stato diramato l'identikit del bambino con tutte le informazioni del caso. Al più tardi avrebbero preso Jordan nel momento in cui si fosse incamminato sulla passerella per salire sulla nave. Era proprio quello il vantaggio di stare su un'isola, nessuno in pratica poteva lasciarla sfuggendo ai controlli, disse Rizzi... sperando di non sbagliarsi. Perché ovviamente c'erano nascondigli ovunque, questo lo sapeva anche Mugele. E se un bambino fosse riuscito a introdursi su una barca diretta a Napoli o da qualsiasi altra parte, a quel punto le ricerche si sarebbero fatte difficili. Ma Rizzi non voleva nemmeno pensarci. Anche perché l'isola era piena di pericoli come scogli, scarpate, fosse e terreni scosceso.

Al momento non restava altra scelta se non quella di controllare dal molo tutto quello che succedeva al porto, ma più passavano le ore e più gente arrivava, più diventava difficile registrare ogni movimento.

Rizzi stava riflettendo febbrilmente se non fosse stato più saggio richiamare Cirillo da Anacapri e farla venire lì a dar loro una mano, quando Mugele disse all'improvviso: «Come facevi a sapere della fissazione di Jordan per l'Africa?»

«L'ho sentito per caso.» Rizzi scrisse un messaggio a Cirillo. «Quand'ero da voi giù in cantina.»

Al bar Espresso venne alzata la saracinesca e si accese la luce.

«Non capisco» disse Mugele.

«Le vostre voci arrivavano dai vecchi tubi o dalla colonna, o da qualcosa del genere, non ne ho idea.»

Guardarono un peschereccio fermarsi lontano dal molo, sul pontile, e scaricare diverse ceste.

«Una domanda» disse Rizzi. «Durante il nostro colloquio a Sorrento hai detto che Jordan dormiva nell'ala in cui abita la nonna. Perché allora era da te stanotte?»

«Vuoi dire che se avesse dormito con Aurora, allora non sarebbe sparito?» Mugele fece una risata amara. «Hai perfettamente ragione. Aurora non lo avrebbe perso di vista nemmeno per mezzo secondo, e ne avrebbe subito percepito i movimenti come un sismografo. Non so nemmeno io il perché, ma dopo l'incidente e la morte di Elisa ha sempre voluto dormire con me.» Guardò in lontananza con aria malinconica e preoccupata. «Probabilmente quello che è successo lo ha scosso più di quanto potessimo immaginare. Insomma, conosceva Elisa, anche se non gliel'avevo mai presentata ufficialmente. L'ha vista qualche volta, e ovviamente lo sente che siamo tutti un po' tristi e fuori fase. Ma di cosa sto parlando?» Mugele si infilò le mani nelle tasche dei pantaloni. «Una volta le si è persino seduto in grembo.» Mugele sorrise. «Dio mio, quant'era felice, la guardava come se avesse davanti a sé un miracolo. Anche Elisa era pazza di lui.»

«Era da tanto che gli era venuta l'idea di andare in Africa?» domandò Rizzi.

«A dire il vero non è Jordan che vuole andare in Africa» disse Mugele, «ma Giacomo, il suo elefantino di stoffa.» Mugele scosse il capo. «Non fa altro che ripetere questa storia: Giacomo non ha mai visto elefanti veri in vita sua, e così vuole andare a trovare la sua famiglia in Africa.» Si passò nervosamente la mano fra i capelli. «In fondo è colpa mia. Gliel'ho messa io la pulce nell'orecchio. Sono proprio un cretino. Perché continuo ad alimentare in lui questo fottuto desiderio di andare in Africa? Perché gliel'ho inculcato raccontandogli della sua famiglia, dei suoi cugini in Ghana, invece di dirgli esattamente come stanno le cose? E cioè che la terra dei suoi antenati è uno dei Paesi più poveri al mondo, un continente maledetto in cui non torneremo mai più.» Poi aggiunse: «Perché passo la notte davanti al computer invece di sedermi accanto al suo letto a proteggerlo e a tranquillizzarlo?».

«Magari la sua scomparsa non ha niente a che vedere con questo» disse Rizzi. «Giacomo è l'unico a essere stato presente sul luogo dell'incidente di Elisa e ad aver visto cosa è successo.»

«Questo non lo sapevo» replicò Mugele stupito.

Rizzi raccontò che Jordan aveva dimenticato Giacomo sull'Ape dopo essere stato al cimitero con Aurora il sabato prima. Per cui l'elefantino doveva essere rimasto lì dentro, forse nel vano portaoggetti o sotto il sedile, e di conseguenza era con Elisa durante il suo viaggio fatale. Ma invece di venire sbalzato fuori dall'abitacolo, era rimasto incastrato da qualche parte all'interno, dove lo aveva trovato, qualche ora dopo, un giornalista che si aggirava sul luogo. E se non avessero scovato il giornalista per caso, probabilmente, prima o poi, si sarebbe presentato con l'elefantino in traversa Caposcuro e ci avrebbe scritto sopra un pezzo.

Mugele guardava preoccupato davanti a sé come se stesse rimuginando su quella nuova informazione. «Non ho idea di quel che frulli in testa a Jordan, ma se Giacomo gli avesse sussurrato qualcosa?» Alzò lo sguardo. «Dobbiamo andare sul luogo dell'incidente.»

Pur non credendo che fosse quella la soluzione, Rizzi inviò subito un messaggio a Savio con istruzioni in merito. Non si capacitava che Jordan potesse essere interessato al luogo dell'incidente, né che fosse in grado di trovarlo. Ma se lo tenne per sé. «I colleghi andranno a ispezionare il luogo» disse mentre osservava una nave cisterna, un enorme colosso arrugginito, che circondato dai gabbiani si stava allontanando da Capri in direzione di Napoli.

«Jordan sa dove si trova l'Africa?» domandò.

«Certo che lo sa» rispose Mugele.

«Sa anche che il continente è a sud di Capri?»

«Ti posso assicurare che conosce l'atlante a memoria.»

«Allora siamo nel posto sbagliato» disse Rizzi. «Qui siamo a nord, capisci? Vieni. Per l'Africa si salpa da un'altra parte.»

* * *

Le strutture in ferro per le tende da sole sulla spiaggia di Marina Piccola erano scheletri desolati e spogli, che più di qualsiasi altro edificio a Capri decretavano la fine dell'estate. Anche l'edificio in cemento degli anni Settanta con tre terrazze una sopra l'altra era in stato di completo abbandono, senza neanche una sedia a sdraio: una scena di sconfinata desolazione.

Il chiosco, il ristorante, il noleggio barche e le cabine spogliatoio erano chiusi, finestre e porte non ancora sbarrate ma protette con teli dalla salsedine e dalle intemperie invernali. Un anziano signore in pantaloncini corti camminava in acqua con le gambe sottili come una cicogna.

Rizzi si sporse dalla ringhiera. «Scusi, ha visto un bambino?» gridò. «Di cinque anni, pelle scura?»

«Mi dispiace, signori» rispose l'uomo con accento francese guardandosi intorno come per assicurarsi di non dire qualcosa di sbagliato. «Nell'ultima mezz'ora qui non ho visto nessuno.»

Continuarono la loro ricerca a tappeto, controllando ogni angolo, guardando dietro ogni baracca, ogni cabina, in ogni fenditura rocciosa, ispezionando alla fine anche le barche a remi ormeggiate in fondo al pontile e coperte con teloni. Niente. Jordan era scomparso nel nulla. Intanto si avvicinavano le sette e mezza.

Cirillo chiamò dicendo di trovarsi a Marina Grande, dove aveva informato e allertato gli equipaggi degli aliscafi e il personale delle biglietterie, della funicolare e del bar Espresso. Savio era già partito per andare a controllare il luogo dell'incidente in via Grotta Azzurra, mentre Gatti continuava a coordinare le ricerche ad Anacapri, alle quali si era unita nel frattempo diversa gente delle zone limitrofe, ma sino ad allora senza successo. Aurora Bellini era in compagnia della governante, e le due donne avevano promesso di avvertire immediatamente nel caso Jordan fosse tornato a casa.

Senza dire una parola Mugele prese atto di tutti gli aggiornamenti, incrociò le braccia dietro la nuca e guardò il mare in lontananza. Rizzi pensò che quell'uomo, non sapendo più che fare, fosse sul punto di esplodere per la disperazione.

«Jordan!» gridò Mugele all'improvviso con le mani intorno alla bocca a mo' di megafono. «Jordan!» gridò di nuovo più forte che poteva. Dopo di che si accasciò a terra sfinito e si coprì il volto con le mani.

Nelle acque in lontananza svettavano i Faraglioni avvolti nella luce del mattino da un bagliore di mistero che conferiva loro un aspetto surreale. Sulla superficie increspata del mare apparve un luccichio, che iniziò a diffondersi a macchia d'olio.

Rizzi si mise una mano sugli occhi per ripararsi dalla luce. Laggiù in fondo tra gli scogli, piccolissima, vide una macchia scura. Forse la sagoma di una barca che a stento si delineava all'orizzonte; se era così doveva trattarsi di un'imbarcazione minuscola. Quel guscio di noce sembrava trasportato alla deriva senza nessuno al timone, si muoveva lentamente ma inesorabilmente in mare aperto.

Rizzi prese il cellulare. «Ci serve una barca. C'è qualcuno a sud-ovest dei Faraglioni» disse. «Come, scusa?» Imprecò. «No!» gridò. «La barca ci serve subito! Non fra un'ora e mezza.»

Chiuse la chiamata, iniziò a togliersi scarpe, giacca, camicia e pantaloni e si allontanò dalla riva. Poi prese la rincorsa e di testa si tuffò in acqua.

* * *

La riva alle sue spalle era già lontana, ma la barca distava ancora qualche centinaio di metri. Rizzi nuotava come un forsennato, e tuttavia dovette arrendersi al fatto che non era una questione di velocità ma di durata.

Rallentava sempre di più, prendendo aria a sinistra e poi a destra, cercando di concentrarsi sul movimento e sul ritmo, risparmiando le forze e non pensando a cosa avrebbe trovato. Ma più si avvicinava alla barca, più intense si facevano le immagini e il ricordo di quell'uomo morto a metà agosto su una barca salpata dalla costa di Capri, che non avrebbe mai più dimenticato.

«Jordan» gridò avvicinandosi lentamente alla barca.

Sperava che il bambino si sarebbe subito sporto dal parapetto, spaventato ma sano e salvo. O che sarebbe spuntato qualcun altro, un pescatore, un ubriaco, una coppietta di innamorati. Ma la barca si lasciava cullare dalle onde senza nessuno che la guidasse, e niente e nessuno si muoveva.

A pochi metri di distanza finalmente si fermò ansimando e riprese fiato per qualche istante. Come se l'acqua non volesse lasciarlo andare e non facesse altro che tirarlo indietro, gli ci vollero più tentativi prima di riuscire a sollevarsi con le braccia.

La prima cosa che vide fu il telone grigio che copriva il piano. Poi notò la scarpa da bambino che spuntava da lì sotto e una caviglia sottile.

Con le gambe in acqua e sporgendosi con il busto all'interno del parapetto, riuscì ad afferrare il telone e a spostarlo di lato. A quel punto lo vide.

Aveva gli occhi spalancati e con entrambe le mani stringeva il suo elefantino di lana melangiata.

«Ma sei impazzito?» gridò Rizzi. «Ma come ti è venuto in mente? Non si fanno certe cose!»

Rizzi rotolò oltre il parapetto cadendo dentro la barca mentre il bambino seguiva in silenzio ogni sua mossa.

«Adesso ascoltami bene» disse Rizzi ansimante passandosi le mani sul viso bagnato. «Non rifare mai più una bravata del genere. Mi hai capito? Di' qualcosa, non avrai perso la lingua?»

Senza aprire bocca il bambino avvicinò le gambe al petto, stringendosi le ginocchia con le braccia come se volesse farsi ancora più piccolo.

«Papà e nonna sono molto preoccupati» disse Rizzi in tono un po' più conciliante. «Sul serio, che cosa pensavi di fare? Sparire così, senza dire neanche una parola?»

Jordan chiuse gli occhi, e Rizzi guardò l'elefantino che teneva in mano. Un occhio fatto con un bottone si era allentato penzolando dal filo.

«O forse è stato Giacomo ad avere la brillante idea di fare un bel viaggio?» domandò Rizzi.

«Giacomo non ha nessuna colpa» obiettò Jordan ad alta voce.

«Che cosa vi è preso allora?» domandò Rizzi. «Spiegamelo.»

Ma Jordan evitò il suo sguardo voltandosi a fissare il mare.

«Giacomo ti ha forse raccontato dell'incidente?» domandò Rizzi. «Ti ha confidato quello che ha visto?»

Jordan scosse energicamente la testa. Sembrò sul punto di dire qualcosa, ma poi strinse a sé l'elefantino e, affondando il naso nella lana, scoppiò in lacrime.

Quando il bambino si aggrappò a Rizzi singhiozzando, lui lo abbracciò, e accarezzandogli ripetutamente la testa gli sussurrò: «Tranquillo, piccolo. Va tutto bene. Vedrai che si sistemerà tutto».

21

Un'ora e mezzo dopo Rizzi si era fatto la doccia e aveva indossato una divisa pulita. Chiuse la fibbia della cintura di pelle bianca, si allacciò le stringhe delle scarpe e, scese le scale, entrò in casa dei suoi genitori.

«Papà» gridò. «Mi serve l'Ape.»

Non c'era nessuno. Prese la chiave dal gancio. «Te la riporto oggi pomeriggio!»

In cortile Romeo balzò subito sulla superficie di carico scodinzolando ansioso di andare agli orti. Rizzi gli fece un fischio richiamandolo con un gesto della mano, e il cane se ne andò mogio mogio.

Prese via Marucella, diretto non agli orti ma dalla parte opposta. Poco dopo squillò il cellulare e sentì la voce di Teresa Villa della stazione di polizia che gli chiedeva dove fosse finito. «Qui stiamo aspettando tutti te.»

«Oggi vengo più tardi» disse. «Ho ancora una faccenda da sbrigare.»

«Non devi sbrigare un bel niente» obiettò Teresa all'altro capo. «Tu adesso vieni subito qui. La tua presenza è richiesta con urgenza.»

«Che cosa è successo?»

«Cirillo presenterà i risultati delle indagini» bisbigliò Teresa. «Sostiene di aver trovato il tassello mancante nel caso di Elisa Constantini.»

«Quale tassello?» domandò Rizzi stupito, accostando a bordo strada.

«A me non lo dice di certo!» replicò Teresa in tono sarcastico. «Insomma, sbrigati. È appena salita su dall'ispettore dandosi delle arie.»

Rizzi cambiò direzione e si sorprese a sperare che il misterioso tassello di Cirillo facesse crollare la sua teoria, confutando l'idea che gli era venuta in mente mentre nuotava con Jordan per tornare a riva come un clamoroso errore di valutazione. Sarebbe stato fantastico, se Cirillo avesse dimostrato che era in errore. Ci sperava, ritenendolo tuttavia poco probabile.

Poco dopo si inserì nella piccola rotatoria, lasciandosi il bar Roxy a sinistra e ignorando Giuseppe Ruffini, Marco Sasso e tutti gli altri che lo aspettavano per saperne di più sull'operazione notturna ad Anacapri. Parcheggiò sulla rampa e si diresse immediatamente alla stazione di polizia.

Quando entrò nell'ufficio dell'ispettore, Cirillo era come al solito in piedi accanto alla finestra. Era una giornata soleggiata, ma la lampada della scrivania era accesa. La luce artificiale faceva sembrare il viso di Lombardi quasi giallo, con le guance cadenti e gli angoli della bocca piegati all'ingiù.

«Mi scusi per il ritardo» disse Rizzi prendendo una sedia. «Stavo andando ad Anacapri.»

«Vede» disse Lombardi a Cirillo con aria di rimprovero. «È questo ciò che intendo: il suo collega si occupa delle questioni dell'isola, salva con grande zelo il piccolo fuggitivo, e non soltanto lo riporta incolume al padre, ma si assicura anche di farlo subito visitare dal dottore. Qui da noi il lavoro di polizia funziona così. In questo convogliamo tutte le nostre forze. E lei invece cosa fa, agente Cirillo? Si perde nei meandri del passato, andando a rivangare vecchie storie cadute ormai da tempo in prescrizione e che, per giunta, nemmeno rientrano nella nostra sfera di competenza.»

«Di che si tratta?» domandò Rizzi, guardando Cirillo e mettendosi a sedere.

«Di un incidente sulla superstrada di Sorrento. Roba di quattordici anni fa» disse Lombardi con voce spenta.

«E sul quale si è indagato in modo talmente superficiale che oggi, come diretta conseguenza, due persone sono morte» aggiunse Cirillo risoluta.

«Be', allora si spieghi» gridò Lombardi. «Vuoti il sacco. Che cosa aspetta? Sono curioso di sentire cosa c'entra la morte accidentale di un raccoglitore di limoni somalo avvenuta anni fa con la morte di Elisa Constantini e con la caduta dalle scale di Josh Wilcox, l'inglese.» Esausto, l'ispettore si appoggiò allo schienale.

«Quale morte accidentale?» domandò Rizzi. «Quale somalo?»

«Acqua passata» disse Lombardi con un gesto della mano teso chiaramente a minimizzare l'intera faccenda.

«Posso dire qualcosa anch'io?» chiese Cirillo.

«Ma la prego.» Lombardi fece un gesto come a metterle a disposizione l'intero ufficio, compresa la scrivania con tutti i suoi orpelli.

Cirillo si sedette accanto a Rizzi e riferì della sua chiacchierata con Silvia Lazzeri, della possibilità che Raffaella avesse a che fare con la cicatrice di Mugele, di una baracca dei Constantini in cui vivevano i raccoglitori di limoni, di un articolo di giornale, di un brutto incidente stradale con un minibus sovraffollato di proprietà dei Constantini in cui c'era stato un morto e diversi feriti gravi, fra cui un uomo del Ghana.

«Presumo» disse Cirillo «che il ghanese in questione fosse Simon Mugele, e che allora al volante ci fosse Raffaella Constantini, responsabile della morte del raccoglitore di limoni.»

«Come ci sei arrivata?» domandò Rizzi stupito.

«Di quell'episodio parla anche un articolo di giornale. E, messo insieme al commento della Lazzeri, ha senso che Raffaella fosse implicata nelle lesioni subite da Mugele.»

«Mi ricordo del caso» disse all'improvviso Lombardi. Aveva la fronte imperlata di sudore. «Ero nella commissione d'inchiesta all'epoca.»

Quando Rizzi e Cirillo lo guardarono sorpresi, aggiunse con voce flebile: «Ovviamente non ero io a dirigerla, ne ho fatto soltanto parte. In quel caso mi sono soltanto limitato – come posso dire? – a svolgere funzioni di rappresentanza». Lombardi aveva il volto arrossato.

«Perché Raffaella Constantini non è mai stata assicurata alla giustizia?» domandò Rizzi.

«Perché, perché...» Lombardi alzò le mani verso il soffitto. «Raffaella Constantini ha sempre negato di trovarsi al volante del veicolo, dichiarando invece che a guidarlo era stato il somalo rimasto ucciso nell'incidente. E nessuno dei raccoglitori ha mai contestato la sua testimonianza. Il procuratore non ha avuto altra scelta che chiudere le indagini e archiviare il caso.»

«Certo» disse Cirillo con sarcasmo. «Tanto i raccoglitori di limoni prima o poi vanno da qualche altra parte, a lavorare nelle piantagioni di Mantova, del Trentino-Alto Adige, del Chianti o della Calabria, perché la gente che lavora per un salario da fame, che non ha alcuna prospettiva e di conseguenza si lascia sfruttare, è indispensabile per la raccolta delle angurie, delle mele, dell'uva e delle arance. Mugele soltanto resta dai Constantini, sotto l'ala protettrice del vecchio Marcello. Subito dopo la sua morte, Mugele passa al cliente principale dei Constantini, i Bellini, e assume la direzione della produzione del Limoncello. Sulle prime Raffaella dev'esser stata felice di liberarsi di lui, che le avrebbe sempre ricordato quel terribile incidente, tanto più che nel frattempo ha introdotto notevoli cambiamenti all'azienda di famiglia. Non è più interessata alla massimizzazione dei profitti a scapito dei lavoratori, ma si dedica invece, con Happy Fruits, a un nuovo concetto di produzione che concilia prezzi, prestazioni e agricoltura: il crowdfarming. Riduce la coltivazione convenzionale dei limoni e smonta l'azienda pezzo per pezzo. Ma in questo modo dimentica di dover fare i conti con Simon Mugele, che insiste per continuare, come sempre, a ottenere la merce migliore al miglior prezzo, così da procurarsi nel mercato un vantaggio sulla concorrenza. Dal momento che lui – soltanto per la sua presenza fisica – ricorda a Raffaella Constantini cos'è successo all'epoca dell'incidente, mettendola continuamente sotto pressione, non può ignorarne le richieste. Perché se si viene a sapere che Happy Fruits è gestita da una criminale assassina, per l'azienda è finita. Ed ecco che decide di manomettere i freni dell'Ape nella speranza di risolvere il problema una volta per tutte.»

«E quell'inglese, Josh Wilcox?» domandò Lombardi sbiancato in volto.

«Ha scoperto il suo gioco» disse Cirillo. «È scoppiata una lite furibonda tra lui e Raffaella, con le tragiche conseguenze che conosciamo.»

«Vada...» Lombardi si appoggiò esausto allo schienale. «Vada a Napoli e metta sotto torchio Raffaella. La interroghi su tutto ciò che ha sentito e anche su quello che ci ha ricamato sopra. E se i fatti le daranno ragione, le prometto che mi impegnerò personalmente a far riaprire le indagini. Ma la avverto...» Si sporse verso Cirillo. «Non si faccia troppe illusioni. Se Raffaella Constantini dovesse continuare a professarsi innocente, il suo informatore, il testimone, quell'operaio di vecchia data, dovrà fare una deposizione.»

«Congratulazioni.» Rizzi si alzò. «La tua ricostruzione non fa una piega. Ma non potrebbe darsi che l'attentato in cui Elisa Constantini ci ha rimesso la vita fosse diretto proprio a lei? Che fosse lei a dover morire, e non Simon Mugele? Che l'assassino se la stia ridendo alle nostre spalle, perché andiamo in cerca delle spiegazioni più improbabili perdendo di vista la realtà, quella che forse persino un bimbo con il suo elefantino di stoffa riesce a vedere?»

«Ma che senso avrebbe?» domandò Cirillo. «Chi dovrebbe aver avuto interesse a uccidere Elisa Constantini?»

«Dove vuole andare a parare?» gridò Lombardi sorpreso.

«Come ho già detto a Teresa» rispose Rizzi: «Devo sbrigare una faccenda».

22

Il breve sentiero sterrato che costeggiava il muro era scosceso, pieno di buche, e finiva in una grossa pozzanghera con al centro un limone dal fusto ricurvo. Mentre gli alberi in fondo alla limonaia erano coperti di fitto fogliame e già carichi di piccoli frutti, di quell'albero solitario e deforme – con chioma stentata e rami morti – sembrava indicare come un cartello storto il punto in cui svoltare.

Rizzi girò con l'Ape intorno all'albero, fermandosi proprio davanti alle scale in pietra dove anche la signora Bellini aveva sempre parcheggiato, scese e si richiuse lo sportello alle spalle senza far rumore. Quel parcheggio lontano da tutto, che non si vedeva – tranne dall'alto, dalle scale e dal cancello – nemmeno dalla strada, era nella posizione ideale per manomettere in tutta tranquillità il contenitore del liquido dei freni e il dado di serraggio.

Oltrepassò con un balzo la pozzanghera e salì su per i gradini, che probabilmente il nonno o il bisnonno di Aurora aveva costruito ad arte per creare un comodo accesso alla casa dalla limonaia. A tutti i maschi Bellini era toccata in sorte una morte prematura, e così le donne della famiglia avevano preso lo scettro del potere e portato avanti l'azienda. Ma con Aurora si esauriva la dinastia. La sua unica figlia, Anna, era morta, e l'erede legittimo nonché successore era il genero Simon Mugele, il raccoglitore di limoni del Ghana che si era fatto strada dal basso e dopo la morte di Anna, passo dopo passo, aveva assunto la direzione dell'azienda. Ma pur facendo il suo lavoro in modo serio, agli occhi della gente sarebbe sempre rimasto il raccoglitore di limoni di un tempo.

Il cancello era chiuso, ma la chiave era sempre infilata nella serratura dall'altro lato. Rizzi infilò le mani tra le sbarre, la girò una volta e aprì.

Sotto il pergolato c'era un'auto giocattolo della polizia con il lampeggiante e tutti gli accessori. Il telecomando per guidarla era sul tavolo, dove si erano seduti con Aurora Bellini in cerca di un indizio che spiegasse perché qualcuno aveva attentato alla sua vita manomettendo i freni dell'Ape fra il sabato pomeriggio, quando Aurora era tornata dal cimitero, e domenica notte, prima che Elisa trovasse la morte in quel terribile incidente. E l'assassino – per allentare il dado di serraggio e sottrarre il liquido dei freni dal serbatoio – doveva avere una certa conoscenza tecnica del mezzo.

Rizzi si avvicinò all'abitazione dalla parte del giardino.

L'edificio, che dalla strada sembrava quasi fatiscente, era stato tinteggiato di rosa. Quel colore, lavato via dalla pioggia e sbiadito dal sole, dava alla struttura con le persiane blu lavanda, in parte coperte da viti rampicanti, una nota allegra, quasi incantata. Si poteva pensare che lì dentro abitassero soltanto persone felici.

Quando fu in cima alla vecchia cisterna, sentì un bambino gridare: «Soltanto se viene anche la nonna!».

«Oggi ti sei preso sin troppe libertà» gli ricordò una voce

maschile in tono severo. «La nonna deve restare qui a badare alla casa.»

«E chi bada alla nonna?» gridò Jordan. «A questo ci hai pensato?»

Quel dialogo ebbe luogo dietro l'angolo, sul vialetto d'ingresso che Rizzi, dalla posizione in cui si trovava, non era in grado di vedere. Rimase in silenzio senza muoversi di un millimetro.

«Adesso basta» disse a quel punto Aurora Bellini. «Sparite. Tanto per essere chiara, non voglio rivedervi prima di stasera.»

«Giacomo, però, resta qui con te» disse Jordan risoluto e premuroso. «Baderà lui a te.»

«E va bene. Ciao, angelo mio.»

«Ciao, nonna.»

Il cancello si chiuse, e nel silenzio che subentrò si sentì trascinare una sedia o uno sgabello.

Quando Rizzi si fece avanti, Aurora Bellini si era appena seduta e non sembrò né sorpresa né spaventata nel vederlo in divisa, si mostrò anzi stranamente preoccupata, come se non sapesse dove andare con l'elefantino di stoffa in mano.

«Grazie per averci riportato il bambino» disse con voce rotta appoggiando l'animaletto sul vaso di palma accanto allo sgabello. «Temo altrimenti che saremmo impazziti.» Sollevò la testa e lo scrutò a fondo. «Sei solo?»

«Sai perché sono qui?» chiese Rizzi.

«Penso di sì, e non lo nego, Enrico. Non nego assolutamente niente.»

Rizzi si voltò a guardare il giardino, i vecchi alberi che erano lì già da prima che Aurora nascesse. Non riusciva a crederci. «Perché?» domandò Rizzi. «Spiegami.»

«Non farmi certe domande» tuonò Aurora. «Doveva semplicemente sparire. Punto.» Preoccupata alzò lo sguardo su Rizzi. «Jordan mi ha vista?» domandò. «Era lì a guardare quella notte?»

«Quando sei sgattaiolata verso l'Ape con la pioggia battente? Hai paura che sappia che sua nonna è una criminale?» Rizzi si tolse il berretto, e per la rabbia avrebbe voluto scaraventarlo a terra. E invece se lo rimise. «No» disse. «Jordan non ha visto niente. Ne sono quasi certo. E nel caso, non so se sia in grado di fare due più due e di capire davvero cosa hai fatto.»

«Temo» mormorò Aurora, «che invece capisca più di quanto credi.»

«Devo arrestarti.» Rizzi si avvicinò titubante. «Hai commesso un omicidio a sangue freddo. Lo hai premeditato e messo in atto.»

«Presumo che adesso mi metterai le manette.»

«Alzati, per favore.»

«Certo.» Aurora sospirò.

Quando le porse la mano per aiutarla ad alzarsi, i loro volti si trovarono molto vicini l'uno all'altro. Aurora guardò Rizzi con aria inespressiva. «Quando lo hai capito?» domandò.

«Quando sono stato in cantina» rispose Rizzi, «e ho sentito al piano di sopra le voci di Simon e Jordan. E quando ho visto il tavolo con la candela e la sedia con il cuscino. Ma non ho associato subito le cose, ho indugiato all'inizio. Sono senza parole, Aurora. Sapevo, certo, quanto ti piacesse avere tutto sotto controllo, ma non immaginavo che ti saresti spinta fino a questo punto, addirittura spiare Simon… nemmeno facessi parte dei servizi segreti.»

«È capitato una volta per caso che mi trovassi giù in cantina e che sentissi la sua voce attraverso le colonne, e poi non sono stata io a far costruire le tubature» disse Aurora. «Dunque stai attento a quello che dici.» Prese Rizzi a braccetto. «E poi ho ascoltato soltanto i loro litigi. Le orge di riconciliazione che seguivano puntualmente ogni screzio me le sono risparmiate.»

Mentre camminavano fianco a fianco in giardino, avvicinandosi al cancello di ferro, Aurora disse: «Avrei un'ultima richiesta».

Rizzi aprì il cancello.

«Vorrei dire addio a Marcello.»

«Lo so, Aurora. Per questo sono venuto con l'Ape e non con l'autopattuglia. Perché tu possa farlo in modo discreto, senza troppo clamore.»

Mentre percorrevano via Giuseppe Orlandi Rizzi le domandò: «Perché Elisa doveva sparire? Spiegamelo».

Aurora chiuse gli occhi quasi sollevata. «La storia fra il mio Simon ed Elisa presto o tardi sarebbe passata come un breve temporale del quale già il giorno dopo non si parla più. Non fosse stato per il figlio che sembrava portare in grembo.»

«Sì, era incinta. Lo ha confermato l'autopsia. Ma nel verbale c'era anche scritto che il bambino era di Mario Pinta, il marito.»

«Certo» annuì Aurora sprezzante. «È tipico di lei. Era disgustosamente fertile, quella donna. E l'annuncio drammatico di voler abortire l'indomani stesso, senza pensarci troppo, è stato un colpo di perfida maestria da parte sua. Perché, cosa credi che abbia fatto Simon in una simile situazione? Indovina un po'. Le ha parlato con voce suadente nel tentativo di persuaderla a tenere il bambino, di chiunque fosse, giurandole amore eterno e magari mettendosi anche in ginocchio davanti a lei. E poi l'ho sentito dipingere quel quadro a tinte fosche – il solo pronunciarla quella parola mi fa orrore – la "famiglia allargata" con i figli di Elisa, i figli che avrebbero avuto insieme in futuro, tutti fratellini e sorelline di Jordan, che agli occhi di Elisa restava comunque una creatura da compatire perché sempre attaccato alle mie gonne. A quel punto ho capito: dovevo fare assolutamente qualcosa o sarebbe scattata la trappola, e i Constantini ci avrebbero portato via tutto. Elisa avrebbe messo al mondo un erede dopo l'altro, e Raffaella avrebbe saputo come sfruttare la cosa per i suoi affari.»

«E così hai preso dalla cassetta degli attrezzi la chiave per dadi e ti sei messa all'opera?» domandò Rizzi incredulo.

«Fuori, con la pioggia, sissignore. È stato un gesto di disperazione, credimi. E al contempo ovvio e facile da realizzare. Ho trovato le viti a occhi chiusi: non appena Elisa avesse concluso la sua sceneggiata al piano di sopra, presto o tardi sarebbe sgattaiolata in giardino e avrebbe preso l'Ape. Lo faceva spesso per risparmiarsi l'imbarazzo di incontrarmi la mattina. La parcheggiava da qualche parte, come sempre, dove Simon andava in seguito a riprenderla per riportarla al suo posto in fondo alle scale. Erano tutti e due convinti che non ne sapessi niente. Ma devo ammettere» Aurora si sistemò la stola sulle spalle con aria trionfante, «che non avrei mai scommesso sul successo immediato della mia operazione con dado di serraggio e liquido dei freni. Al contrario. Avevo così poche speranze al riguardo che non mi sono fatta grossi scrupoli nell'esecuzione. Era del tutto irrealistico che morisse sul colpo, anche se le condizioni meteo hanno giocato ovviamente a mio favore.» Fece spallucce. «Ho fatto quel poco che era in mio potere, e con un paio di manovre ho sistemato quel che c'era da sistemare per risolvere il problema. Il resto lo ha fatto il destino.»

Rizzi rallentò sui tornanti, mentre Aurora guardava fuori dal finestrino. «A ripensarci, tutti gli uomini della nostra famiglia, a parte Simon, erano privi di coraggio e di fantasia. Fosse stato per loro, a quest'ora probabilmente vivremmo ancora di pesca. Nella loro semplicità non sono mai riusciti a vedere niente di diverso. Un merito, però, bisogna riconoscerglielo: quando è stato il momento, hanno sempre lasciato fare a noi donne, senza la pretesa di dissuaderci. Nemmeno quando mia madre ha cominciato a vendere il suo Limoncello ai vicini di casa e agli amici. Era ancora viva quando l'azienda in traversa Caposcuro andava a gonfie vele e io le dissi: mamma, l'isola è troppo piccola per noi. Dobbiamo andare sulla terraferma. Dobbiamo tentare la sorte.»

Dietro la curva in mezzo ai pini spuntò il Vesuvio. Ogni rilievo si delineava in modo così dettagliato che sembrava di poterlo toccare.

«Anna avrebbe preso le redini dell'azienda e l'avrebbe portata avanti. Era nell'ordine naturale delle cose, e sarebbe stata brava nel suo lavoro. Lo so. Ma il Signore aveva altri piani per lei. Non era destino. Al posto suo è subentrato un ghanese a difendere la nostra eredità e a far progredire l'azienda. Senza il mio aiuto ha dovuto affrontare i tentativi di chi non vedeva l'ora di aggiudicarsi la fetta più grossa della nostra torta per poi accaparrarsela, un giorno o l'altro, tutta quanta. Negli anni ha dovuto mantenere i nervi saldi, reagendo prontamente per schivare i calci e i pugni che arrivano quando uno si sente al sicuro e non se li aspetta. Spero che continui così.»

«Sembra comunque essere all'altezza» disse Rizzi. «Non si è fatto certo scrupoli a ricattare Raffaella... con quella storia dell'incidente di quattordici anni fa in cui è rimasto ucciso un bracciante dei Constantini. Probabilmente ce l'ha sulla coscienza Raffaella. Per questo riesce ancora oggi a ottenere la stessa quantità di limoni a prezzo ribassato.»

«Lo so.» Aurora annuì soddisfatta. «Ha fatto un buon lavoro. Ma non lo chiamerei ricatto.» Dette a Rizzi una leggera gomitata. «A volte sei davvero cattivo, Erri. Ha soltanto ricordato a Raffaella di quando lui era ancora un raccoglitore di limoni anonimo in mezzo a raccoglitori di limoni anonimi, che poteva dirsi felice di non aver perso la vita in quell'incidente e di essersi salvato la gamba grazie al pronto intervento dei soccorsi. E poi, da bravo, ha persino tenuto la bocca chiusa, non per amore di Raffaella, ma per via di Marcello, che amava e rispettava, e perché voleva tenersi stretto il suo lavoro. Per non parlare del fatto che, se fosse andato alla polizia e avesse raccontato tutta la verità, non gli avrebbero mai creduto.»

Rizzi entrò nella rotatoria e prese l'uscita di via Marina Grande. Poco prima della curva rallentò, mise la freccia e si fermò davanti al cancello del cimitero, fece un pezzo in retromarcia e spense il motore.

«Sai quando ho capito che Simon era quello giusto per me?» Aurora guardò trasognata nel vuoto. «Quando ho visto come coglieva i frutti nella limonaia di Marcello. Con la stessa tenerezza con cui avrebbe toccato i seni di una donna. Non come gli altri raccoglitori, che strappavano via i limoni graffiandone la buccia.» Alzò l'indice. «Simon non ha mai ferito nemmeno un frutto, li ha trattati ciascuno come qualcosa di prezioso, di meraviglioso e unico. L'ho capito subito, e così ho detto a Marcello: se hai un briciolo di cervello in quella testa dura che ti ritrovi, allora non dovresti mai lasciarti scappare quell'uomo che sgobba così duramente per te. E quando Marcello è morto, sono andata subito lì e me lo sono preso. Tu vieni a lavorare da noi, gli ho detto. E poi eccoti Elisa Constantini, quell'oca ingenua e viziata, annoiata e fertile come un coniglio che manda tutto all'aria.»

«Che ti piaccia o no, lui ne era innamorato» le fece notare Rizzi. «Non come lo era di Anna, ovvio, l'amava in un altro modo.»

Aurora fece un gesto di stizza. «Glielo ha messo in testa lei, e a un certo punto lui ha finito per crederci. Ma Simon ha bisogno di qualcuno di cui potersi fidare e che tenga davvero a lui, non qualcuno che pensi unicamente a spennarlo.» Aprì lo sportello. «Sai» disse, «per diverso tempo ho pensato mio malgrado che facesse bene a divertirsi con lei, sorvolando sulle gambe corte e godendosi le sue grosse natiche. In fin dei conti io non posso più soddisfare certi bisogni. A differenza di voi maschi, a una certa età noi donne non possiamo più mangiare ogni pezzo di torta che ci cade nel piatto. Non importa quanto tu sia ricca. Dobbiamo accontentarci, bisogna accettarlo e basta.» Si tirò su la lunga gonna nera con una mano e, tenendosi la sciarpa di lana con l'altra, scese dall'Ape.

La tomba di Marcello Constantini si trovava dove i defunti avevano la più bella vista sul golfo di Napoli e sul Vesuvio. Nessuno si meravigliò di vedere seduta sullo sgabello pieghevole alla tomba di Marcello Aurora Bellini di Anacapri, come se fosse la sua vedova, accendergli una sigaretta e posarla sul bordo della lapide restando a guardarla mentre attizzata dal vento si trasformava lentamente in cenere.

Aurora alzò la testa e guardò il mare. Non c'era orizzonte, non c'erano confini, niente su cui trattenere l'occhio, soltanto una distesa scintillante da cui si levava una nebbia lattiginosa che andava progressivamente a perdersi in lontananza in un cielo bianco-azzurro.

«Lasciami sola» gli chiese. «Cinque minuti.»

Rizzi si allontanò, fece un giro, passò davanti alla tomba dei suoi nonni e del piccolo Vito, e lì rimase forse qualche istante di troppo. Quando tornò indietro, sulla lapide di Marcello c'era un cumulo di cenere, lo sgabello ancora aperto, ma di Aurora nessuna traccia.

Guardò oltre le tombe e i fiori ma non riuscì a scorgere niente. Il cimitero era deserto. Forse era già tornata all'Ape. E se l'avesse usata per fuggire? Era un pensiero assurdo, ma ormai riteneva Aurora Bellini capace di tutto.

Trovò l'Ape nello stesso identico posto in cui l'aveva lasciata. Poi la vide.

Con la gonna nera e la sciarpa intorno al collo se ne stava in alto sul muro del cimitero che dava sul precipizio. La crocchia bianca luccicava come neve al sole.

«Aurora!» gridò, ma era ormai troppo tardi.

Da un momento all'altro se n'era andata. Era volata via come un foglio di carta trascinato dal vento.

23

Cirillo uscì dalla questura di Napoli e si diresse in via Toledo. Alcuni ragazzi alzarono la testa diffidenti vedendola passare, e i loro sguardi si incontrarono. Avrebbe voluto chiedere una sigaretta, ma si trattenne e proseguì per la sua strada.

L'intonaco delle facciate si stava staccando, e tra una finestra e l'altra c'erano i fili tesi del bucato. Qua e là luci accese, da qualche parte si sentivano una radio e delle voci, ma non si vedeva nessuno sui balconi con le ringhiere arrugginite. Cirillo proseguì a grandi passi come se avesse una meta ben precisa, ma in realtà l'unica cosa che voleva era allontanarsi il più in fretta possibile dalla questura.

Non si era mai ritrovata in una situazione del genere. Era assolutamente certa di poter mettere Raffaella Constantini con le spalle al muro, quando all'improvviso era arrivata la telefonata del collega Rizzi per annunciarle con voce velata che il caso era chiuso. La colpevole, la signora Bellini, si era sottratta all'arresto dopo aver confessato e dopo che lui l'aveva persa di vista. Cirillo pensò sulle prime di aver capito male. E anche il collega che aveva assistito all'interrogatorio era rimasto sconvolto, quando era emerso che la signora Bellini si era tolta la vita.

Raffaella Constantini aveva appena ammesso fra le lacrime di esserci stata lei all'epoca alla guida del pulmino uscito di strada. Ma sosteneva di aver dovuto schivare un'altra auto sulla strada di campagna, per quel motivo aveva perso il controllo del veicolo. L'accusa che stesse guidando troppo forte era infondata, e che il pulmino trasportasse un numero eccessivo di braccianti era un'eccezione che si era verificata soltanto quel giorno.

Sebbene Rizzi dovesse ancora spiegarle qualche dettaglio, il caso era chiuso. A un tratto si sentì sopraffatta da una schiacciante sensazione di vuoto che conosceva fin troppo bene. Era sempre la solita storia: non appena rimetteva insieme i pezzi di un caso, era come se scattasse al via dai blocchi di partenza. Subito si metteva in moto come un cane da caccia incapace di fermarsi sin tanto non avesse azzannato e finito la sua preda. Era così che dava un senso alla sua vita, e che poteva dimenticarsi di tutto il resto. Una volta chiuso il caso, Cirillo precipitava in un buco nero dove la solitudine, sempre in agguato, iniziava lentamente a impossessarsi di lei come una presenza oscura.

Aveva rimandato più che aveva potuto, ma a quel punto mise la mano in tasca ed estrasse il cellulare. Digitò il numero svedese. Qualche istante dopo sentì il segnale di libero. Oscar rispose subito.

«Ciao, mamma» disse, e il solo sentire la voce del figlio fu come balsamo per le sue orecchie, alleviando il dolore e la malinconia da cui si era sentita travolta.

«Come va, tesoro?» domandò sforzandosi di simulare un tono allegro.

«Bene» rispose telegraficamente per passare subito alla domanda successiva: «È successo qualcosa?».

«Abbiamo appena risolto un caso» disse lei come se niente fosse.

«Congratulazioni!» gridò Oscar con voce sinceramente lieta. «Sei proprio la migliore, mamma.»

Le mancò la voce, e lui approfittò di quella pausa per dire che doveva chiudere la chiamata perché era in giro con gli amici.

«Ci sentiamo più tardi» disse lei, ma la linea era già caduta, e Oscar era di nuovo a duemila chilometri di distanza, irraggiungibile.

Cirillo si guardò intorno. C'erano bambini che le correvano accanto gridando e ridendo. Se avesse svoltato a sinistra e allungato il passo, nel giro di venti minuti sarebbe arrivata al porto e avrebbe fatto ancora in tempo a prendere l'aliscafo per Capri. Ci pensò un istante e girò a destra.

Via San Mattia, in leggera salita rispetto altre strade laterali, era gradevole e inondata di luce, o almeno così le pareva. Dovette riflettere un po' su quale fosse la casa. Quella volta, di notte, con la strada mal illuminata, era tutto buio. Ma l'indomani mattina si ricordava di aver visto lì di fronte la gabbia con il canarino giallo. L'uccellino cinguettava così forte che potevano sentirlo in tutto il vicolo.

La finestra di Davide al quarto piano era aperta, dunque doveva essere in casa. Bastava semplicemente suonare. Probabilmente si sarebbe affacciato e avrebbe dovuto iniziare una conversazione da lì sotto. No, pessima idea.

Quando si voltò per andarsene, la porta con il pomello in ottone lucido si aprì. Uscì un uomo di mezza età con in testa un cappello di paglia sfilacciato, che le passò accanto senza nemmeno guardarla. La porta dietro di lui iniziò a richiudersi lentamente. Cirillo ci mise un piede in mezzo all'ultimo secondo.

Salì la scala stretta. Sul primo pianerottolo trovò la lavatrice di cui ancora si ricordava. Al piano di sopra la cassetta dei gatti. Avanzando sempre più lentamente Cirillo arrivò al quarto piano.

Ascoltò alla porta. Si sentivano dei suoni in cortile, rumori provenienti dagli altri appartamenti che giungevano attutiti attraverso i muri. Ma dietro alla porta di Davide silenzio assoluto. Cirillo sollevò il vecchio battente che probabilmente stava lì da molto tempo prima che Davide nascesse. Ma invece di usarlo per bussare, lo appoggiò con cautela. Senza far rumore si voltò e scese i gradini. Non aveva fatto molta strada quando una porta dietro di lei si aprì.

«Desidera?»

Davide indossava jeans e maglietta, era scalzo e aveva i capelli umidi. Il volto dall'espressione grave e spaventata si illuminò quando Cirillo si voltò e lui la riconobbe. Fece un bel sorriso.

«Ho appena fatto il caffè» disse. «Entra.»

24

Il mare era una tavola scura, solo la cresta delle onde brillava di bianco, e i gabbiani svolazzavano in giro come se ognuno di loro avesse qualche affare urgente da sbrigare. Rizzi arrivò sino in fondo al molo con la Vespa e si fermò alla passerella.

«Pensavo che fosse droga» disse Dario alzando il sopracciglio con il piercing e porgendo a Rizzi la borsa con l'albero motore e con tanti saluti da parte di Tullio di Napoli.

«Grazie.» Rizzi prese la borsa, se la mise fra le gambe sul predellino, salutò e partì.

Il sole era già sceso dietro al monte Solaro, e i suoi raggi non raggiungevano più nemmeno gli orti nell'avvallamento quando Rizzi arrivò lì in ritardo all'appuntamento.

Vito era seduto sulla panchina davanti al capanno con la sua casacca e il cappello di lana in testa, fumava il sigaretto e guardava Alberto con gli stivali di gomma darsi da fare per allargare la buca per il susino. Fosse stato per Rizzi, avrebbero spostato i susini altri tre metri in direzione del campo di patate, ma sia Vito sia Alberto ritenevano che fosse una sciocchezza.

«Perché scavare una nuova buca quando tuo padre ne ha già iniziata una?» brontolò Alberto con la stanchezza dipinta sul volto dopo una lunga giornata di lavoro al bar Roxy. Vito annuì con aria di approvazione, e Rizzi lasciò perdere.

Si tolse la giacca della divisa e prese l'altra vanga. Insieme estrassero dalla terra una pietra dietro l'altra, e pur grondando di sudore, non erano ancora riusciti ad estrarre il susino. Le sue radici scendevano talmente in profondità che dovettero scavare una buca enorme, e in due ce la fecero a stento. Rizzi ancora non si capacitava di come Vito pensasse seriamente di essere in grado di trapiantare da solo quel gigante. Poteva dirsi fortunato se in quell'operazione si era procurato soltanto uno strappo muscolare.

Quando finalmente calpestarono la terra intorno al susino, era già calato il crepuscolo e in cielo cominciavano a brillare le prime stelle. Alberto si lavò le mani alla pompa, mentre Vito nel capanno prendeva il Limoncello dal freezer e Rizzi preparava tre bicchierini da grappa.

«È quello nuovo?» domandò Alberto guardando la bottiglia.

«Sì, e quest'anno è venuto particolarmente buono» disse Vito facendosi i complimenti da solo e versando il Limoncello che, a differenza di quello dei Bellini, non era giallo sgargiante ma di un giallo pallido opaco.

I tre uomini brindarono in silenzio al lavoro appena concluso. Il Limoncello aveva un sapore fruttato, non troppo dolce, anzi con un retrogusto amarognolo, come doveva essere, sosteneva Vito.

Vito si congedò e, dopo aver ordinato a Romeo di salire sulla superficie di carico, mise in moto l'Ape e risalì il pendio con il motore che scoppiettava. Rizzi si strinse sottobraccio la borsa con l'albero motore, prese la bottiglia aperta e disse ad Alberto: «Vieni con me».

Fecero il giro del capanno e andarono sul lato opposto, dove l'estate precedente era cresciuta rigogliosamente la bouganville e dove Rizzi, pensando di costruirci la conigliera, aveva scoperto il vecchio cancello. Aprì il nuovo lucchetto, spinse in avanti la porta del cancello e accese la luce.

Il fine settimana precedente ci aveva portato la corrente elettrica, aveva appeso le lampade industriali e spostato sul retro tutte le cianfrusaglie in modo da far spazio alla Cinquecento, o meglio, a ciò che ne restava: Rizzi aveva sollevato l'auto, tolto le ruote e già iniziato a smontare il motore.

Alberto fece il giro della Cinquecento annuendo con aria di approvazione, accarezzò la parte posteriore stondata e coperta di chiazze di ruggine e prese posto sul sedile del passeggero mentre Rizzi si sedette dall'altra parte, al volante.

«E come andrà avanti d'ora in poi» domandò Alberto, «dopo tutto quello che è successo?»

«Credo che andrà avanti esattamente come aveva immaginato Aurora Bellini quand'era ancora viva.» Rizzi prese cartine e tabacco dal cruscotto. «Simon Mugele ha ormai pieni poteri in Casa Bellini, anche se d'ora in poi dovrà acquistare altrove i suoi limoni.» Rizzi inumidì le cartine con la punta della lingua. «Il tentativo di ricattare Raffaella con la vecchia storia dell'incidente in ogni caso è fallito. A quanto si dice, è sempre più determinata ad andare avanti con l'agricoltura biologica.»

Alberto prese la sigaretta che Rizzi gli porse, se la fece accendere e disse: «La vecchia Aurora Bellini era proprio una grandissima stronza.» Soffiò via una nuvola di fumo e la seguì con lo sguardo assorto. «E poi, uscire di scena in quel modo.» Scosse la testa quasi come se approvasse. «Non si può certo dire che quella donna lasciasse le cose a metà.»

Bevvero, fumarono, e Alberto osservò la bottiglia mentre Rizzi ne versava il contenuto nei bicchieri. «Ha un sapore eccezionale il Limoncello fatto a mano da tuo padre» disse Alberto. «Forse dovrebbe suggerire a Simon Mugele di non mettere più in futuro così tanto zucchero e coloranti nel Limoncello dei Bellini.»

Uscirono dal fienile. Rizzi spense la luce, rimise il lucchetto e si congedò da Alberto.

Tornando a casa, Rizzi si fermò con la Vespa in via Marina Grande, sopra al porto. Guardò le luci e il monte Tiberio che svettava nero nel cielo blu notte. Respirò l'aria fresca e morbida come la seta, e pensò che in vita sua mai e poi mai sarebbe andato via di lì, per nessun lavoro al mondo. Gli squillò il cellulare.

«Dove sei finito?» domandò Gina. «La cena si sta raffreddando.»

«Arrivo subito» la tranquillizzò Rizzi. Dette gas per le curve, facendo rotolare da una parte all'altra del predellino, come una palla da calcio, la busta con il cesto d'insalata che teneva stretta fra gli stivali.

Brossura con bandelle - pp. 300 - euro 16,90

Luca Ventura

Giallo Capri

Capri. All'ombra del faro di Punta Carena, nella calura di Ferragosto viene ritrovata una barca che contiene il cadavere di Jack Milani, studente di oceanografia e figlio di un'importante famiglia di industriali. È il primo caso di omicidio per Enrico Rizzi, il poliziotto dell'isola, che di solito si occupa di reati minori e che conduce una vita placida e tranquilla. Frequenta la sua compagna, aiuta il padre nell'orto, ripara la vecchia Fiat 500 dei genitori...
Qualcosa, però, ha ormai turbato l'idillio di uno dei posti più belli del mondo. È un caso che scuote Capri alle sue radici e che Rizzi dovrà risolvere con l'aiuto dell'ombrosa Antonia Cirillo, una nuova agente che a quarant'anni suonati si è misteriosamente trasferita lì. I due dovranno non solo trovare l'assassino ma anche convincere i colleghi di Sorrento e di Napoli della qualità del loro lavoro.

Un appassionante giallo d'investigazione, dal sapore estivo e tutto mediterraneo, che ci porterà nel cuore del Golfo di Napoli, un laboratorio a cielo aperto in grado di predire il futuro del cambiamento climatico.

MISTO
Carta | A sostegno della gestione forestale responsabile
FSC® C115118
FSC
www.fsc.org

Stampato presso Elcograf S.p.A.
Stabilimento di Cles